ESSAI

SUR

LA VIE ET LES OUVRAGES

DE BERNARDIN DE SAINT-PIERRE.

AU ROI.

SIRE,

BERNARDIN DE SAINT - PIERRE a commencé et fini les Études de la Nature par
l'éloge de Louis XVI ; mais sa modestie
l'empêcha d'offrir à son Roi un livre dont
l'auteur était encore inconnu.

S'il vivait aujourd'hui , encouragé par
le suffrage public, il oserait sans doute
présenter le fruit de ses méditations à l'auguste monarque qui fait le bonheur de la

1.   a

France, et qui, non content de protéger les lettres, les illustre en les cultivant.

Vous avez permis, SIRE, que cet honneur dont il n'a pu jouir, devînt l'héritage de sa veuve ; et je viens déposer ses ouvrages à vos pieds, afin que rien ne manque à sa gloire.

Je suis, avec le plus profond respect,

SIRE,

DE VOTRE MAJESTÉ,

la très-humble et très-obéissante servante,

DE SAINT-PIERRE, née DE PELLEPORC.

Paris, ce 15 novembre 1820.

PRÉFACE DE L'ÉDITEUR.

Avant d'écrire cet Essai, il nous a fallu approfondir les ouvrages, le caractère et les mœurs de Bernardin de Saint-Pierre. Plus de quatre années ont été consacrées à cette étude.

Il n'a pas dépendu de nous d'être meilleur juge et plus habile historien; mais il a dépendu de nous d'être toujours vrai, et nous l'avons toujours été.

L'auteur des Études paraît ici avec ses faiblesses et ses vertus : aimable dans son enfance; inquiet, présomptueux, ambitieux dans sa jeunesse; puis mûri par le malheur, et se refaisant homme dans la solitude. Heureux parce qu'il était devenu sage, il éprouvait alors la vérité de cette maxime d'un ancien, que lorsque Dieu, pour nos fautes, nous abat d'une main, il nous relève des deux.

La Vie de Bernardin de Saint-Pierre jette

un grand jour sur ses ouvrages. Comme
Montaigne, il a étudié les hommes dans lui-
même. Ses fautes lui ont montré les vices de
nos institutions, et ses maux lui ont appris à
connaître ceux du genre humain. Il a condamné nos éducations de collége, parce
qu'elles l'avaient fait ambitieux ; et il a tâché,
par ses écrits, de ramener son siècle à Dieu
et à la Nature , parce que là seulement, il
avait trouvé le bonheur.

Les hommes les plus sages reçoivent toujours quelques impressions des objets qui les
environnent. Pénétré de cette vérité, nous
avons cru devoir esquisser quelques-unes des
sociétés où Bernardin de Saint-Pierre ne fit,
il est vrai, qu'apparaître. L'aspect du monde
a été pour nous comme ces fonds de tableaux
sur lesquels les peintres font ressortir leurs
figures principales.

Quant aux matériaux de cet Essai, ils sont
assez nombreux. On sait que l'auteur a dis-
séminé dans ses ouvrages, des souvenirs sur
les principales époques de sa vie : nous les
avons recueillis pour servir de base à notre
travail. Ses manuscrits, et les notes informes

qu'il avait préparées lorsqu'il conçut le projet d'écrire ses mémoires, nous ont également fourni plusieurs faits intéressants.

Une correspondance immense, mise en ordre pour le même objet, nous a fait connaître les aventures de sa jeunesse. Nous avons eu sous les yeux les lettres de ses deux frères et de sa sœur, et une grande partie de celles de Duval, de Taubenheim, du chevalier de Chazot, de M. de la Roche, du prince Dolgorouki, du baron de Breteuil, de M. Poivre, de Rulhière, des généraux de Villebois et du Bosquet, et du maréchal Munnich. Plusieurs billets de la princesse Marie M.... nous ont également été remis, avec les lettres écrites par d'Alembert, Mlle de Lespinasse, M. et Mme Necker, Vernet, l'archevêque d'Aix, l'abbé Fauchet, Ducis, etc. Cependant, malgré de si nombreux matériaux, une multitude de faits nous eussent échappé, si la veuve de Bernardin de Saint-Pierre n'eût pris soin de les recueillir. Devenue, à dix-huit ans, et par son choix, la compagne d'un homme célèbre, elle reçut de la Providence la double mission de le rendre heureux dans cette vie, et de le faire honorer après sa mort. Nous lui devons les circonstances les plus touchantes de cet Essai; confidente de toutes les pensées de cet illustre écrivain, il semble lui avoir légué les souvenirs de sa vie entière, et son ame pour les exprimer.

Le 11 novembre 1820.

ESSAI

LA VIE ET LES OUVRAGES

DE BERNARDIN DE SAINT-PIERRE.

Littus ama.· · · · · ·
Altum alii teneant. · · · · ·
ÆNEID., lib. v.

———

Jacques-Henri-Bernardin de Saint-Pierre naquit au Hâvre le 19 janvier 1737. Son père, Nicolas de Saint-Pierre, avait la prétention de descendre d'une famille noble; il comptait au nombre de ses aïeux le célèbre Eustache de Saint-Pierre, maire de Calais, et quoiqu'il ne pût donner des preuves bien claires de cette illustration, il ne cessait d'en parler à ses enfants comme d'une gloire appartenante à la famille. Le jeune Henri avait deux frères, Dutailly et Dominique, et une sœur nommée Catherine. Cette dernière était spirituelle et jolie, mais vaine et précieuse. Elle resta fille par prude-

1.   a

rie, refusant tous les partis qui se présentaient, et s'irritant de l'oubli de ceux qui ne s'empressaient pas de se faire refuser. Sa mère, qui était une femme de grand sens, voulut inutilement tempérer cette vanité. Catherine persista dans ses dédains, ne voyant rien autour d'elle qui fût digne de son amour. Ce qu'il y a de singulier, c'est que vers l'âge de trente ans une révolution inespérée s'opéra dans son esprit : aussi accorte qu'elle avait été revêche, elle semblait ne plus vivre que pour se faire aimer. Ainsi, dans sa jeunesse, elle eut toute la mauvaise humeur, toute l'acrimonie d'une vieille fille; et sa maturité s'embellit de la douceur et des graces prévenantes qui donnent tant de charme à la jeunesse. Son frère Dutailly, tourmenté comme elle d'une présomptueuse ambition, détestait l'étude, et se moquait philosophiquement du latin, des pédants et du collége. Il ne cessait de répéter qu'il voulait aller à la cour, et que c'était l'épée, et non le rudiment à la main, qu'un brave devait faire fortune. Son père n'approuvait que trop ces gentillesses; il croyait y reconnaître les inspirations d'un esprit supérieur qui dédaigne les routes communes. Dutailly fut militaire; mais ses prétentions exagérées, l'inconstance de ses projets, la violence de son caractère, nuisirent à son avancement. Toujours malheureux et toujours incorrigible, il devint le fléau de sa famille, et mourut victime d'une entreprise aventureuse où son ambition l'avait précipité.

Dominique, le plus jeune de tous, avait un caracière modeste, des goûts simples et modérés. Il entra de bonne heure dans la marine, où il acquit l'estime générale. Devenu capitaine de vaisseau, il fit plusieurs voyages de long cours; puis il se retira à la campagne, après avoir obtenu la main de mademoiselle de Grainville, charmante personne à la perte de laquelle nous verrons qu'il ne put survivre.

Quant au jeune Henri, l'aîné de tous, il réunissait à lui seul les défauts et les qualités de ses deux frères, la vanité de sa sœur, et une imagination brillante qui environna d'illusions toutes les époques de sa vie. Dès sa plus tendre jeunesse, ses lectures le jetèrent dans les rêveries d'un monde idéal où il se créa une existence et des habitudes solitaires. Toutes ses sensations devenaient aussitôt des passions. L'injustice le révoltait, elle pouvait même égarer un moment son cœur, mais il ne fallait qu'une émotion tendre pour le ramener. Élevé dans les principes de la plus ardente piété, il disait souvent, en se rappelant ses premières impressions, qu'il serait devenu méchant si sa confiance en Dieu n'avait redoublé à mesure qu'il apprenait à se méfier des hommes. Ce sentiment donnait une telle énergie à son ame, que dans son enfance, quand il se croyait victime d'une injustice, sa consolation était de songer que Dieu lit au fond des cœurs et qu'il voyait la pureté du sien. Un jour il assistait à la toilette de sa mère, en se réjouissant de l'accompagner à la promenade; tout-à-coup il fut accusé

d'une faute assez grave par une bonne fille nommée Marie Talbot, dont, malgré cette aventure,
il conserva toujours le plus touchant souvenir. Il
avait alors près de neuf ans, et il était fort doux
à cet âge. Encouragé par son innocence, il se défendit d'abord avec assez de tranquillité; mais comme
toutes les apparences étaient contre lui, et qu'on
refusait de croire à sa justification, il finit par
s'emporter jusqu'à donner un démenti à sa bonne.
Madame de Saint-Pierre, étonnée d'une vivacité
qu'elle ne lui avait point encore vue, crut devoir
le punir en le privant de la promenade; et comme
il ne cessait de l'importuner par ses larmes et ses
protestations, elle prit le parti de s'en débarrasser
en l'enfermant seul dans une chambre. Trompé
dans l'attente d'un plaisir, condamné pour une
faute dont il n'était pas coupable, tout son être se
révolta contre l'injustice de sa mère. Dans cette
extrémité il se mit à prier avec une confiance si
ardente, avec des élans de cœur si passionnés,
qu'il lui semblait à tout moment que le ciel allait
faire éclater son innocence par quelque grand miracle. Cependant l'heure de la promenade s'écoulait,
et le miracle ne s'opérait pas. Alors le désespoir
s'empare du pauvre prisonnier; il murmure contre
la Providence, il accuse sa justice, et bientôt dans
sa sagesse profonde il décide qu'il n'y a pas de Dieu.
Assis auprès de cette porte que ses prières n'avaient
pu faire tomber, il s'abîmait dans cette pensée avec
une incroyable amertume, lorsque le soleil perçant

les nuages qui depuis le matin attristaient l'atmosphère, un de ses rayons vint frapper la croisée que le petit incrédule contemplait avec tant de tristesse. A la vue de cette clarté si vive et si pure, il sentit tout son corps frissonner, et s'élançant vers la fenêtre par un mouvement involontaire, il s'écria avec l'accent de l'enthousiasme : « Oh! il y a un Dieu ! » puis il tomba à genoux et fondit en larmes.

Cette anecdote dévoile l'ame entière de l'auteur des *Études*. Ce qu'il fut dans son enfance, il le fut toute sa vie. Jamais les beautés de la nature ne le trouvèrent insensible ; elles éveillèrent ses premières émotions, elles eurent ses dernières pensées. Sa mère lui avait dit un jour que si chaque homme prenait sa gerbe de blé sur la terre, il n'y en aurait pas assez pour tout le monde, et tous deux en avaient conclu sagement que Dieu multipliait le blé dans les greniers. Plus tard, lorsqu'il eut étudié cette multitude de phénomènes que la science décrit sans les comprendre, la réflexion de sa mère l'étonnait moins que le pouvoir donné à un grain de blé de produire plusieurs épis, et de renfermer la vie qui doit animer pendant des siècles toutes les moissons à venir. Cette pensée était encore une suite des études de son enfance. Dès l'âge de huit ans on lui faisait cultiver un petit jardin où chaque jour il allait épier le développement de ses plantations, cherchant à deviner comment une grosse tige, des bouquets de fleurs, des grappes de fruits savoureux, pouvaient sortir d'une graine frêle

a*

et aride. Mais les animaux sur-tout attiraient son
affection, étonnaient son intelligence. Ayant accom-
pagné son père dans un petit voyage à Rouen, celui-
ci s'arrêta devant les flèches de la cathédrale dont
il ne pouvait se lasser d'admirer la hauteur et la
légèreté; le jeune Henri levait aussi les yeux vers
la cime des tours, mais c'était pour admirer le vol
des hirondelles qui y faisaient leurs nids. Son père
qui le voyait dans une espèce d'extase, l'attribuant
à la majesté du monument, lui dit : « Eh bien, Henri!
que penses-tu de cela? » L'enfant, toujours préoccupé
de la contemplation des hirondelles, s'écria : « Bon
Dieu! qu'elles volent haut! » Tout le monde se mit
à rire, son père le traita d'imbécille; mais toute
sa vie il fut cet imbécille, car il admirait plus le vol
d'un moucheron que la colonnade du Louvre.

Un jour il trouva un malheureux chat près d'expirer dans l'égout d'un ruisseau; il était percé d'un
coup de broche et poussait des cris effrayants. Ému
de pitié, il le cache sous son habit, le porte furtivement au grenier, lui fait un lit de foin, et vient lui
donner à boire et à manger à toutes les heures du
jour, partageant avec lui son déjeuner et son goûter,
et lui tenant fidèle compagnie. Au bout de quelques
semaines le pauvre animal avait recouvré la santé;
il devint alors un excellent chasseur de souris, mais
si sauvage qu'il ne se montrait plus qu'à la voix de
son ami, sans jamais cependant le laisser approcher.
Il se promenait autour de lui, enflant sa queue, se
caressant au mur, et fuyant au moindre mouve-

ment, au bruit le plus léger. A-la-fois méfiant et
reconnaissant, il vit toujours un homme dans son
libérateur. Bernardin de Saint-Pierre ne pouvait se
rappeler cette petite aventure sans attendrissement.
«Dans une de nos promenades, disait-il, je la racontai
à J.-J. Rousseau ; il en fut touché jusqu'aux larmes,
et je crus un instant qu'il allait m'embrasser. »

Qu'on ne nous accuse pas de rapporter ici des
traits insignifiants ou puérils : ce n'est point une
chose indifférente, selon nous, que de faire sentir
l'influence des premières pensées sur le reste de la
vie. Ce qui ne fut dans l'enfance de Bernardin de
Saint-Pierre qu'un sentiment de commisération pour
quelques êtres souffrants, devint plus tard un sentiment d'amour qui s'étendit à tout le genre humain.
Dans la société, on le vit toujours rechercher l'amitié
de ceux qui paraissaient les plus timides et les plus
malheureux. Voilà pourquoi avec des avantages qui
auraient dû hâter sa fortune, il échoua dans toutes
ses entreprises. Sa sensibilité même lui nuisait d'autant plus qu'elle était plus versatile ; car il prenait
en pitié la souris sous les griffes du chat, le chat
dans la gueule du chien, le chien sous le bâton de
l'homme, et l'homme quel qu'il fût sous la domination d'un tyran. C'est ainsi qu'en s'attachant toujours
au plus faible, il eut toujours à lutter contre le plus
fort. Mais dans cette lutte perpétuelle son courage
avait quelque chose de divin ; car il lui semblait
bien qu'il n'était pas seul, et que la Providence
aussi combattait pour les malheureux.

Cette confiance en Dieu, première impression de son enfance, consolation de toute sa vie, fut singulièrement exaltée par la lecture de quelques livres pieux et amusants, entre autres par la Vie des Saints. Il y avait dans le cabinet de son père un énorme in-folio renfermant toutes les visions des ermites du désert. Ravi des miracles qu'il y voyait, persuadé que la Providence vient au secours de tous ceux qui l'invoquent, il crut ne plus rien avoir à craindre de ses parents ni de ses maîtres, et résolut de s'abandonner à Dieu à la première occasion où il aurait à se plaindre des hommes. Cette occasion ne tarda pas à se présenter. Un jour, à cette époque il avait à peine neuf ans, un maître d'école chez lequel on l'envoyait étudier les éléments de la langue latine, l'ayant menacé de le fouetter le lendemain s'il ne récitait pas couramment sa leçon, il prit à l'instant même le parti de dire adieu au monde et d'aller vivre en ermite au fond d'un bois. Le matin du jour fatal il se leva tranquillement, mit en réserve une portion de son déjeuner, et au lieu de se rendre à l'école, il se glissa par des rues détournées et sortit de la ville. Heureux de sa liberté, sans inquiétude de l'avenir, ses regards se promenaient avec délices sur une multitude d'objets nouveaux qui lui semblaient autant de prodiges. La campagne était fraîche et riante ; les bois, les prairies, les collines se déroulaient devant lui, et il se voyait avec admiration seul et libre au milieu de ce brillant horizon. Il marcha environ un quart de lieue dans un joli sentier jusques à l'entrée d'un bouquet de bois d'où s'échappait un petit ruisseau. Ce lieu lui parut un désert, il le crut inaccessible aux hommes et propre à remplir ses projets. Résolu de s'y faire ermite, il y passa toute la journée dans la plus douce oisiveté, s'amusant à ramasser des fleurs et à entendre chanter les oiseaux. Cependant l'appétit se fit sentir vers le milieu du jour. Son déjeuner étant achevé, il cueillit des mûres de haies, et arracha avec ses petites mains des racines dont il fit un repas délicieux. Ensuite il se mit en prière; attendant quelque miracle de la Providence, et se rappelant tous les saints ermites qui dans la même position avaient reçu les secours du ciel, il lui semblait toujours qu'un ange allait lui apparaître et le conduire dans une grotte sauvage ou dans un jardin de délices. Cette agréable attente l'occupa le reste du jour. Cependant le soleil était déjà sur son déclin, l'air se rafraîchissait insensiblement, et les oiseaux avaient cessé leur ramage. Le petit solitaire se préparait à passer la nuit sur l'herbe au pied d'un arbre, lorsqu'à l'entrée de la plaine il aperçut la bonne Marie Talbot qui l'appelait à grands cris. Son premier mouvement fut de fuir dans la forêt, mais la vue de cette pauvre fille qui tant de fois avait essuyé ses larmes, et qui en versait en le retrouvant, l'arrêta tout court; il s'élança vers elle, et se mit aussi à pleurer.

Dès qu'il lui eut confié le sujet de ses peines, elle commença par le rassurer, puis elle lui raconta que son père et sa mère avaient ressenti les plus vives in-

quiétudes de ne pas le voir revenir à l'heure du dîner;
qu'elle était allée le chercher d'abord chez son maître
qui avait paru surpris de son absence; qu'ensuite elle
s'était enquis dans le voisinage à des gens de la ville,
puis à des gens de la campagne, qui de l'un à l'autre
et de proche en proche lui avaient indiqué le chemin
qu'il avait pris. En parlant ainsi elle le couvrait de
tant de caresses que sa vocation commença à s'affaiblir, et qu'il se décida enfin, quoique avec un peu
de peine, à renoncer à son ermitage. De retour dans
sa famille, son père et sa mère lui firent raconter
comment il avait vécu; ensuite ils lui demandèrent
ce qu'il aurait fait dans le cas où il n'eût plus rien
trouvé dans les champs. Il ne manqua pas de leur
répondre qu'il était sûr que Dieu l'y aurait nourri en
lui envoyant un corbeau chargé de son dîner, comme
cela était arrivé à saint Paul l'ermite. «On rit beaucoup
de la simplicité de cette réponse, disait un jour Bernardin de Saint-Pierre, et cependant la Providence a
fait depuis de plus grands miracles en ma faveur,
lorsqu'elle me protégea au milieu des nations étrangères où je m'étais jeté seul, sans argent et sans recommandation, et, ce qui est encore plus merveil-
leux, lorsqu'elle me protégea dans ma propre patrie
contre l'intrigue et la calomnie. »

Cette petite aventure qui décelait une âme passionnée, donna quelques inquiétudes à sa famille. On
crut nécessaire de l'éloigner de la maison paternelle,
et peu de jours après, il fut conduit à Caen chez un
curé qui habitait un joli presbytère aux portes de la

ville, et qui avait un grand nombre d'élèves. Les jeux de cet âge, l'exemple de ses camarades, donnèrent bientôt une autre direction à ses idées. N'ayant pu devenir le plus saint des ermites, il devint le plus espiègle des écoliers, et peu de jours s'écoulaient sans que ses ruses missent en défaut la surveillance de toute la maison. Parmi les tours dont il gardait le souvenir, il en est un qui avait si bien exercé la finesse de son esprit, qu'il prenait toujours un nouveau plaisir à le raconter. Il y avait dans un des angles d'une cour interdite aux élèves, près de la porte de sortie, un superbe figuier dont tous les matins le jeune observateur admirait de sa fenêtre les branches couvertes des fruits les plus appétissants. De l'admiration, il passa à la convoitise. Trois figues sur-tout, pendantes, violettes, entr'ouvertes, et qui laissaient couler le miel, le tentaient si vivement qu'il ne songea plus qu'au moyen de se les approprier. La chose n'était pas facile. Deux chiens et une grosse fille, nommée Janneton, véritable servante maîtresse, vive, alerte, terrible, semblaient avoir été commis à la garde du fruit défendu. Cependant, à force d'y songer, il crut avoir trouvé le moyen d'échapper à leur vigilance : c'était un samedi soir, il fallait attendre le dimanche. L'inquiétude et l'espérance le tinrent éveillé toute la nuit; vingt fois il fut sur le point de renoncer à une entreprise si périlleuse; mais lorsque le matin il put entrevoir du coin de la fenêtre l'arbre couvert de ses fruits dorés des premiers rayons du jour, la crainte s'envola, la conquête fut résolue.

La matinée du dimanche n'offrit aucune occasion favorable. Après le dîner on se rassemble pour aller à vêpres; le moment est attendu et prévu. Les rangs se forment, on traverse la cour à la hâte pour gagner la porte de sortie; aussitôt le petit maraudeur s'esquive et disparaît derrière le figuier. Déjà la troupe se met en marche; il entend le bruit de la serrure et des verrous. Le voilà pris comme le cerf de la fable. Comment fera-t-il rouvrir cette porte? C'est ce qui l'inquiète peu, sa prévoyance a pourvu à tout. Déjà l'arbre est escaladé, déjà il en courbe les branches, il en touche les fruits, lorsque les aboiements du chien attirent dans la cour la terrible Janneton. Son regard inquiet et vigilant se promène autour d'elle. Le coupable reste un moment glacé d'effroi; cependant il se remet, et pour se débarrasser de cet argus, il tire un cordon, qu'il avait eu soin d'attacher à la sonnette du réfectoire. Janneton rentre dans la maison, n'y voit personne et croit s'être trompée. Un second cordon, également attaché à la sonnette de la rue, fait aussitôt son office; Janneton accourt tout effarée, ouvre la porte, et s'étonne de n'y voir personne. De nouveau rappelée par la sonnette du réfectoire, elle perd la tête, va d'un côté, revient de l'autre, laisse tout ouvert; et toujours frappée d'une nouvelle stupeur, elle s'imagine que le diable au moins s'est emparé du presbytère. Pendant qu'elle remplit la maison de ses cris, notre espiègle ne fait qu'un saut de l'arbre vers la rue, il emporte ses figues, et se glisse dans une allée, où il attend joyeusement le retour de ses camarades, en savourant le prix de sa victoire.

Le souvenir de ce tour d'écolier égayait singulièrement Bernardin de Saint-Pierre. Il ne pouvait s'empêcher de rire en se rappelant la figure comique, l'air effaré, les signes de croix de cette grosse fille, lorsqu'elle courait de la cour à la rue, de la rue au réfectoire, au bruit de toutes les cloches du presbytère. « Saint Augustin, disait-il agréablement, s'accusait du larcin de quelques poires; et moi qui ai volé des figues, je n'ai jamais pu m'en repentir. »

Ces traits de son enfance semblent prouver qu'il vivait dans une espèce d'isolement au milieu de ses camarades. En effet tous ses goûts étaient solitaires, et son cœur profondément sensible se tournait sans cesse vers ses premières affections. Il regrettait sa mère et sa sœur; il regrettait de n'avoir presque jamais vu ses frères, qu'il aurait voulu aimer. Ses désirs le ramenaient toujours au sein de sa famille. Tout lui paraissait aimable sous le toit paternel. Quand il songeait au chien et au perroquet de la maison, il se faisait une si agréable image de leur bonheur, que des larmes involontaires venaient mouiller ses yeux. La pauvre Marie Talbot avait aussi une bonne part à ses regrets. Pouvait-il oublier le temps où lorsqu'il perdait ses livres de classe, elle prenait secrètement sur ses gages pour lui en acheter d'autres, afin de lui éviter la punition de sa négligence? Et ses toilettes du dimanche, avec quelles délices elles revenaient à sa mémoire! Il lui semblait toujours voir cette bonne

1. b

fille environnant sa tête d'une multitude de papillotes
à l'amidon pour le conduire ensuite d'un air triom-
phant à la messe de la paroisse. Et ces jolis goûters
sur l'herbe, ces gâteaux exquis, ces promenades sur
les bords de la mer, ces lectures dans le grand volume
in-folio, croyait-on avoir remplacé tout cela par les
froides leçons d'un régent et l'étude fastidieuse du
grec et du latin? A ces tendres souvenirs venait encore
se mêler celui de sa marraine, belle et noble dame
qui s'offrait à son imagination avec toute la majesté
d'une reine, et cependant avec la grace et l'indulgence d'une mère. Cette excellente femme, ins-
truite des regrets de son filleul, et devinant tout ce
qu'il n'eût osé dire, obtint facilement son retour
dans sa famille. Il y rentra après dix mois d'absence,
avec des démonstrations de joie qu'il serait difficile
d'exprimer. Sa tendresse pour sa marraine s'en accrut
sensiblement; dès ce jour elle exerça sur tous ses
goûts une influence qui ne lui fut point inutile, car
c'était l'influence d'un esprit supérieur, qui ne se
fait sentir que par l'admiration et l'amour.

Bernardine de Bayard comptait parmi ses aïeux le
héros dont elle portait le nom. En perdant son mari, elle
avait été réduite, suivant la coutume de Normandie,
à un modique douaire qui ne pouvait suffire à ses
besoins. Née dans l'opulence, habituée à la prodi-
galité, elle supportait avec peine la mauvaise fortune;
ce qu'elle regrettait de la bonne, c'était sur-tout le
pouvoir de donner. La générosité, cette vertu brillante qui fait pardonner aux grands la plupart de

leurs vices, est un vice pour ceux que la fortune abandonne. Triste exemple de cette vérité, la comtesse de Bayard se vit enfin réduite à flatter ceux que jadis elle obligeait d'un regard. Une politesse extrême, le ton de la cour, un grand nom, un reste de beauté, ne purent toujours éloigner d'elle la honte qui suit la misère quand la misère arrive sans la résignation. Elle lui échappait cependant presque toujours par la supériorité de son esprit, et l'ascendant de sa naissance. Au lieu de fuir ceux qui lui avaient ouvert leur bourse, elle les rassemblait autour d'elle, elle en faisait sa société la plus intime, et les charmait si bien par ses graces et son aménité, qu'elle leur ôtait la force de lui jamais rien demander. Touchait-elle son mince revenu? elle se hâtait aussitôt de les réunir, non pour s'acquitter, mais pour leur donner une petite fête dont elle était le principal ornement. Élevée dans la société des vieux courtisans de Louis xiv, elle les avait presque tous vus disparaître avec la splendeur du siècle. Son imagination vivement frappée de tant de grandeurs évanouies, en avait retenu une teinte de mélancolie qui contrastait avec sa conversation légère, galante, spirituelle, et semée d'une multitude d'anecdotes piquantes qui ne tendaient pas toujours à faire regretter le temps passé. Paraissait-elle dans un cercle? on l'entourait, on se pressait pour l'entendre ; avec quel charme elle racontait alors les exploits du grand Gondé, les amours de Louis, ou les romanesques aventures de mademoiselle de Montpensier! Cette princesse, vers la fin de sa

vie, s'était retirée en Normandie, dans son château
d'Eu. Elle y avait accueilli et distingué madame de
Bayard qui habitait une terre voisine, et qui était
alors jeune, riche et charmante. Souvent dans leurs
promenades solitaires, mademoiselle de Montpensier
s'arrêtait avec de simples villageoises, et se plaisait
à leur faire conter leurs amours, leur mariage, et
leurs peines si faciles à soulager. Elle écoutait ces
récits naïfs avec des yeux pleins de larmes, et plus
d'une fois, en reprenant le chemin du château, elle
s'étonnait de voir tant de bonheur où il y avait tant
de besoins et si peu de désirs. « Que ne suis-je née
dans une cabane! disait-elle avec amertume; j'aurais
vécu heureuse, j'aurais vécu aimée, j'aurais pressé
sur mon sein des enfants chéris, et l'ingratitude des
hommes me serait restée inconnue! » En rapportant
ces paroles, madame de Bayard était toujours vivement émue, et ses auditeurs touchés des larmes qu'ils
lui voyaient répandre sur les maux qu'entraîne la
haute fortune, et tournant sur elle des regards attendris, étaient tentés de pleurer à leur tour sur ceux
qui suivent la pauvreté. Ses récits vifs et animés, le
singulier contraste de son élégance et de sa misère,
de ses brillants souvenirs et de sa situation présente,
pénétraient de respect le jeune de Saint-Pierre, et
remplissaient son esprit des souhaits les plus bizarres.
Il voulait devenir grand seigneur pour être heureux
comme un paysan; aimable et savant pour plaire à
sa marraine; riche pour lui tout donner. Et lorsque
dans un âge avancé, il se rappelait ces premières

impressions de l'enfance, il disait que l'aspect de
madame de Bayard, son air de noblesse, son affabi-
lité, son ton, ses récits, l'avaient fait toucher au
grand siècle de Louis xiv.

Le caractère de son parrain, M. de Savalète, ne
ressemblait guère à celui de madame de Bayard.
Riche, dur, avare, dédaigneux, il grondait toujours,
n'encourageait jamais, et répondait régulièrement
au compliment que son filleul venait lui faire chaque
année au premier janvier, par une leçon d'économie
et une tape sur la joue. Avec cela l'enfant était aussitôt congédié. En pareille circonstance, la pauvre
marraine ne manquait pas d'accompagner les louanges, qu'elle prodiguait, d'une tendre caresse et d'un
petit cadeau. Un jour, après avoir vainement promené ses regards dans toutes les parties de sa chambre, voyant qu'elle n'avait plus rien à donner, elle
se mit à pleurer, et pressant les mains de son filleul,
elle ne pouvait se résoudre à le quitter. L'enfant, ému
de sa peine, et se rappelant qu'il avait reçu le matin
une pièce d'argent pour ses étrennes, imagina de la
laisser glisser sous le coussin de cette excellente
femme, croyant au moins rétablir sa fortune! Hommage d'une ame innocente et pieuse, qui ne pouvait
offenser celle qui en était l'objet! hommage religieux, que l'amour déposait avec respect aux pieds
du malheur, comme on dépose une offrande sur les
autels de la Divinité!

A son retour dans la maison paternelle, il reprit
avec délices ses premières occupations. Il recueillait

b*

des insectes, élevait des oiseaux, cultivait son jardin
et relisait sans cesse la Vie des Saints. Mais ses plaisirs furent encore interrompus par une circonstance
qui éveilla en lui un nouveau goût, celui des voyages.
Depuis long-temps sa famille était liée avec un capucin du voisinage, homme agréable qui s'était fait
l'ami de la maison en caressant les enfants et en leur
donnant des dragées. Chaque jour il rendait visite
au *petit solitaire* : c'est ainsi que s'appelait notre écolier depuis sa fuite dans le désert. Sa bonté captiva
le cœur d'un enfant qui ne demandait qu'à aimer.
Le frère Paul était un des plus amusants capucins
du monde, ayant toujours quelque histoire plaisante
à raconter, et sachant à-la-fois éveiller et satisfaire
la curiosité. Sur le point de faire une tournée en
Normandie, il pria M. de Saint-Pierre de lui confier
son fils auquel il promettait instruction et plaisir. Sa
proposition fut accueillie avec empressement, et voilà
notre petit ermite devenu apprenti capucin, voyageant à pied, le bâton à la main, suivant ou précédant
son guide et se croyant déjà un grand personnage.
Le soir, son compagnon le conduisait soit dans un
couvent, soit dans un château, soit même chez
quelque riche villageois, et par-tout il se voyait
accueilli, fêté, caressé, soupant bien, dormant bien,
et prenant goût au métier. Les dames sur-tout, char-
mées de son air éveillé, ne manquaient jamais de
remplir ses poches de toute sorte de friandises pour
lui faire oublier les fatigues du voyage. Malgré cette
précaution, il demandait souvent à se reposer. Son

guide se gardait bien alors de le contredire ; mais
ayant recours à la ruse, il lui montrait dans le lointain une belle forêt, ou une prairie émaillée, lui
promettait de s'y arrêter, puis commençait une his-
toriette dont l'intérêt ne manquait pas de redoubler
à l'approche du but qui, bientôt dépassé, reparais-
sait toujours à l'horizon sous les plus riants aspects.
Ainsi, de plaisir en plaisir, d'histoire en histoire, on
arrivait au gîte sans s'être aperçu de la longueur du
chemin. La tournée dura quinze jours, et le petit
voyageur fut si satisfait de cette vie indépendante,
qu'à son retour il annonça sérieusement le dessein
de se faire capucin. Et comme il racontait ses aventures à sa famille réunie pour l'entendre, il se prit à
dire que vraiment les capucins étaient fort heureux ;
qu'ils faisaient bonne chère, et que dans un couvent
où il s'était arrêté, il avait vu qu'on leur servait à
chacun une tête de veau. Son père rit beaucoup de
cette exagération, et lui demanda où il prétendait
qu'on eût pris toutes ces têtes. Cette objection lui
troubla l'esprit, et lui donna à penser qu'il n'avait
peut-être pas bien observé la vie des capucins.

C'est à-peu-près à cette époque que sa marraine,
pour encourager ses études, lui fit présent de quelques livres parmi lesquels se trouvait Robinson.
Peut-être avait-elle compté sur l'effet de ce roman
pour changer le cours de ses idées, mais elle ne
put prévoir la révolution singulière que sa lecture
allait opérer. Frappé d'une situation si neuve et si
touchante, il ne put jamais s'en détacher. L'île

déserte, les lamas, le perroquet, Vendredi, devinrent l'unique objet de ses pensées, et l'impression fut si vive, qu'elle influa peut-être sur le reste de sa vie, et qu'on en retrouve des traces dans tous ses projets et dans tous ses ouvrages.

La première lecture fut une espèce d'enchantement. Chaque soir il s'endormait avec Robinson dans quelque agréable solitude, défrichant la terre, plantant des arbres, lisant la Bible, élevant des palissades, et se défendant seul contre une armée de Sauvages. Les nuits et les jours s'écoulaient ainsi dans des rêveries délicieuses. Cependant il venait d'atteindre l'âge de douze ans; son cœur déjà troublé par des désirs vagues, mais pleins de charmes, commençait à sentir que Robinson n'est qu'un modèle imparfait de l'homme. La tête de ce solitaire renferme bien le germe des arts et des sciences; la nécessité les fait éclore; mais on n'y sent point le feu des passions qui les font fleurir, et qui sont elles-mêmes les premiers mobiles de la vie humaine, l'amour et l'ambition.

Robinson n'est que la tête d'un homme, il y manque un cœur. On le voit, à la vérité, touché d'un sentiment religieux, diriger ses méditations vers le ciel; et cette lueur divine qui se reflète sur toutes les situations de sa vie mélancolique, en fait sans doute le plus grand charme : mais on ne le voit jamais, ni réchauffé de la chaleur de l'amour, ni agité de ces ressouvenirs qui acquièrent tant d'énergie dans la solitude, et ajoutent des regrets particuliers à chacune de nos privations. Au sein de l'abondance, même dans sa misère, il ne désire jamais une compagne, sans laquelle aucune vie ne peut être appelée humaine, suivant cette parole aussi ancienne que le monde : Il n'est pas bon que l'homme soit seul.

C'est une chose singulière que de voir ces idées vagues et confuses se développer peu-à-peu dans le cœur d'un enfant qui cherchait à les débrouiller et à es comprendre. Chose plus singulière encore ! par un instinct unique et prodigieux à cet âge, il se mit à refaire ce livre, sans le vouloir, devinant comme par inspiration tout ce que l'auteur avait oublié d'y mettre. C'est ainsi qu'en se mettant à la place de Robinson, il sentit que cet ouvrage si ingénieux ne peut cependant s'appliquer à aucun homme en particulier; car l'enfance de l'homme doit être long-temps protégée par le secours d'autrui, et l'intelligence est plutôt le résultat des préjugés de la société que des lumières indirectes de la nature.

Pour construire sa cabane, pour cultiver son jardin, il avait souvent besoin d'un compagnon. De cette faiblesse qui le forçait de recourir à ses semblables, il tira cette conséquence, que l'être le plus isolé est nécessairement lié avec le genre humain; ce qui en fait dans tous les cas un être moral, obligé de rendre à ses semblables les secours qu'il en a reçus. De cette conséquence il tira cette autre conclusion, qu'aucun homme ne peut être heureux si la société dans laquelle il vit n'est heureuse elle-même; ce qui le conduisit naturellement à s'occuper de la recherche du bonheur.

Le bonheur! mot ravissant, qui n'échappe à notre adolescence qu'avec les vœux de l'amour. Pourquoi ces rêveries solitaires? ces prières ardentes? Jeune homme, que demandes-tu à l'avenir? un cœur qui réponde aux battements du tien. Doubler ton être ou mourir; aimer éternellement, uniquement, infiniment, voilà ta seule espérance. Tu ne connais encore l'amour que par le désir, et déjà sa seule image te rend heureux! Attends quelques jours seulement, et tu trouveras le bonheur jusque dans tes larmes.

Cédant à ces douces inspirations, il imagina de peupler son île, et d'y supposer des amis, des femmes, des enfants. L'établissement de ces enfants le liait bientôt à des peuples voisins ; de là naissaient des amitiés et des haines, des fêtes et des querelles. Ces désordres nécessitaient des lois ; le maintien de ces lois, un plan d'éducation publique; l'éducation faisait naître l'harmonie constante de la société qui, réunie par le devoir, le besoin et l'habitude, devenait bientôt semblable à une ruche dont toutes les abeilles concourent invariablement au même but.

Le développement de ces premiers rêves de la jeunesse de Bernardin de Saint-Pierre est ici tel que lui-même se plaisait à le rappeler. Les esprits méditatifs s'étonneront sans doute de la marche, de la gradation et du lien de ses pensées, qu'il reproduisit plus tard avec tant de charme dans ses divers ouvrages, et principalement dans l'Arcadie, l'Amazone, et Paul et

Virginie, tableaux délicieux de cette société qui devait
ramener l'innocence des premiers jours du monde.
Il est intéressant de voir un enfant de douze ans
s'élever par la lecture de Robinson jusques aux théo-
ries d'une profonde politique, trouver les bases du
bonheur social dans les plus doux penchants de la
nature, et travailler, comme Platon, à un code de
lois pour un peuple imaginaire. Cette dernière pensée
fut celle de toute sa vie : à vingt-cinq ans, il voulut
aller fonder une colonie au fond de la Russie, sur
les bords du lac Aral; à trente, il vendit son patrimoine pour se rendre à Madagascar, avec un projet
de république ; à trente-huit, il esquissait le premier
livre de l'Arcadie ; à cinquante-deux, il publiait les
Vœux d'un Solitaire ; et à soixante et dix, il recommençait l'Amazone.

Il était dans ces dispositions romanesques lorsqu'un de ses oncles nommé Godebout, capitaine de
vaisseau, vint annoncer son prochain départ pour la
Martinique. A cette nouvelle, l'imagination du jeune
homme s'enflamme ; il veut réaliser tous ses plans
d'institutions humaines : il ne voit qu'îles désertes,
forteresses, Sauvages, gouvernements. Son oncle,
qui croit reconnaître dans ses désirs un penchant
invincible pour la marine, se charge d'obtenir le
consentement de son père; il l'obtient, et le jeune
législateur monte sur le vaisseau, bien résolu de se
faire roi de la première île déserte qu'il va rencontrer. Le mal de mer, les dures occupations aux-
quelles il était condamné, les brusqueries de son oncle,

mirent bientôt les regrets à la place de l'espérance, et ne tardèrent pas à dissiper ses illusions. La mer était toujours calme, on n'avait pas même l'espoir d'une tempête, et les îles désertes ne paraissaient pas très-communes dans ces parages. Encore s'il avait eu le frère Paul pour charmer ses ennuis! mais aucune consolation ne lui était laissée. Bref, il vit les rives de l'Amérique, sans en emporter d'autres souvenirs que ceux de la tristesse de ses deux traversées.

Son père, dégoûté de tant d'essais infructueux, ne songeait plus à lui faire continuer ses études; mais madame de Bayard qui jugeait mieux des dispositions de son filleul, réussit à le faire rentrer en grace. Cette fois il fut envoyé chez les Jésuites, à Caen, où il ne tarda pas à obtenir de brillants succès. Peu de temps après, il perdit sa marraine, et il lui sembla qu'il venait de perdre une mère. Dans son désespoir, il fit pour elle une oraison funèbre où il exprimait avec enthousiasme ses regrets et sa reconnaissance; et c'est ainsi que son premier écrit fut inspiré par sa première douleur.

Le chagrin qu'il ressentit de cette perte ne fit qu'accroître son penchant pour la solitude, et le prépara aux nouvelles impressions qu'il allait bientôt recevoir. On sait avec quelle adresse les jésuites captivaient leurs élèves, et les attiraient à eux par des lectures faites pour toucher vivement les ames. Les veilles des fêtes de saints de leur ordre, ils avaient établi des espèces de demi-congés où chaque professeur

régalait son auditoire de la relation de quelque mis-
sionnaire jésuite. On peut juger de l'attention des
élèves par l'intérêt singulier de ces relations. Tantôt
ils se sentaient attendris au récit des persécutions et
des tortures que le martyr éprouvait chez les peuples
barbares; tantôt l'assemblée entière était ravie d'admiration en le voyant sortir sain et sauf des profondeurs
d'un cachot, ou des flammes d'un bûcher, recevoir les
hommages de ses néophytes, et faire en se promenant
avec eux quantité de miracles. Ces lectures rappelaient au jeune de Saint-Pierre d'autres lectures encore présentes à son imagination. Il ne concevait
rien de plus agréable que de voguer d'île en île, de
côtoyer les rivages du Gange ou de l'Amazone, de
traverser les vastes forêts du Nouveau-Monde, et
chemin faisant, d'apaiser les tempêtes, de convertir les peuples, et de voir les tigres lui lécher les
pieds, ou les dauphins rapporter son crucifix du sein
des flots. Age précieux d'innocence et de simplicité,
où l'on croit plus à ce qu'on lit qu'à ce qu'on voit,
et où la nature nous environne d'illusions, comme
pour nous dédommager des tristes réalités du reste
de la vie ! Bientôt les lectures publiques ne suffirent
plus à sa curiosité. L'heure de rentrer en classe son-
nait, le récit était interrompu ; et comment travailler lorsqu'on laissait un martyr entre les mains des
Sauvages, lorsque le bûcher était allumé, et que
des anges venaient d'apparaître dans le ciel ? Le
grec, le latin, les jeux mêmes étaient oubliés pour
rêver au dénouement de cette aventure. Enfin le

1. C

goût de ces relations pieuses devint une espèce de fureur; non-seulement notre écolier achetait tous les volumes qu'il pouvait se procurer, mais encore il dérobait ceux de ses camarades, et jusques à ceux de son régent. Aucun Voyage n'était en sûreté; un livre oublié, était un livre pris. Il lisait en classe, dans les jardins, dans les promenades, se passionnant pour ses héros au point d'oublier tout ce qui l'environnait. Son professeur l'ayant puni plusieurs fois inutilement, le fit venir dans son cabinet pour chercher à découvrir la cause d'une négligence si coupable. Pressé de parler, il avoua, en baissant les yeux, qu'il était tourmenté du désir de voyager et d'être martyr. Cette double vocation fit sourire le jésuite qui, loin de le rebuter, se mit à faire l'éloge des missionnaires, et lui proposa de l'associer aux travaux des Pères qui allaient prêcher la foi aux Indes, à la Chine et au Japon. « Nous aurons grand soin de vous, lui dit-il, et peut-être serez-vous un jour, selon vos souhaits, un illustre martyr ou un fameux voyageur. » Cette promesse enchanta le néophyte, qui écrivit aussitôt à son père pour lui demander la permission de se faire jésuite, attendu qu'il était absolument décidé à s'en aller convertir les peuples sauvages. M. de Saint-Pierre, surpris de cette nouvelle vocation, s'empressa de rappeler son fils auprès de lui, en promettant toutefois de ne pas contrarier ses projets. Pénétré de joie, la tête pleine de prodiges, et pensant aux grandes fatigues de ses prochains voyages, le jeune homme

monta en diligence, et arriva au Havre où il était
attendu. La première personne qu'il aperçut en
approchant de la ville, fut la bonne Marie Talbot,
qui le reçut d'un air triste, les larmes aux yeux, et qui
lui dit en soupirant : « Quoi ! M. Henri, vous voulez
donc vous faire jésuite ? » Il lui répondit en l'em-
brassant. Arrivé à la maison paternelle, il trouva
sa mère dans une égale affliction, ce qui le toucha
vivement, mais sans ébranler sa vocation. Le frère
Paul vint encore lui conter des histoires; on lui fit
lire les plus célèbres voyageurs, et peu-à-peu l'impression des missionnaires s'étant affaiblie, il fut
plus facile d'obtenir de lui qu'il achèverait ses études, et qu'il se déciderait après. C'est alors qu'il
fut envoyé au collège de Rouen, où il fit sa philosophie et obtint le premier prix de mathématiques
en 1757, sous le professeur Le Cat. Il était âgé de
vingt ans.

De ces lectures si délicieuses, des dispositions
qu'elles éveillèrent, il lui resta cet esprit religieux
qui lui montrait par-tout la main de la Providence,
et cet amour de la liberté qui ne lui permit jamais
de garder aucune place. Mais les souvenirs du collège
étaient loin d'avoir le charme des souvenirs de la
maison paternelle. La perte d'un ami tendrement
aimé, la nouvelle de la mort de sa mère, tout,
jusqu'au prix qu'il remporta, avait laissé dans son
ame des impressions douloureuses. Et quant à ce
dernier fait, nous avons sous les yeux quelques notes
où il s'accuse d'avoir été tourmenté dans sa jeunesse

de deux passions terribles, l'ambition et l'amour,
l'ambition sur-tout, qu'il attribuait à ces concours,
à ces rivalités où il était si souvent loué d'être le
premier. Tous les vices de la société, disait-il, sortent des colléges. D'abord notre séparation d'avec nos
parents fait naître l'indifférence absolue pour la famille;
et sans l'amour de la famille, il ne peut exister d'amour
de la patrie. Vient ensuite l'émulation, qui n'est
qu'une ambition déguisée, qui se tourne en haine dans
le monde. Ajoutez à tant d'inconséquences les prix
donnés aux beaux discours et jamais aux bonnes actions; les éloges exclusifs des héros de la Grèce et de
Rome, comme si nos pères n'avaient rien fait pour la
gloire, comme si on voulait nous apprendre à être
Grec, Romain, jamais Français. A cette première instruction succède celle du monde, des affaires, des
femmes, qui n'a aucun rapport avec les souvenirs
d'Athènes et de Rome. Ainsi, d'un côté l'éducation
du monde affaiblit les forces de l'ame, flatte les
vices heureux, honore les ambitions puissantes: de
l'autre, l'éducation de collége nous exagère nos propres forces ou les use sur des objets imaginaires. Tel
se croit capable d'imiter Mutius Scevola, qui se
plaint d'une égratignure. Au lieu de soutenir notre
faiblesse par des exemples tirés des conditions les
plus simples de la société, on irrite notre orgueil,
on éveille notre ambition, en nous faisant admirer
les conquêtes d'Alexandre, le suicide de Caton, la
fureur de Brutus, comme si nous devions un jour
dévaster la terre, arracher nos entrailles, ou faire

égorger nos enfants. Faible mortel! voilà donc les signes de ta raison, les modèles de ton héroïsme, les preuves de ta sagesse; voilà ce qu'on t'apprend à admirer : le pillage de l'univers, un suicide, et un assassinat! Ah! la voix des prophètes nous crie encore à travers les siècles, que celui qui sème du vent doit s'attendre à recueillir des tempêtes.

Il est un autre péril plus grand encore que celui de fausser la pensée; c'est celui de dépraver le cœur, de briser les affections de famille, et de les remplacer par des affections étrangères. M. de Saint-Pierre se souvenait avec attendrissement que dans sa première enfance il ne quittait jamais la maison de son père sans éprouver les plus vives angoisses. Séparé de ceux qu'il aimait, il ne pouvait songer qu'au bonheur de les revoir. Loin de se livrer à des amitiés nouvelles, il s'éloignait de ses camarades et de leurs jeux bruyants, comme il s'éloigna plus tard des hommes et de leurs jeux cruels. Mais un long séjour au collége affaiblit peu-à-peu la ferveur de ce sentiment. Un de ses camarades plus âgé que lui, et qui, ainsi que lui, était tendre, studieux, mélancolique, lui inspira une amitié si passionnée, qu'elle absorba bientôt toutes ses facultés. M. de Chabrillant avait ces goûts simples et vertueux qui marquent toujours une ame supérieure lorsqu'ils sont le fruit de la réflexion : c'était un de ces jeunes gens précoces à qui une sensibilité exquise tient lieu de sagesse. Son caractère formait un parfait contraste avec celui du jeune de Saint-Pierre. Il avait un

C*

nom, de la fortune, des talents; et il méprisait la gloire, l'argent et les hommes. Sa plus douce fantaisie était de se dérober au monde, de labourer un champ, d'habiter une chaumière. Son ami au contraire, quoique sans fortune, sans titre, sans protecteur, livrait son âme à tous les genres d'ambition. Il voulait courir les mers, fonder des républiques, combattre, écrire, réformer les peuples corrompus, et civiliser les nations barbares. Celui qui possédait tout, n'aspirait qu'à l'obscurité; celui qui ne possédait rien, aimait le luxe, la magnificence, et n'aspirait qu'à la renommée. Souvent ils se livraient à des discussions véhémentes sur ces graves questions qui ont occupé la vie des sages. M. de Chabrillant faisait de beaux discours de morale dans le genre de Plutarque; son ami lui répondait par des fictions séduisantes dans le genre de Platon; et sans jamais parvenir à s'accorder, ils s'aimaient chaque jour davantage.

L'époque des vacances étant venue, le jeune de Saint-Pierre fut rappelé dans sa famille; et cette nouvelle, attendue autrefois avec tant d'impatience, reçue avec tant de joie, ne lui apporta qu'un sentiment de tristesse. Il vit avec surprise que la maison paternelle n'était plus sa première pensée; mais sans approfondir pour lors ce nouveau sentiment, il ne songea qu'à obtenir de son père la permission d'aller passer les vacances chez M. de Chabrillant. Ainsi s'étaient brisés peu-à-peu les liens de la famille. Qu'il y avait loin de ce qu'il venait d'éprouver, à l'horreur avec laquelle il eût repoussé, deux années auparavant, la seule pensée de quitter la maison paternelle ! Mais aussi que de moyens on avait employés, que de peines on s'était données pour détourner ses tendres affections, et pour lui faire oublier ce qui avait ravi son enfance !

Les deux amis partirent ensemble, bien résolus de ne se jamais quitter : projets inutiles que les mortels ne devraient jamais faire! La santé délicate de Chabrillant ne put résister à la crise qui sépare l'enfant de l'adolescence ; il mourut, mais sa mort fut celle d'un sage ; près d'expirer, il ne songeait qu'aux douleurs de son ami; il lui rappelait le souvenir d'Étienne de la Boétie, et faisant allusion à ses paroles qu'ils avaient tant admirées, « il le priait aussi d'avoir » courage, et de montrer par effet que les discours » qu'ils avaient tenus ensemble pendant la santé, ils » ne les portaient pas seulement en la bouche, mais » engravés bien avant au cœur pour les mettre en exé- » cution. » * Ainsi ce bon jeune homme ne voyait dans la mort qu'un moyen d'essayer sa vertu, et lorsqu'à sa dernière heure il tournait vers son ami son dernier regard, il lui dit d'une voix mourante, « Henri, ne pleure pas, ce n'est pas pour toujours ! » Cette perte laissa dans l'ame du jeune de Saint-Pierre un regret que rien ne put effacer. Il lui donnait encore des larmes lorsque lui-même, parvenu au terme de la

____

* Voyez la Mesnagerie de Xénophon, etc., traduite du grec par Étienne de la Boétie, et publiée par Montaigne, qui inséra à la suite une relation bien touchante de la mort de son ami.

vie, il n'aimait à se rappeler du passé que le temps où l'amitié lui était apparue sous la forme la plus touchante, pour disposer son âme à la vertu.

Mais les plus beaux jours de Bernardin de Saint-Pierre se sont évanouis! L'enfance n'est plus, et déjà commencent les fautes de la jeunesse, les projets de fortune, les songes rapides de l'amour, et cette ambition qui tourmenta sa vie, et dont lui-même il avouait l'erreur :

Optima quæque dies miseris mortalibus ævi
Prima fugit..... *

Le prix de mathématiques semblait indiquer sa vocation ; il entra donc à l'École des ponts et chaussées, et il y étudiait depuis un an, lorsqu'il apprit que son père venait de se remarier. Ce nouvel hymen devait faire tarir la source des bienfaits paternels. Pour comble de malheur, une mesure d'économie fit réformer à la même époque les fonds destinés à l'École, en sorte que la plupart des ingénieurs et tous les élèves furent remerciés. Frappé de ces deux coups inattendus, il prit aussitôt la résolution de solliciter du service dans le génie militaire. Ses premières démarches ayant été inutiles, un de ses compagnons d'infortune lui proposa d'aller à Versailles, où le ministre de la guerre formait un corps de jeunes ingénieurs. Avant de partir, ils se présentèrent

* Virgil., Georg., lib. III.

chez leur ancien directeur pour en obtenir des lettres de recommandation. Celui-ci les différa dans l'intention de se donner le temps de placer quelques élèves auxquels il prenait plus d'intérêt. Fatigués d'attendre ces lettres, les deux solliciteurs prennent le parti de s'en passer, et se rendent à Versailles. Par un hasard singulier, le chef du nouveau corps attendait en ce moment les deux jeunes gens recommandés par le directeur. Accueillis comme des hommes protégés, ils reçoivent aussitôt leur brevet, et ne peuvent revenir de la facilité avec laquelle leurs vœux sont remplis. Bref, lorsque la méprise fut découverte, il n'était plus temps de la réparer, et ils eurent la double satisfaction d'être placés, et de l'être sans recommandation.

Ses appointements étaient de cent louis : il reçut une gratification de six cents livres; c'était une fortune inespérée, et il partit aussitôt pour Dusseldorf, où se rassemblait une armée de trente mille hommes commandée par M. le comte de Saint-Germain.* Il put juger alors des effets de cette gloire dont il avait été ébloui dès sa plus tendre enfance. Les scènes horribles que les historiens laissent dans l'ombre lorsqu'ils louent les héros, s'éclairèrent tout-à-coup, et il fut épouvanté des fureurs et de la démence humaine. Toujours envoyé en avant pour faire des reconnaissances, ses regards ne rencontraient que des villages déserts, des champs dévastés, des femmes, des enfants, des vieillards qui fuyaient, en pleurant, leur

* Campagne dans le pays de Hesse, 1760.

chaumière. Par-tout des hommes armés pour détruire, triomphaient des douleurs des hommes; partout la destruction était le comble de la gloire. Mais au milieu de tant d'actes de cruauté, un trait sublime vint consoler notre jeune philosophe, et lui montrer un homme où il n'avait encore vu que des victimes et des bourreaux. « Un capitaine de cavalerie commandé pour aller au fourrage, se rendit à la tête de sa troupe dans le quartier qui lui était assigné. C'était un vallon solitaire, où l'on ne voyait guère que des bois. Il y aperçoit une pauvre cabane, il y frappe; il en sort un vieil hernouten à barbe blanche. — Mon père, lui dit l'officier, montrez-moi un champ où je puisse faire fourrager mes cavaliers. » — Tout à l'heure, reprit l'hernouten. Ce bon homme se met à leur tête, et remonte avec eux le vallon. Après un quart d'heure de marche, ils trouvent un beau champ d'orge. — Voilà ce qu'il nous faut, dit le capitaine. — Attendez un moment, répond le conducteur, vous serez contents. Ils continuent à marcher, et ils arrivent à un autre champ d'orge. La troupe aussitôt met pied à terre, fauche le grain, le met en trousse et remonte à cheval. L'officier de cavalerie dit alors à son guide : Mon père, vous nous avez fait aller trop loin sans nécessité; le premier champ valait mieux que celui-ci. — Cela est vrai, monsieur, reprit le bon vieillard, mais il n'était pas à moi. »*

* Les hernoutens sont des espèces de quakers répandus dans

Cependant une bataille générale se préparait. Un matin l'armée fut rangée sur deux lignes. Depuis trois heures elle était immobile et dans un morne silence, lorsque plusieurs aides-de-camp passèrent au grand galop, en criant : Marche la cavalerie! Au même instant trente mille sabres parurent en l'air. M. de Saint-Pierre chargé de porter des ordres à l'autre extrémité du champ de bataille, fut renversé dans la mêlée; il se releva froissé et blessé, poursuivit sa course, et rejoignit M. de Saint-Germain, mais après avoir rempli sa mission. Il le trouva exposé au feu le plus terrible et donnant tranquillement ses ordres. Plusieurs officiers témoignant leur impatience, et désirant sans doute se mettre hors de la portée du mousquet, ce général leur dit froidement : « Messieurs, modérez un peu l'ardeur de vos chevaux. »

Le champ de bataille resta aux Français. Mais peu de jours après, M. de Saint-Germain ayant osé combattre les avis du maréchal de Broglie, fut disgracié, et l'on envoya pour le remplacer le chevalier du Muy. Dès lors tout alla mal dans l'armée. L'obéissance aveugle de ce dernier aux ordres du maréchal, causa les plus grands malheurs. Chaque jour on éprouvait quelques nouvelles pertes. Un matin M. de Saint-Pierre reçut l'ordre d'aller reconnaître les positions occupées par le prince Ferdinand. Il

quelques cantons de l'Allemagne. Ce trait est rapporté par l'auteur lui-même dans les notes du tome IV des Études de la Nature.

traversa la plaine de Warburg au milieu d'un brouillard épais, et trouva le général Fischer qui faisait
bonne contenance. On distinguait à peine quelques
hussards ennemis qui caracolaient autour de cette
partie de l'avant-garde, en faisant le coup de pistolet. Tout-à-coup un aide-de-camp du maréchal de
Castries, le chevalier de la Motte, vint à passer à
bride abattue, en criant : « Dans trois minutes vous
allez avoir cinq mille hussards sur les bras. » Aussitôt la plaine se couvre de fuyards. Entraîné par la
multitude, M. de Saint-Pierre courut long-temps
sans pouvoir se dégager ; enfin ayant peu-à-peu tiré
sur la droite, il se trouva seul et vit ce nuage fondre
sur la gauche. Arrivé à Warburg, tout était en confusion : les équipages encombraient le pont, les
troupes se dispersaient, et les généraux ne savaient
quel parti prendre. Ils délibéraient encore lorsque
le brouillard se levant peu-à-peu, laissa voir l'ennemi à portée du canon. Il s'avançait sur trois colonnes, et débordait l'armée française, qui se trouvait
au milieu du feu. Dans cette situation dangereuse
les officiers, ne prenant conseil que de leur courage, tentèrent de s'ouvrir un chemin dans les rangs
ennemis. Un si généreux dévouement fut inutile,
et le sacrifice de leur vie ne put sauver l'armée.
Les fantassins, les cavaliers, les uniformes bleus, rouges, blancs, se précipitaient pêle-mêle du haut de
la montagne. On avait à peine combattu, et déjà la
déroute était complète. M. de Saint-Pierre s'élança
avec son cheval sur des rochers si escarpés que,

dans un autre moment, il n'eût osé les regarder
de sang-froid. Parvenu au bord de la Dymel, dont les
eaux ne roulaient que des cadavres, il la traversa à
la nage au milieu du feu le plus vif, et il atteignit
l'autre rive, d'où il put contempler cet horrible
désastre. Les flancs de la montagne qu'il venait de
quitter, étaient couverts de malheureux Français
morts ou blessés ; ils apparaissaient à travers la fumée
du canon, comme des ombres sanglantes; et atteints
de tous côtés par le feu ennemi, ils mouraient sans
pouvoir se défendre. Cet affreux spectacle se prolon-
geait sur toute la rive.

Peu de temps après cette bataille, M. de Saint-
Pierre, desservi par des chefs qui ne lui pardon-
naient ni ses talents, ni sa franchise, ni d'occuper
une place dans le génie militaire sans appartenir à
ce corps, fut suspendu de ses fonctions, et reçut
l'ordre de se rendre à Paris. Le voilà donc sans
ressources, sans protections, et réduit à se justifier
auprès de quelques grands, bien décidés à le trouver
coupable. Il ne perdit cependant pas courage, et
se rendit à Francfort, où il fit la rencontre d'un officier de hussards qui menait à sa suite une marchande
de café de l'armée. Ils s'arrangèrent pour faire ensemble la route de Mayence, où ils arrivèrent un soir
peu de temps avant la nuit. A l'aspect de cette
grande ville, la maîtresse du hussard ne peut supporter la pensée d'y paraître en négligé. Elle fait
arrêter la voiture, se relève le teint avec un peu
de rouge, met des plumes sur sa tête, et s'affuble

1. d

d'un mantelet de soie blanc. Pendant qu'elle prépare sa toilette, ses deux chevaliers prennent à pied
le chemin de la ville, et retiennent plusieurs cham-
bres dans la meilleure auberge. Bientôt la voiture
arrive avec fracas, et la voyageuse paraît dans tout
l'éclat de sa parure. L'hôtesse, empressée, s'avance
pour la recevoir; mais saisie d'un scrupule soudain à
la vue de son rouge et de son mantelet de soie, elle
refuse obstinément de lui ouvrir sa maison. Ni les
prières ni les menaces ne peuvent la toucher. Obligés de chercher un autre logement, nos galants
chevaliers parcourent la ville entière, et par-tout à
l'aspect de leur compagne ils essuient le même refus.
Enfin, après deux heures de supplications inutiles,
ils furent trop heureux de se loger dans un méchant
cabaret, où on leur servit un méchant souper. Il
serait difficile de peindre la figure déconcertée de la
pauvre voyageuse. Quant à M. de Saint-Pierre, il ne
put jamais oublier cette bonne ville où un étranger
pouvait coucher à la belle étoile parce qu'une femme
avait eu la fantaisie de mettre un peu de rouge.

Le lendemain il abandonna ces deux ridicules personnages, et traversa la France en faisant les plus
cruelles réflexions sur le mauvais état de ses affaires.
Dégoûté de la guerre, n'ayant aucun dessein arrêté,
il crut trouver quelque secours auprès de sa famille,
et se rendit chez un de ses oncles à Dieppe. Dans le
premier moment, sa tante parut charmée de le recevoir et le combla de caresses. Elle s'imaginait qu'il
avait laissé ses chevaux et ses gens à l'auberge; mais

quand elle apprit qu'il était venu seul, et sur un cheval de louage, elle se refroidit insensiblement et finit
par lui chercher querelle. Obligé de quitter la maison
de son oncle pour se rendre au Havre, il y passa trois
mois auprès de son père, qui était remarié depuis un
an. Mais s'étant aperçu que son séjour commençait à
fatiguer sa belle-mère, il résolut de tenter encore une
fois la fortune. Il lui restait six louis; un billet de la
loterie de Saint-Sulpice doubla cette somme, et c'est
avec ce petit renfort qu'il prit la route de Paris, vers
le commencement de mars de l'année 1761.

Une aventure extraordinaire qui fut sur le point
d'armer toute l'Europe, lui présenta une occasion de
se tirer d'affaire. Un vaisseau de guerre turc, *la Couronne ottomane*, était allé, suivant l'usage, lever le
caraohe, ou tribut payé au grand-seigneur par les
Grecs des îles de l'Archipel. Il jeta l'ancre près de s
rives de la Morée, et une partie de son équipage étant
descendu à terre avec tous les officiers, soixante esclaves français formèrent le hardi projet de s'emparer du vaisseau. Ce projet réussit, et sur quatre cents
hommes restés à bord, un bien petit nombre se sauva
à la nage. Aussitôt les câbles furent coupés, on laissa
tomber les grandes voiles, et le vent de terre venant
à souffler, les vainqueurs furent emportés en pleine
mer. La nuit vint, et ils échappèrent à toutes les
poursuites. Le capitan-pacha, qui était descendu à
terre, paya cette imprudence de sa tête.

Cependant les fugitifs se dirigèrent vers la rade
de Malte, où ils entrèrent un dimanche matin. Le

grand-seigneur somma l'île de rendre le vaisseau ; on
craignit un siége , et plusieurs ingénieurs furent en-
voyés au secours de l'Ordre. M. de Saint-Pierre fut
du nombre; on promit de lui adresser à Toulon la
commission de lieutenant et le brevet d'ingénieur-
géographe. Sur la foi de ces promesses, il se rendit
à Lyon au commencement de mai. La beauté de la
saison et les espérances de fortune dissipèrent peu-à-
peu ses inquiétudes. Il se livra au plaisir de voir des
objets nouveaux. Cependant il n'y a guère de villes
intéressantes entre Paris et Lyon. Il semble que ces
deux grandes cités épuisent toutes celles qui les environnent, comme de grands arbres étouffent les végétaux qui croissent sous leur ombre. Après quelques
jours de repos à Lyon, il se rendit à Marseille, où il
ne fit qu'un court séjour. Tous les soirs il se promenait
sur le port, en observant les divers costumes des na-
vigateurs que le commerce y attirait de toutes les
parties du globe. Il y voyait des Tartares, des Armé-
niens, des Grecs, des Indiens, des Chinois, des Per-
sans, des Moresques, etc. : c'était comme un abrégé
du monde. Le port de Toulon, où il ne tarda pas à
se rendre, et où il fut présenté au capitaine du vaisseau *le Saint-Jean* par l'ingénieur en chef, lui offrit un
spectacle moins varié; mais il en emporta le souvenir
d'une aventure touchante. « Au moment de m'embar-
» quer, dit-il, un homme à barbe longue, en turban et
» en robe, qui était assis sur ses talons à la porte du
» café de la marine, m'embrassa les genoux comme j'en
» sortais, et me dit en langue inconnue quelque chose

» que je n'entendais pas. Un officier de la marine qui
» l'avait compris, me dit que cet homme était un Turc
» esclave, qui sachant que j'allais à Malte, et ne dou-
» tant pas que son sultan ne prît cette île et ne rédui-
» sît tous ceux qui s'y trouveraient à l'esclavage, me
» plaignait de tomber si jeune dans une destinée sem-
» blable à la sienne.* » M. de Saint-Pierre fut d'autant
plus touché de cette scène, qu'il éprouva la douleur
de ne pouvoir secourir cet infortuné. L'élan généreux d'un vieillard qui oubliait ses propres maux
pour gémir sur ceux d'un étranger qu'il devait regarder comme un ennemi, lui montrait le cœur humain
dans toute sa sublimité. Il s'étonnait cependant d'a-
voir excité la pitié d'un homme plus malheureux que
lui, car l'expérience ne lui avait point encore révélé
la profondeur de ce vers de Virgile, qu'il mit dans la
suite à la tête de tous ses ouvrages :

« Non ignara mali miseris succurrere disco. »

Peu de jours après cette aventure, il se rendit à bord
du vaisseau, et l'on mit à la voile. Mais il commit
une imprudence qui devait le jeter dans de grands
embarras : ce fut de partir sans la commission qui lui
avait été promise. Les officiers du génie ne lui voyant
ni titre, ni fonction, ne voulurent bientôt plus le reconnaître, et dès lors il fut en butte à l'intolérance
d'un corps auquel il n'appartenait pas.

Un événement déplorable troubla cette courte tra-

* Vœux d'un Solitaire.

d*

versée. Un jour on entendit crier que deux jeunes gens qui se jouaient sur les lisses, venaient de tomber dans la mer. Aussitôt le vaisseau arrive, le canot est mis à flot, et l'on coupe le *salva nos*, espèces de grands cônes de liége suspendus à la poupe. Toutes ces précautions furent inutiles. Le vaisseau avait été poussé si rapidement loin de ces infortunés, qu'ils ne purent jamais l'atteindre. On les voyait nager dans le lointain, mais déjà l'on ne pouvait plus entendre leurs cris. Bientôt ils levèrent les bras vers le ciel ; ce fut le dernier signe de leur détresse : ils s'enfoncèrent dans les flots, et disparurent pour toujours. Ces deux jeunes gens périrent sans qu'aucun de leurs camarades, qui se jetaient tous les jours à la mer pour quelques pièces de monnaie, témoignât le moindre désir d'aller à leur secours.

Le onzième jour après le départ, on découvrit les côtes de Malte, qui sont blanches et peu élevées. On y débarqua à midi. Il y avait dans le vaisseau quatre ingénieurs ; ils se réunirent pour rendre visite au grand-maître, et laissèrent M. de Saint-Pierre seul sur le rivage, sous prétexte qu'il n'appartenait pas au corps du génie militaire. Surpris d'une pareille conduite, il l'attribua à l'oubli du ministère qui ne lui avait point envoyé la commission promise. Mais que devint-il en apprenant que l'ingénieur en chef le faisait passer pour son dessinateur ? Indigné d'un pareil mensonge, il réclama successivement devant le ministre de France, le grand-maître, et M. Burlamaqui, commandant en chef. Ces réclamations

n'ayant eu aucun succès, il prit le parti de se retirer
et d'attendre qu'on voulût en user plus convenable-
ment avec lui. Il loua une petite maison à un étage,
six francs par mois, et y vécut solitaire avec un vieux
domestique qui lui coûtait le même prix. Ce domestique était Portugais, et d'une fierté qui ne lui permettait d'obéir qu'à sa propre volonté. Il refusait
même de porter des fruits achetés au marché ; ce qui
réduisait la plupart du temps M. de Saint-Pierre à se
servir lui-même. Un jour cependant, il voulut bien
prendre sous son bras une harpe que son maître venait de louer ; et comme ce dernier lui témoignait sa
surprise d'un changement si subit, il répondit avec
dignité « que tout ce qui pouvait faire honneur à
» l'homme, comme les livres, les tableaux, la mu-
» sique, il était toujours disposé à s'en charger ; mais
» que jamais il ne s'abaisserait à porter des vivres. »
M. de Saint-Pierre rencontrait souvent ce bon homme
qui, après avoir achevé son service, se promenait gra-
vement sur la place publique, coiffé d'une perruque
à trois marteaux, et une canne à pomme d'or à la
main.

Cependant les ennemis de notre jeune solitaire
cherchaient tous les moyens de le perdre. De ridicules calomnies furent répandues sur sa personne et
sur sa famille ; et comme il en témoignait un jour son
ressentiment dans les termes les plus vifs, on fit aussitôt courir le bruit que la chaleur du climat avait agi
sur son cerveau, et qu'il était atteint de folie. Dans
cette situation quelques amis s'empressèrent de le

consoler. Tels furent un simple chevalier nommé Pestel, le marquis du Roullet, et le Bailli de Saint-Simon. Mais quelle distraction pouvait-il espérer de la société, dans un pays où l'on ne se réunit que pour jouer, et où il n'y a ni jardins, ni promenades, ni spectacles? Le malheur ne lui avait point encore appris à obéir sans murmurer aux ordres de la Providence, et à se consoler de l'injustice des hommes par l'étude de la nature.

Le siège n'eut pas lieu, et chacun ne songea qu'à retourner en France. M. de Saint-Pierre reçut six cents livres pour les frais de son voyage, et il s'embarqua sur un vaisseau danois qui faisait voile pour Marseille. Malheureusement le capitaine n'avait aucune connaissance de cette mer où les orages s'élèvent avec une effroyable rapidité. Après avoir louvoyé longtemps, ils se trouvèrent à la vue de la Sardaigne entre le banc de la Case et les rochers à pic qui hérissent la côte. Dans cette partie, lorsque la mer, qui n'a que vingt-cinq pieds de profondeur, est agitée par les vents, elle soulève les terres mouvantes des basfonds, et alors les vaisseaux courent risque d'être engloutis sous des montagnes de sable. Pour accroître l'effroi, le nom de ce lieu rappelle aux matelots le naufrage de M. de la Case, sa fin déplorable, et celle de tout son équipage.

Du côté de la terre, le péril n'est pas moins grand. Ces rives sont habitées par des paysans à moitié sauvages. On les voit accourir au milieu des tempêtes, s'élancer de rocher en rocher, et achever impitoya-

blement les malheureux que les.flots leur apportent.
Sur le soir, le vaisseau se trouva arrêté par le calme
entre ces deux dangers. La chaleur avait été excessive, et le ciel se couvrait insensiblement de nuages
noirs et cuivrés. La nuit vint encore augmenter l'horreur de ce spectacle. On craignait le coup de vent
de l'équinoxe; toutes les manœuvres furent suspen-
dues, et l'on soupa de bonne heure pour se préparer
aux fatigues de la nuit. Les passagers assis autour de
la table, attendaient dans un morne silence, lorsqu'un officier qui venait de monter sur le pont re-
descendit à la hâte pour annoncer qu'on allait essuyer
un grain épouvantable. En effet, le vaisseau se perd-
dit tout-à-coup dans une nuée prodigieuse dont les
noirs contours étaient frappés par intervalles de l'é-
clat subit des éclairs. Le ciel et la mer semblaient se
toucher. L'équipage se hâta de serrer toutes les voiles,
et d'amener les vergues sur la barre de hune. On
amarra ensuite la barre du gouvernail. Pendant que
tout le monde était en mouvement, un bruit sourd
et lointain, semblable à celui du vent qui souffle dans
une charpente, se fit entendre, et s'accroissant à
chaque seconde, il semblait fondre du haut du ciel.
En une minute, il gronda autour du vaisseau, qui fut
couché sur le côté, tandis que le vent, la pluie, la
mer et la foudre le frappaient en même temps, et
assourdissaient par leur horrible fracas. Les éclairs
se succédaient si rapidement que le vaisseau était
comme enveloppé d'une lumière éblouissante. Cette
situation durait depuis plus d'une demi-heure, lors-

que le capitaine entra, une petite lanterne sourde à
la main, dans la chambre où les passagers s'étaient
rassemblés. Il avait les yeux égarés, le visage pâle,
et s'adressant en anglais à un de ses officiers, il lui
montra la route pointée sur une carte, et se retira les
larmes aux yeux. L'officier secoua la tête, et comme
tous les regards l'interrogeaient, il annonça que si la
tempête durait encore une heure, le vaisseau était
perdu corps et biens.

Quelques minutes après, la nuée creva sur le vaisseau et le couvrit d'un déluge d'eau. Alors le plus
grand calme succéda à l'orage ; le lendemain, les
voiles furent tendues, et bientôt l'on découvrit les
côtes de Provence. A cette vue, tous les passagers
tombèrent dans une espèce d'extase, et ils voulurent
aussitôt se faire conduire à terre. M. de Saint-Pierre
y descendit avec eux, et soit que le bonheur d'é-
chapper à un si grand péril l'eût préparé aux plus
tendres émotions, soit que la patrie, après la crainte
du naufrage, eût plus de charmes à ses yeux, avec
quel frémissement de joie il toucha cette terre qu'il
avait cru ne plus revoir ! comme ses regards se repo-
sèrent doucement sur ces rives fleuries, sur ces flots,
hier soulevés par l'orage, aujourd'hui si calmes et si
purs ! Ce gazon couvert de rosée, ces bois de myrtes
et d'orangers, le souffle du zéphyr, le chant des oiseaux, il croyait tout entendre, tout voir pour la première fois. Dans ce ravissement il prit la route de
Paris ; mais à mesure qu'il approchait de cette ville,
le charme faisait place aux plus vives inquiétudes.

La tempête, le naufrage, l'attendaient encore là. Il n'avait plus d'amis, plus d'argent, plus de mère; il était seul au monde, et battu de tous les vents de l'adversité.

Il se logea dans un hôtel rue des Maçons, et courut aussitôt rendre visite à ceux qui avant son départ lui avaient témoigné quelque intérêt. Le Bailli de Froulay lui parla de ses propres chagrins, et déplora le sort des grands seigneurs, qui n'avaient plus de crédit dans les bureaux. M. de Mirabeau, l'ami des hommes, composait un gros livre sur le bonheur du genre humain, ce qui ne lui permettait pas de s'occuper des intérêts d'un individu perdu dans la foule. M. du Bois, premier commis, le reçut avec des airs de ministre; il lui dit qu'il fallait attendre, qu'on y songerait, qu'il ne voyait que des gens qui lui demandaient, et en parlant ainsi, il le reconduisait poliment à la porte. Le pauvre solliciteur se consola de tant d'indignités à la vue de cent personnes qui attendaient dans l'antichambre le bonheur de voir sourire un premier commis.

Toutes ses visites eurent le même résultat. Pendant ce temps, le peu d'argent qui lui restait fut dépensé, et la crainte de l'avenir le décida à demander quelques secours à ses parents. Mais cette démarche ne fut pas heureuse : les uns lui répondirent qu'il avait mérité sa situation ; les autres qu'il était un mauvais sujet, et que sa famille ne prétendait pas s'épuiser pour satisfaire ses caprices. Les plus honnêtes ne lui répondirent pas. Dans cette extrémité un de ses protecteurs lui offrit une place chez un maître de pension pour apprendre à lire aux petits enfants. Un autre l'engagea à donner des leçons de mathématiques à quelques jeunes gens qui se destinaient au génie militaire. Il accepta cette dernière proposition; mais bientôt les élèves manquèrent, et il fallut encore renoncer à cette ressource. Alors il adressa au ministre de la marine un mémoire, dans lequel il proposait d'aller seul sur une barque lever le plan de toutes les côtes d'Angleterre. Ce mémoire singulier n'excita pas même la curiosité, et resta sans réponse. Enfin on ne lui épargna aucune humiliation. Jamais il n'avait tant senti l'amertume d'avoir besoin des hommes : déjà la misère commençait à l'accabler; il avait épuisé le crédit chez un boulanger, son hôtesse menaçait de le renvoyer, et réduit à l'isolement le plus complet, il ne voyait personne dont il pût espérer le plus léger secours.

Mais son courage croissait avec son malheur. Plus il se voyait dans l'abandon, plus il prétendait aux faveurs de la fortune. En un mot, ses projets de législation se réveillèrent avec tant de force lorsqu'il se vit sans ressources, qu'il ne songea plus qu'à réaliser au fond de la Russie les brillantes chimères de sa jeunesse. Il ne s'agissait de rien moins que de fonder une république et de lui donner des lois. Ce projet, qui dans un temps plus heureux lui eût peut-être paru extravagant, dans son état de délaissement et de misère lui semblait aussi simple que naturel. Il se doutait bien que pour accomplir de si grandes choses un peu d'argent lui serait nécessaire; mais il n'eût pas été digne de sa haute fortune s'il se fût arrêté à de semblables bagatelles. La difficulté fut donc aussitôt levée qu'aperçue. Un nommé Girault, son ancien camarade d'études, lui prêta vingt francs, le marquis du Roullet deux louis', un M. Sauti trente francs, un père de famille nommé Diq trois louis. Il vendit en suite secrètement et pièce à pièce tous ses habits, puis ayant porté chez Girault ses livres de mathématiques et un peu de linge, il se félicita d'avoir si bien préparé cette sage entreprise, et ne songea plus qu'à partir pour la Hollande. Comme il avait peu de confiance aux lettres de recommandation, qui ne sont le plus souvent qu'un moyen honnête de se défaire d'un importun, il ne voulut en emporter que deux : une pour l'ambassadeur de Hanovre à la Haye, l'autre pour le chevalier de Chazot, commandant de Lubeck et son compatriote.

C'est ainsi qu'au lieu de chercher le bonheur dans le repos d'une condition simple et médiocre, il ne le voyait que dans les agitations de la gloire, dans les hautes vertus, dans les dévouements magnanimes. Il voulait faire de grandes choses pour être un jour l'objet d'une grande reconnaissance, et la vie ne s'offrait à lui que comme une suite d'actions héroïques qui mènent au commandement : erreur brillante mais fatale, résultat inévitable de cette éducation mensongère qui nous force d'appliquer à une vie presque toujours destinée à l'obscurité, les principes et les pensées qui dirigent la vie des princes et des héros.

1.   e

Ces dangereux souvenirs le tourmentaient sans doute lorsque tombé dans le dénuement le plus profond, il entrevoyait la fortune la plus éclatante, imaginant que, semblable à cet infortuné voyageur des Mille et une Nuits, qu'on avait descendu dans un abîme, il ne devait en sortir que pour être roi.

Dès que son père eut appris ses projets de voyage, il s'empressa de lui envoyer quelques papiers de famille, parmi lesquels se trouvaient ses titres de noblesse. M. de Saint-Pierre fut charmé de posséder ces papiers, car, dans les cours du Nord, il faut un nom pour réussir. Une seule chose l'embarrassait, c'est que son titre principal était un certificat signé du marquis de l'Aigle, qui attestait, il est vrai, la noblesse de la famille de Nicolas de Saint-Pierre, mais avec cette clause, qu'un de ses ancêtres avait géré les affaires de la maison de l'Aigle. Ainsi une ambition trouve toujours sa punition dans une autre ambition. Une fois entré dans cette route, il était difficile de s'arrêter. Il n'avait point d'armoiries, et n'osait en prendre de trop connues; il fit donc graver un cachet de fantaisie, qu'il enrichit de tout ce qu'il savait dans l'art du blason. Enfin il adopta le titre de chevalier, que ses amis lui donnaient depuis long-temps. Mais toutes ces précautions qui devaient servir à le rassurer, produisirent un effet absolument contraire. Parlait-on de sa famille? il en vantait la noblesse. Prolongeait-on la conversation sur ce sujet? il coupait court, rougissait, s'embarrassait, craignant toujours de s'entendre demander la preuve qu'il avait eu des aïeux. En nu

mot, les questions les plus indifférentes le faisaient
frissonner et lui apprenaient assez qu'il n'était pas né
pour tromper. Dans sa vieillesse, il s'accusait d'une
manière charmante de ces petits traits de vanité, et
peut-être y avait-il encore quelque vanité dans cet
aveu; car alors il s'était créé d'autres titres au respect
des hommes, et tout semblait lui dire qu'il venait de
commencer l'illustration de sa famille par le génie et
la vertu.

Son entreprise ainsi préparée, il ne songea plus
qu'à son départ. Ses dettes s'élevaient à une centaine
d'écus. Il fit des obligations, qu'il envoya par la poste
à chacun de ses créanciers, afin que son père les ac-
quittât si la fortune ne lui était pas favorable; puis,
un beau soir, il sortit furtivement de son hôtel, et se
rendit chez son ami Girault qui, quoique très-mal-
heureux lui-même, n'avait pas le courage de le suivre.
Ils soupèrent ensemble. D'abord le repas fut triste :
Girault s'inquiétait du présent; M. de Saint-Pierre
ne songeait qu'à deviner l'avenir. Mais une bouteille
de champagne étant venue ranimer leurs espérances,
le grenier où ils se trouvaient retentit bientôt des
éclats de leur joie. Enfin, sur le minuit, il fallut se
décider à revenir aux réalités, et, son petit paquet
sous le bras, il s'achemina seul vers la diligence de
Bruxelles, après avoir promis à son ami Girault de
ne pas l'oublier au jour de la prospérité.

Arrivé à la Haye, il se hâta de présenter une lettre
de recommandation qu'un homme du grand monde
lui avait remise pour son ami intime le baron de

Sparken, ambassadeur de Hanovre. Mais quelle fut sa confusion lorsque l'ambassadeur lui dit qu'il ne connaissait en aucune manière la personne qui avait écrit cette lettre! Ce seigneur était déjà sur l'âge, et croyait à l'alchimie. Par un effet singulier de cette crédulité, il s'imagina qu'un jeune homme qui savait les mathématiques, devait avoir quelques lumières sur la pierre philosophale, et il voulut bien lui promettre une petite place, n'exigeant de lui pour toute reconnaissance que son secret de faire de l'or. En solliciteur novice, M. de Saint-Pierre eut la bonne foi de répondre qu'il était loin de posséder un si beau secret, et sur-tout d'y croire. Ce n'était pas le moyen de faire sa cour ; aussi l'ambassadeur lui fit-il entendre clairement qu'un homme qui ne croyait pas à l'alchimie ne pouvait espérer de service en Hollande. Il ajouta que la religion catholique eût été d'ailleurs un obstacle insurmontable à son avancement, que le bon temps était passé où les Hollandais prenaient à leur service des officiers de toutes les religions, enfin que c'était bien dommage qu'il ne se fût pas présenté quatre jours plus tôt, époque à laquelle son neveu, le comte de la Lippe, s'était embarqué pour aller commander les troupes de Portugal, et combattre les Espagnols. Le voyageur déçu se retira avec ces belles paroles, persuadé de deux choses, dont il éprouva la vérité le reste de sa vie : c'est que les lettres de recommandation ne mènent à rien, et qu'un homme sans crédit arrive toujours le lendemain des bonnes occasions.

Quoique soupçonné par le baron de Sparken d'avoir la pierre philosophale, il se vit bientôt sur le point de manquer de tout. Comme il se creusait inutilement la tête pour trouver les moyens de continuer son voyage, le hasard fit prononcer devant lui le nom de M. Mustel, journaliste français retiré à Amsterdam, et qui y jouissait d'une grande considération. M. de Saint-Pierre avait eu pour régent un ecclésiastique qui portait le même nom. Ce souvenir l'encourage, il prend la plume, il écrit, et M. Mustel lui répond aussitôt que ce régent est son propre frère, et qu'il se croira heureux d'être utile à un de ses disciples. Sur cette lettre, M. de Saint - Pierre se décide à prendre la route d'Amsterdam, où il trouva dans M. Mustel un homme disposé à devenir son ami. M. Mustel était un sage, à la manière des anciens; c'est-à-dire qu'il pratiquait la sagesse. Il passait une partie de l'été dans un petit jardin aux environs d'Amsterdam avec la meilleure des femmes et quelques bons amis. Là, tout en fumant sa pipe, il composait son journal sous un berceau de verdure, et du sein du repos et de la solitude, il traçait jour par jour le tableau des agitations de l'Europe. Doué d'un beau talent poétique, il avait eu la force de préférer le bonheur à la gloire. Dieu, la nature, sa femme et sa plume occupaient toutes ses pensées; et quoiqu'il eût souvent à déplorer les revers des peuples et des rois, il les voyait sur des rives si lointaines, que jamais ses passions n'en furent excitées. Tous les vains bruits du monde venaient expirer à la porte de sa retraite,

e*

et l'histoire présente était devant ses yeux comme
l'histoire des temps passés. * Son bonheur me rendait
gai, disait souvent M. de Saint-Pierre. Un jour il me
dit : « J'ai essayé inutilement de faire venir la laitue
» romaine dans mon jardin ; c'est que la terre est trop
» froide : qu'en pensez-vous ? — Oh ! lui répondis-je,
» ne voyez-vous pas que la laitue romaine ne peut
» croître dans un terrain protestant ? » Cette idée le
fit rire. Pour moi, ajoutait M. de Saint-Pierre, j'a-
vais dans le cœur une plante qui vient par-tout : c'é-
tait l'ambition. M. Mustel eut bientôt apprécié le
mérite de son nouvel ami ; et plein de sollicitude
pour un jeune homme dont il admirait les nobles
sentiments, il lui offrit la main de sa belle-sœur,
avec la place de rédacteur de la Gazette, qui valait
mille écus. M. de Saint-Pierre n'apprécia point alors
la générosité de cette offre. C'était une belle occasion
d'être heureux, s'il n'avait cherché que le bonheur ;
mais comment renoncer à la gloire de former un peuple, de fonder une république, et cela pour une misérable place de journaliste, pour une vie obscure !
Il refusa tout, parce que son ambition n'était satisfaite de rien. Nous le verrons souvent repousser la
fortune qui se présentait à lui sous une forme simple
et riante. C'était un des traits de son caractère : il

* M. de Saint-Pierre fut tellement frappé de l'indépendance
et du bonheur de M. Mustel, que, dans sa vieillesse, il ne put
résister au plaisir d'en parler avec détail. Voyez son roman de
l'Amazone.

voulait parvenir en suivant sa fantaisie, et non en se livrant à la fantaisie des autres.

Il partit donc d'Amsterdam, après avoir emprunté de M. Mustel l'argent nécessaire pour se rendre à Lubeck. Là, il puisa encore dans la bourse du chevalier de Chazot, commandant de la ville, qui lui prêta deux cents francs pour se rendre à Pétersbourg. L'élévation de Catherine au trône impérial vint ajouter à ses espérances. L'Europe entière était dans une grande attente ; Frédéric et Voltaire proclamaient déjà les merveilles d'un règne commencé par un horrible attentat. En écoutant ces éloges, le jeune philosophe craignait d'arriver trop tard ; il lui semblait que tout allait se faire sans lui, qu'on devinerait ses plans, qu'on lui ravirait sa gloire. Plein de cette inquiétude, il se donna à peine le temps de visiter l'arsenal de Lubeck, où il vit cependant le sabre dont on trancha la tête à un bourgmestre qui livra aux Suédois l'île de Bornholm, à cette seule condition qu'il aurait l'honneur de danser avec la reine de Suède.

Au moment du départ, le chevalier de Chazot recommanda vivement M. de Saint-Pierre à son beau-père M. Torelli, premier peintre de l'empire, et qui se rendait à la cour pour faire le tableau du couronnement. Il y avait sur le vaisseau, des comédiens, des chanteurs, des danseurs, des coiffeurs, français, anglais, allemands, qui tous avaient les plus hautes prétentions. Ces braves gens se croyaient déjà de grands personnages : à les entendre, ils allaient

éclairer la Russie et y répandre le goût brillant des
arts. L'exagération de leurs espérances et la folie de
leurs projets n'étaient pas une des moins piquantes
distractions de M. de Saint-Pierre. La traversée fut
d'un mois; arrivés à Cronstadt, les passagers prirent
une chaloupe pour remonter la Néwa, qu'ils trouvèrent semée d'îles désertes, et dont les rives étaient
bordées de noires forêts de sapins. Le bruit des
rames troublait seul le profond silence de ces lieux ;
et les passagers, les regards fixés sur ces terres sauvages, se croyaient aux extrémités du monde, lorsque tout-à-coup, au détour du fleuve, ils décou-
vrirent la cité de Pierre-le-Grand, avec ses vastes
quais, son pont de bateaux, la tour dorée de l'A-
mirauté, ses dômes peints en vert, ses palais
couronnés de trophées, de guirlandes et de groupes
d'Amours, s'élevant seule au milieu des déserts. A
ce magnifique aspect, notre voyageur se sent pénétré d'une émotion indéfinissable : c'est là qu'il
vient chercher la gloire et lutter avec la fortune !
c'est là que ses projets vont trouver de zélés protecteurs ! Cette foule empressée qu'il aperçoit sur la
rive, ne lui présente que des amis, que déjà il
voudrait presser sur son sein ! Ainsi tous ses projets
vont s'accomplir. Pendant qu'il se berce de ces
riantes chimères, la chaloupe aborde au galernof
habité par les négociants anglais. Aussitôt l'un d'eux,
M. Tornton, s'empresse d'un air jovial au-devant
des passagers, et les invite à prendre le thé chez
lui, pour donner à chacun le temps de faire avertir

ses amis. Nouvelle illusion pour M. de Saint-Pierre. Il vient donc de toucher une terre où les étrangers sont accueillis à la porte des villes, comme au temps des patriarches ! Et si l'on reçoit ainsi un homme inconnu, à quels honneurs ne doit pas s'attendre celui dont tous les vœux tendent au bonheur des hommes !

Pendant que le vaste champ de l'espérance s'ouvre devant notre voyageur, il voit une députation de l'Académie qui s'avance pour complimenter le peintre Torelli ; celui-ci reçoit les compliments, monte en carrosse, et de la portière fait une légère inclination à son protégé, qui reste stupéfait sur le rivage. On entre dans le salon de M. Tornton, et bientôt une autre voiture vient enlever un autre passager ; ils disparaissent ainsi peu-à-peu, et à mesure que leur nombre diminue, les illusions du pauvre philosophe s'évanouissent. Enfin il reste seul, et long-temps encore il s'étonne de cette scène qui vient de lui révéler son abandon. Ne voulant pas paraître embarrassé, il se décide à prendre congé du maître de la maison, et son épée sous le bras, il se dirige le long d'un quai de granit, que doraient encore les derniers rayons du soleil. Chemin faisant, il admirait ce peuple à longue barbe qui marchait d'un air grave et préoccupé ; et faisant un retour sur lui-même, il se mit à songer avec douleur à son isolement. Dans cette multitude qui se renouvelait sans cesse, il ne se trouvait pas un seul être qui n'eût une maison, des amis, des parents, qui

ne fût aimé, qui ne fût attendu. Lui seul était
sans asile, lui seul n'était ni attendu ni aimé : solitaire au milieu de la foule, il aurait pu mourir
sans y laisser un regret, sans y faire couler une
larme. Ah! pour savoir combien la patrie est douce,
il faut avoir erré sur une terre étrangère ! Depuis
long-temps il marchait enseveli dans ces pensées
mélancoliques, lorsqu'il s'entendit appeler par une
personne dont la voix ne lui était pas inconnue.
C'était un des passagers qu'il venait de quitter,
bon allemand, établi à Pétersbourg, qui, devinant
son embarras, voulut bien le guider vers la seule
auberge de cette ville tenue par des Français. Ils
trouvèrent la maîtresse du logis, mademoiselle
Lemaignau, qui jouait aux cartes à la faible lueur
d'une lampe. Elle se leva pour les recevoir, et leur
apprit que son frère était à Moscou, où l'impératrice
venait de se rendre pour son couronnement. Elle
fit ensuite servir à souper au jeune Français, qui,
frappé d'une nouvelle si contraire à ses projets,
s'abandonnait aux plus tristes réflexions.

Après avoir retiré ses effets et payé les frais de
son voyage, il lui resta six francs qui ne tardèrent
pas à être dépensés. Obligé de vivre de peu, il
passait les jours entiers dans sa chambre, cherchant à s'absorber par l'étude des mathématiques.
Le temps s'écoulait, la cour ne revenait pas, et
tout annonçait à M. de Saint-Pierre que son hôtesse
se lassait de lui faire crédit. Il croyait ne jamais
sortir de ce labyrinthe, lorsqu'un dimanche, après

la messe , un seigneur vêtu d'une riche pelisse l'a-
borda poliment à la porte de l'église. Après une
conversation assez longue, dans laquelle il lui témoigna beaucoup d'intérêt , il lui offrit de le présenter au maréchal de Munnich , gouverneur de
Pétersbourg, dont il était secrétaire. Charmé de
cette offre bienveillante, M. de Saint-Pierre accepta
un rendez-vous pour le lendemain , trois heures du
matin , seule heure à laquelle le maréchal donnât
ses audiences.

Il trouva un vieillard de quatre-vingts ans , sec ,
vif , pétulant , qui l'accueillit de bonne amitié , et
qui en moins d'un quart d'heure lui eut montré son
cabinet , ses dessins , ses plans , et une centaine de
volumes sur le génie militaire , qui formaient toute
sa bibliothèque. Ces livres avaient servi à sa gloire.
Jeté dans les déserts de la Sibérie , il avait , comme
les anciens philosophes , ouvert une école sur la
terre de l'exil. Rassemblant autour de lui les soldats commis à sa garde , il s'était plu à leur dé-
voiler les secrets de la science d'Euclide et de
Pascal. Sa patrie avait puni ses vertus , il ne se
vengea qu'en lui en montrant de nouvelles ; et l'on
vit tout-à-coup une troupe d'ingénieurs habiles sortir
de ces régions barbares, se répandre dans l'armée ,
et fonder le corps du génie militaire russe. Un
homme de cette trempe devait apprécier le mérite
de M. de Saint-Pierre. Il était déjà charmé de sa
conversation ; mais il voulut le juger sur ses œuvres ,
et lui ayant remis des couleurs , du papier, des

pinceaux, il l'invita à revenir bientôt avec un échantillon de son talent. Cette invitation eut l'heureux effet de prolonger le crédit de notre voyageur. Peu de jours après, il revint avec un plan dont le maréchal fut si satisfait, qu'il promit aussitôt d'en recommander l'auteur à M. de Villebois, grand-maître de l'artillerie, et s'adressant en allemand à son premier aide-de-camp, il se fit apporter un sac de roubles, qu'il présenta à M. de Saint-Pierre, en lui disant que cette somme servirait à payer ses frais de voyage jusqu'à Moscou. Celui-ci répondit en rougissant que les ingénieurs du roi de France ne pouvaient recevoir de l'argent que d'un souverain. Et comme il se retirait en prononçant ces mots, le maréchal se leva, et lui dit d'un air touché, qu'en Russie l'usage permettait à un colonel, et même à un général, de recevoir des bienfaits de sa main, que cependant il ne s'offensait pas d'un refus inspiré par un excès de délicatesse ; puis il ajouta, après un moment de réflexion : « Vous ne refuserez pas sans doute de faire le voyage avec un général de mes amis qui se rend à la cour ? » Cette dernière proposition satisfaisait à tout ; M. de Saint-Pierre l'accepta avec reconnaissance : c'était un premier pas vers la fortune, et il commençait à concevoir que la fortune ne lui serait point inutile pour accomplir ses grands projets.

Dans le temps même où il venait de trouver un protecteur, la Providence lui donnait un ami. Un Genevois, nommé Duval, joaillier de la couronne,

qu'il avait eu occasion de rencontrer plusieurs fois
chez son hôtesse, n'avait pú voir son malheur sans
en être ému, ni son courage sans l'admirer. C'était
un de ces hommes dont la physionomie laisse lire
toutes les pensées, et dont toutes les pensées sont
bienveillantes et vertueuses. Une douce mélancolie
répándue sur ses traits, exprimait la beauté de son
ame ; elle semblait plaindre tous les malheureux,
et leur annoncer un consolateur. Il voulut être la
Providence d'un jeune homme qu'il voyait sans
crainte et sans trouble dans sa lutte avec la misère,
et une grande intimité ne tarda pas à s'établir entre
eux. Duval était loin d'approuver les projets de
son jeune ami ; mais il ne les blâmait pas ouvertement, car il sentait que les dégoûts de l'ambition
ne peuvent naître que des mécomptes de l'ambition.
Toujours prêt à donner un bon conseil, il laissait
faire ensuite, et se trouvait là pour consoler ou
pour secourir. C'était l'idéal de l'amitié, et celle
qu'il inspira fut bien profonde, puisque non-seulement M. de Saint-Pierre lui adressa les lettres
qui composent la relation de son voyage à l'Ile-de-
France ; mais que long-temps après, par une touchante fiction, il attribuait son système de la fonte
des glaces polaires à un sage nommé Duval, cherchant à répandre sur l'ami qui avait inspiré son premier ouvrage, les derniers rayons de sa gloire. *

* Ce morceau devait trouver place dans l'Amazone, l'auteur
n'eut pas le temps de l'achever. Nous en avons publié un fragment sous le titre de Théorie de l'univers.

1.   f

M. Duval, instruit du départ prochain de M. de Saint-Pierre, fit tous ses efforts pour changer sa résolution; mais ne pouvant y réussir, il lui ouvrit généreusement sa bourse; et le même jeune homme qui venait de refuser les dons d'un maréchal d'empire, parce qu'il ne pouvait voir en lui qu'un protecteur étranger, consentit à emprunter dix roubles (50 fr.) d'un simple particulier dans lequel son cœur voyait un ami.

Cependant le maréchal de Munnich le présenta au général sous les auspices duquel il devait paraître à la cour, et peu de temps après ils se mirent en route pour Moscou. On était alors au mois de janvier. Le général avait deux voitures bien chaudes, bien closes, l'une pour lui, l'autre pour ses adjudants. Un traîneau découvert était destiné à son domestique, et il donna ordre d'y faire placer le jeune Français. Dès la première nuit, le traîneau versa deux fois. Notre malheureux voyageur, exposé à toutes les injures de l'air, éprouvait un froid d'autant plus horrible qu'il n'avait pris aucune des précautions d'usage, et qu'avec son chapeau de feutre et son habit court, il lui semblait qu'il n'était pas vêtu. Le second jour, il eut une joue gelée, et sans un bonnet fourré que lui prêta son compagnon, il y eût sans doute laissé ses deux oreilles. Chaque fois qu'on arrivait dans une maison de poste, le général déballait lui-même les provisions, il distribuait à chacun un petit morceau de pain dur comme le marbre, puis la valeur d'un demi-verre de vin, qu'on coupait avec une hache.

Après cette généreuse distribution, le général se mettait seul à table, pendant que ses aides-de-camp et son secrétaire se tenaient debout derrière lui. M. de Saint-Pierre ne crut pas devoir les imiter; à la grande confusion des autres officiers, il osa s'asseoir en présence du général, qui ne lui pardonna point ce qu'il appelait un excès de familiarité. L'espèce de mépris qu'on lui avait témoigné en le reléguant parmi les valets, doublait sa fierté et le remplissait de tristesse. Mais l'aspect de la nature aurait suffi pour le plonger dans la mélancolie. Il est impossible d'exprimer l'âpreté de l'air et du froid. Tout était couvert de neige : les bois, les champs, les plaines, les montagnes, les lacs, et la mer même. Chaque matin le soleil, semblable à un globe de fer rouge, se levait au bord de l'horizon; sa lumière était pâle et sans chaleur, seulement elle agitait dans l'air une infinité de particules glacées qui étincelaient comme une poussière de diamants. La nuit ne présentait pas un spectacle moins étrange : les sapins, à travers lesquels murmurait un vent glacé, étaient comme autant de pyramides d'albâtre, dont les avenues se prolongeaient à l'infini; tantôt la lune les éclairait de ses lueurs bleuâtres, tantôt les feux de l'aurore boréale semblaient les couvrir des reflets d'un vaste incendie. On eût dit alors les colonnades, les portiques d'une ville en ruine, au milieu desquels l'imagination frappée voyait se mouvoir des sphinx, des centaures, des harpies, le dieu Thor avec sa massue, et tous les fantômes de la mythologie du Nord.

Emporté rapidement dans un traîneau découvert, il voyait ces êtres fantastiques s'agiter autour de lui, et il avait peine à ne pas croire à leur réalité. Les trois voitures couraient ainsi, sans autre espoir que celui d'arriver dans quelques pauvres villages dont rien n'annonçait les approches, car les coqs et les chiens même étaient tapis par le froid. Cependant on voyait des troupeaux de loups qui, pressés par la faim, suivaient les voyageurs comme une proie. Ces terribles animaux se partageaient en deux meutes sur les deux côtés du chemin; ils étaient guidés par un chef, qui s'élançait en avant, précédait les voitures, et s'arrêtait de temps à autre en poussant des cris plaintifs, auxquels les deux meutes répondaient par intervalles égaux. Après cet appel, on n'entendait plus que le bruit léger de leur course sur la neige, bruit qui avait quelque chose de plus sinistre encore que leurs gémissements. Ah! lorsqu'au milieu de ces déserts notre triste voyageur venait à se rappeler les champs fertiles de la France, ces riantes vallées, ces vertes collines où les animaux utiles à l'homme paraissent de toutes parts, où la terre est couverte de moissons, de vignobles et d'agréables vergers, où le chant du coq, les aboiements du chien, le carillon argentin du clocher rustique annoncent chaque jour le retour de l'aurore; ah! comme alors il sentait son cœur douloureusement oppressé! comme il se trouvait misérable d'errer si loin de sa patrie! C'est ainsi qu'exposé à la rigueur du froid le plus vif, n'ayant pas même un manteau pour se couvrir, il était réduit à envier le sort de ces malheureux paysans qu'il trouvait rassemblés dans de pauvres cabanes, mais qui au moins se consolaient entre eux de leur misère ; il enviait enfin jusqu'au sort des chevaux attelés à sa voiture ; car la Providence, prévoyante pour eux, les avait couverts de poils longs et chauds, semblables à d'épaisses toisons ; comme pour témoigner, pensait-il alors avec amertume, que l'homme seul est abandonné sur cette terre ; comme pour témoigner, pensait-il vingt ans plus tard avec admiration, qu'il n'est pas un seul être au monde qui soit livré à l'abandon : Dieu leur donnant à tous, suivant le besoin, ce que leur intelligence ne leur apprend pas à se donner.

Enfin ils arrivèrent à Moscou. Rien n'est plus magnifique que l'aspect de cette ville, où tout annonce le voisinage de l'Asie. Au milieu des maisons bâties à la chinoise s'élèvent une multitude de dômes étincelants, à travers lesquels on voit briller les flèches dorées de plus de douze cents clochers, terminées par des croissants surmontés d'une croix. Notre fondateur d'empires arriva dans cette ville, avec un écu dans sa poche : il est vrai qu'uniquement touché de sa grandeur future, il ne songeait guère à sa misère présente. Sa peine n'était pas de savoir comment il souperait, mais bien comment il approcherait de la grande Catherine : car la voir et la persuader était une même chose pour lui. Parmi ses compagnons de voyage, un seul, frappé de la dignité de sa conduite dans une situation si difficile, s'attacha vivement : son malheur. C'était un officier nommé Barasdine à

f*

jeune, bouillant, superbe, poussant la franchise jusqu'à la rudesse, il s'était fait une loi de penser tout
haut, regardant comme une lâcheté de se taire devant le vice heureux, et l'attaquant en face avec toute
l'âpreté de son caractère. Souvent il avait reproché
au général son indifférence pour le jeune Français;
mais ces reproches n'avaient fait que blesser plus
profondément l'orgueil d'un homme pour qui rien
n'était évident que son propre mérite. Arrivé à Moscou, le général fait arrêter ses voitures devant une
grande auberge, et charmé de trouver une occasion
de contrarier, peut-être même d'embarrasser M. de
Saint-Pierre, il annonce froidement qu'il est temps
de chercher un gîte. Il était nuit, et cette nouvelle
répandit le trouble parmi les voyageurs. Aussitôt
chacun songe à retrouver ses bagages, et les domestiques font approcher les yswoschtschiki, espèce de
traîneaux qui rendent à Moscou les mêmes services
que les fiacres rendent à Paris.

M. de Saint-Pierre n'avait qu'un petit porte-man-
teau, et depuis un moment il faisait de vaines recherches pour le retrouver, lorsqu'il apprit que le
général l'avait envoyé aux messageries sous prétexte
que ses voitures étaient déjà surchargées. Pendant
qu'il témoignait sa surprise d'un pareil procédé, Barasdine s'emportait contre ce qu'il appelait haute-
ment une action indigne; mais le général, sans dai-
gner lui répondre, ordonna au cocher de partir, et
laissa les deux jeunes gens exhaler leur colère. Cette
circonstance ne fit que les unir davantage, et ils ne

se séparèrent qu'après s'être promis de se revoir bientôt. Barasdine alla descendre chez son oncle M. de
Villebois, grand-maître de l'artillerie ; et M. de Saint-
Pierre ayant loué un traîneau, se fit conduire chez le
frère de son hôtesse de Pétersbourg, qui, sur la recommandation de Duval, devait lui donner un logement. Mais les contrariétés s'enchaînent souvent
comme les malheurs. Arrivé chez M. Lemaignan, un
domestique lui apprend que son maître n'est point
à Moscou, et qu'il ignore l'époque de son retour.
Qu'on se figure l'embarras de notre voyageur : isolé
au milieu de la nuit dans une ville immense, igno-
rant la langue du pays, ne pouvant ni s'orienter ni se
faire entendre, il était devant son guide comme un
homme muet. Enfin, ne sachant que devenir, il remonte machinalement dans le yswoschtschiki. Son
conducteur ne le voit pas plus tôt disposé à partir,
qu'il met ses chevaux au galop, et le ramène comme
par inspiration à l'auberge où il l'avait pris. Le paie-
ment de la voiture acheva d'épuiser sa bourse, et il
entra dans la maison sans savoir comment il en sorti-
rait le lendemain.

A peine avait-il fait quelques pas dans la cour,
qu'il vit accourir l'hôte, bon allemand à ventre re-
bondi, à face rubiconde, qui dans un jargon presque
inintelligible protestait de son innocence, de sa probité, de son honneur, et qui termina cette apologie
inattendue en plaçant sur les épaules de notre voyageur une assez belle selle en velours qu'il tenait dans
ses mains. Ce dernier argument dut lui paraître sans

réplique, car il se tut soudain; on vit sa physionomie s'épanouir, et les yeux fixés sur M. de Saint-
Pierre, il resta dans une espèce d'admiration de lui-
même. Surpris de cette étrange réception, M. de
Saint-Pierre prend froidement la selle, la remet entre les mains de l'hôte, et entre en explication. Enfin,
après quelques discours, dont il parvint à saisir une
ou deux phrases, il crut deviner que cette selle avait
été oubliée par le jeune Barasdine, et qu'on le prenait pour un domestique de cet officier. Loin de se
fâcher de ce quiproquo, l'idée lui vint d'en profiter
pour passer la nuit dans cette auberge, sans être
obligé de payer son gîte. Il fit donc entendre à l'hôte
qu'il était étranger, que la nuit était avancée, et que
son intention était de ne repartir que le lendemain.
L'hôte le comprit fort bien, car il ouvrit aussitôt une
salle échauffée par un vaste poêle, et l'invita galamment à s'étendre sur une banquette à la manière des
Russes. La selle lui servit d'oreiller, et sans plus s'inquiéter des soucis du lendemain, il s'endormit bientôt du plus profond sommeil.

Le jour commençait à peine à paraître, lorsque
Barasdine entra dans la chambre où le pauvre voyageur dormait encore. Il ne fut pas peu surpris de le
retrouver là, mollement couché sur une planche, et
la tête posée sur la selle qu'il venait réclamer. Son
exclamation éveilla M. de Saint-Pierre, qui, quoique
un peu étourdi de cette brusque apparition, se mit à
raconter de la façon la plus comique sa mésaventure
de la veille. Ce récit les mit en gaieté; ils résolurent

de passer la matinée ensemble, et pour la bien commencer, Barasdine fit apporter un déjeuner auquel
ils s'empressèrent de faire honneur en philosophes
dont le chagrin ne saurait troubler l'appétit. Au dessert, Barasdine voulut voir les lettres de recommandation de son ami. Dans le nombre, il en aperçut
une adressée au général du Bosquet; elle était entièrement de la main du maréchal de Munnich. Barasdine s'en saisit avec vivacité, et dit : « Celle-ci ne
sera pas inutile; le général est Français, et il n'a
point oublié sa patrie; les accents de votre voix suf-
firont seuls pour le bien disposer. Il faut nous rendre
de suite à son hôtel, car je pense que vous n'avez
pas de temps à perdre, et le général n'en perdra
point dès qu'il saura qu'il peut vous obliger. »

Ils trouvèrent le général du Bosquet enveloppé
dans une robe de chambre à fleurs, coiffé d'un bonnet de coton, et fumant sa pipe en se promenant à
grands pas. Son air brusque, ses traits courts et ra-
massés, la rudesse de ses mouvements, produisaient
au premier abord une impression désagréable; mais,
à mesure qu'il parlait, sa figure prenait une teinte
plus douce; elle semblait s'embellir de je ne sais quoi
d'aimable et de bienveillant, et l'on voyait peu-à-
peu cette physionomie sombre s'éclairer, si l'on peut
s'exprimer ainsi, d'un sourire de bonté qui attirait
à lui.

A peine eut-il appris que M. de Saint-Pierre était
Français, que perdant sa gravité il se livra sans réserve au plaisir de voir un compatriote, et de l'en-

tendre parler de la patrie. Cette conversation qu'il
se plut à prolonger, lui fit aimer de suite notre jeune
voyageur, qui ne le quitta pas sans avoir la promesse
d'une sous-lieutenance dans le corps du génie. Cinq
jours après il reçut son brevet, et le retour inopiné
de M. Lemaignan acheva de le tirer d'embarras. Ce
brave homme lui offrit non-séulement sa maison,
mais sur la recommandation de Duval, il lui avança
tout l'argent qui fut nécessaire pour son équipement.
Ainsi tout allait au gré de ses désirs; et sans doute,
lorsqu'il jetait ses regards sur le passé, il était bien
excusable de se livrer à quelques illusions pour l'avenir. A peine quatre mois s'étaient écoulés depuis son
départ. Inconnu, sans argent, sans amis, sans protection, il avait traversé la France, la Hollande, l'Allemagne, la Prusse, la Russie, et tout-à-coup il se
trouvait établi à Moscou, ayant un état, des amis,
du crédit et un protecteur. Il dut sentir alors la vérité de cette pensée qu'il développa si bien dans la
suite : *Où le secours humain défaut, Dieu produit
le sien.*

Jeune encore, il ne fut pas insensible à l'élégance
de son nouveau costume. Un habit écarlate à revers
noirs, un gilet ventre de biche, des bas de soie blancs,
un beau plumet, une brillante épée, tel était à cette
époque l'uniforme des ingénieurs russes. Barasdine
fut si charmé de la tournure de son ami, qu'il voulut aussitôt le présenter à son oncle M. de Villebois,
grand-maître de l'artillerie. M. de Villebois était né
Français, et ne démentait pas cette noble origine.

Des manières pleines de dignité, une physionomie froide mais imposante, l'air supérieur que donne l'habitude du commandement, n'ôtaient rien à la cordialité de son accueil, et semblaient même donner du prix à la manière flatteuse dont il savait encourager le mérite. Il devina celui de M. de Saint-Pierre ; et dès sa troisième visite, il l'admit dans sa familiarité, le pria d'accepter sa table, et suivant la courtoisie des grands seigneurs russes, ne l'appela plus que son *cousin*. Il avait beaucoup vu, il racontait bien, et M. de Saint-Pierre écoutait à merveille. A cette époque, l'impératrice Catherine était le sujet de toutes les conversations. On ne parlait que de son génie, de ses projets, de son ambition ; on se taisait sur ses vertus. L'imagination de notre jeune législateur s'enflammait à tous ces récits ; il brûlait de voir cette femme extraordinaire, et cependant il ne voulait ni l'adorer en esclave, ni marcher à ses côtés comme un instrument de ses plaisirs ou de ses volontés. S'il flatte l'ambition d'une femme, c'est pour la faire servir au plus noble projet qu'un mortel puisse concevoir : il vient lui demander, non des faveurs pour lui, mais de la gloire pour elle. Assise sur un des premiers trônes du monde, que ferait-elle des louanges d'une troupe d'esclaves ? Les hommages d'un peuple chargé de chaînes ne sont que des marques d'ignorance et d'avilissement ; mais les bénédictions d'un peuple libre sont des témoignages d'intelligence et de vertu ; l'univers y applaudit, et la postérité les entend.

M. de Villebois, ravi de l'enthousiasme de son protégé, dont il ignorait cependant les brillantes rêveries, résolut de satisfaire ses désirs en le présentant à Catherine. Un motif secret semblait d'ailleurs le guider dans cette circonstance, et tout doit faire présumer qu'il avait conçu le dessein de renverser le pouvoir d'Orlof par celui d'un nouveau favori, et de s'emparer ainsi de la volonté de sa souveraine. Ce fut un soir en sortant de table qu'il annonça à M. de Saint-Pierre le bonheur dont il devait jouir le lendemain. Cette nouvelle pensa tourner la tête de notre philosophe. Pressé de se préparer, il s'échappe à la hâte du salon de M. de Villebois, court s'enfermer dans sa chambre, recommence vingt fois son mémoire, le lit, le relit, le déclame, ouvre son Plutarque, y cherche des souvenirs et des inspirations, et prépare un beau discours sur le bonheur des rois qui font des républiques. La nuit s'écoule ainsi dans les agitations et le délire de la fièvre. Vers le matin, il commence sa toilette, qu'il interrompt à chaque minute pour corriger une ligne, modifier une expression, ajouter une idée qui doit assurer le succès de son entreprise. Mais quelle était donc cette entreprise qui le faisait courir aux extrémités du monde? quelles étaient ces spéculations séduisantes qui, au milieu des glaces du Nord, avaient eu le pouvoir de lui faire oublier jusqu'à sa patrie? Près des rives orientales de la mer Caspienne, entre les Indes et l'empire de Russie, il existe sous le plus beau ciel de l'univers, une heureuse contrée où la nature pro-

digue tous les biens. Les Tartares l'ont habitée; ils
en ont fait un désert. C'est là que sous le titre modeste de Compagnie, notre jeune législateur prétend
fonder une république. * L'impératrice de Russie,
éclairée sur ses propres intérêts, protégera un établissement qui doit mettre dans ses mains les richesses de l'Inde et le commerce du monde. Cette
république sera ouverte aux malheureux de toutes les
nations; il suffira d'être pauvre ou persécuté pour y
trouver un asile. Les Tartares eux-mêmes s'adouci-
ront pour entrer dans cette grande confédération de
l'infortune. La bonne foi, la liberté, la justice, seront, avec la loi, les seules puissances régnantes.
Enfin le code de cette nouvelle Atlantide s'exprimera
en termes clairs et précis. Comme celui de Guillaume
Penn, il dira à tous ceux qui gémissent sur la terre :
Venez dans notre fertile contrée; celui qui y plantera
un arbre en recueillera le fruit. M. de Saint-Pierre
se proposait sur-tout d'imiter ce législateur dans sa
confiance en Dieu, la plus grande, à notre avis, qu'aucun fondateur de république ait jamais eue, puisqu'il
osa établir une société d'hommes riches et sans armes,
et que, par un miracle de la Providence, cette société
n'a pas cessé de fleurir au milieu des Sauvages et des
Européens. Tels étaient les nobles projets dont le
jeune voyageur venait, avec la foi la plus vive, faire
hommage à la grande Catherine; et c'est riche de ces

---

* Nous publions ce Mémoire sous le titre de Projet d'une
Compagnie pour la découverte d'un passage aux Indes par la
Russie.

1.   g

brillantes illusions, qu'il était arrivé aux portes de
Moscou ayant dépensé son dernier écu.

Enfin l'heure de l'audience approche ; le mémoire
est achevé, il le relit encore, court chez M. de Villebois, monte en voiture avec lui, et se voit bientôt
dans une galerie magnifique, au milieu des plus
grands seigneurs de la cour. Tous affectaient les manières et la politesse française. A l'air de franchise et
de contentement qui brillait sur leur visage, on eût
dit une réunion d'heureux. Chacun s'empressait de
paraître ce qu'il n'était pas, de dire ce qu'il ne pensait pas, d'écouter ce qu'il ne croyait pas. Ne pas
tromper, c'eût été manquer à l'usage. Il y avait là
un échange de félonie dont personne n'était dupe,
et dont cependant tout le monde paraissait satisfait.
Les rubans, l'or, l'argent, les pierreries, éblouissaient les yeux. A l'aspect de cette foule bigarrée,
M. de Saint-Pierre perd tout-à-coup son assurance.
Il s'étonne d'avoir pu concevoir la pensée d'apporter
un projet de liberté au milieu de tant d'esclaves. En-
tendront-ils le langage de la vérité, ceux qui ne se
plaisent que dans le mensonge ? Voudront-ils protéger des hommes libres, ceux qui ne doivent leurs
titres, leurs richesses qu'au joug qu'ils font peser sur
de misérables serfs ? Affligé, presque effrayé de ces
réflexions, saisi d'une timidité qu'il ne pouvait plus
combattre, l'idée lui vient de s'enfuir, et peut-être
allait-il céder au sentiment qui l'oppressait, lorsque
les portes de la galerie s'ouvrirent avec fracas ; alors
tout fut immobile et silencieux, il ne vit plus que

'impératrice. Elle s'avançait seule; son port était noble, son air doux et sérieux, sa démarche facile ; tout en elle éloignait la crainte, inspirait le respect. Elle s'arrête pour écouter le grand-maître. Tandis qu'il parle, les yeux de Catherine se fixent sur notre jeune législateur, qui s'avance à un signe de M. de Villebois, et qui, selon l'usage, met un genou en terre pour baiser la main que lui présentait l'impératrice. Après cette cérémonie, elle lui adressa plusieurs questions sur la France ; il fut heureux dans ses réponses, et un souris charmant lui annonça qu'il pouvait se rassurer. Enfin elle lui dit avec un grand air de bonté, qu'elle le voyait avec plaisir à son service, et qu'elle le priait d'apprendre le russe ; puis saluant M. de Villebois, elle jeta sur son protégé le regard le plus gracieux, et continua de marcher avec les seigneurs qui l'environnaient. La rapidité de cette scène avait déconcerté les projets de M. de Saint-Pierre ; son discours était resté sur le bord de ses lèvres, et son mémoire dans sa poche. Lui qui était venu pour dire la vérité, n'avait pu trouver que des flatteries. Par quel prestige avait-il donc cédé si vite à l'influence de la cour? Pourquoi n'avait-il pu vaincre une faiblesse dont il rougissait? Hélas! il voyait trop que sa république venait de s'évanouir, et qu'en tenant le langage d'un courtisan il s'était replongé dans la foule.

Dès que l'impératrice se fut retirée, les courtisans environnèrent M. de Villebois, en le félicitant des succès de son jeune cousin, qui devint aussitôt l'objet

de l'attention générale. On lui prodiguait les offres
de services, on l'accablait de compliments, de protestations, de flatteries : le comte Orlof lui-même
s'avança pour l'engager à déjeuner, et le baron de
Breteuil, alors ambassadeur de France, le gronda
familièrement d'avoir négligé ses compatriotes. Étourdi, et comme un homme enivré, notre pauvre sous-
lieutenant ne pouvait deviner ce qui l'avait rendu si
vite un personnage si important. Il s'approcha de
Barasdine, qui, témoin de cette scène, le félicitait
de loin, et semblait assister à son triomphe. Dès
qu'ils furent seuls, Barasdine lui expliqua l'empressement d'une cour toujours prête à se prosterner devant les idoles passagères de la fortune. «On croit,
lui dit-il, que le grand-maître a jeté les yeux sur vous
pour ébranler le pouvoir d'Orlof et ressaisir la faveur
dont il a connu l'espérance; on ajoute que l'impératrice, en s'éloignant, a loué votre figure, votre assurance, et la vivacité de vos réponses : mon oncle
et plusieurs courtisans ont fait votre éloge, Orlof en
a pâli. Croyez-moi, osez tenter d'être le rival de cet
indigne favori : toutes les bourses vous seront ouvertes. Prenez un équipage, un hôtel, un titre, des
valets ; soyez à toute heure sur le passage de l'impératrice : elle est jeune, belle, faible; vous êtes Français, vous êtes aimable, tout vous est possible. »

Cette étrange proposition ouvrit les yeux de notre
jeune aventurier : il doutait qu'elle fût faite sérieusement; mais dès qu'il put y croire, il fut décidé.
Si l'ambition avait exalté son ame, elle ne l'avait

point corrompue ; il savait que pour prétendre à une gloire immortelle, il faut sur-tout éviter une honteuse renommée : en un mot, il voulait commander et non se vendre. Avec cette tournure d'esprit, il pouvait admirer de loin la terrible Catherine, mais il ne pouvait aimer que l'innocence et la vertu. Il repoussa donc avec une sorte d'effroi les insinuations de Barasdine ; mais elles servirent au moins à le mettre en garde contre ses amis, contre ses protecteurs et contre lui-même.

Décidé à ne pas s'écarter un moment des principes de l'honneur, il se présenta le lendemain chez Orlof, son mémoire à la main ; il le trouva seul dans un cabinet occupé à lire quelques papiers. Son abord fut plein de politesse, mais un peu froid ; il y avait dans ses manières un mélange singulier de familiarité, de franchise et d'orgueil : sa beauté mâle et farouche aurait eu quelque chose de dur, si on n'avait senti dans la mollesse de son ton, dans la douceur étudiée de ses regards, qu'il avait supporté un joug, et que pour régner il avait fallu se soumettre à plaire. On servit le thé, et, tout en déjeunant, ils commencèrent à s'entretenir de politique, de littérature et de fortifications. Orlof s'exprimait avec clarté, il savait écouter pour s'instruire, chose assez rare dans le monde, où l'on n'écoute que pour tuer le temps, oublier et parler. Vers la fin du déjeuner, il tira de sa bibliothèque les deux premiers volumes de l'Encyclopédie, dont les marges étaient couvertes de notes sur les sciences les plus abstraites, écrites

g*

en français de la main de l'impératrice. En ouvrant
ces deux volumes, il se mit à genoux, les couvrit de
baisers, et, s'animant jusqu'à l'enthousiasme, il vantait dans les termes les plus passionnés le génie de sa
souveraine, ses graces, sa beauté, et la haute fortune
de ceux qu'elle aimait. Il tira ensuite de son secrétaire un autre livre richement relié, et dit à M. de
Saint-Pierre : « Celui-ci ne renferme pas beaucoup de
science, mais vous verrez qu'il n'est pas inutile au
bonheur. » Il ouvrit ce volume qui ne contenait que
des billets de banque ; « Il faut, dit-il en riant, que
vous en preniez quelques feuillets, c'est le seul moyen
d'en porter un jugement digne de vous ; » puis il ajouta
du ton le plus aimable : « Je sais par expérience que
l'équipement d'un sous-lieutenant est très-cher, et
que ses appointements sont peu de chose : vous ne refuserez donc pas un officier qui se fait honneur d'avoir
commencé comme vous. » Cette offre toucha vivement M. de Saint-Pierre, il y vit une action noble et
généreuse ; peut-être avec plus de connaissance des
hommes y aurait-il vu le dessein d'humilier un rival
déjà flatté par quelques courtisans. Quoi qu'il en soit,
l'offre d'Orlof n'eut pas plus de succès que celle du
maréchal de Munnich : pour être le bienfaiteur de
M. de Saint-Pierre, il fallait dès lors être son ami ou
son roi. Mais en repoussant d'une main les dons du
favori, il lui présenta de l'autre le fameux projet qui
lui tenait tant au cœur. Orlof le parcourut avec indifférence, puis il le jeta négligemment sur la table,
en disant que de pareilles idées étaient contraires

aux lois de l'empire et à l'intérêt des grands. Cette
objection ne put décourager notre législateur qui,
s'échauffant par l'opposition même, tenta de persuader Orlof en lui développant la beauté et l'utilité de
son projet. Mais celui-ci ne l'écoutait plus qu'avec
distraction, et déjà il s'était levé comme un homme
que la vérité ne flatte pas, lorsqu'on vint l'avertir que
l'impératrice le demandait. Aussitôt il passa chez elle,
en pantoufles et en robe de chambre, et laissa M. de
Saint-Pierre profondément affligé, et tout disposé
à faire une satire contre les favoris. Après une demi-
heure d'attente, voyant que le comte ne rentrait pas,
il prit le parti de se retirer, maudissant à-la-fois et
sa propre ambition et l'incroyable aveuglement des
grands qui ne savent jamais vouloir ce qui est bien.
Les réflexions les plus tristes le poursuivirent jusque
dans son misérable réduit. Il venait de voir dissiper
en un moment ce prestige de grandeur dont il avait
été comme ébloui, et maintenant il se trouvait auprès de son poêle, avec ses livres de mathématiques,
dont l'étude lui paraissait aussi vaine que fastidieuse,
et n'ayant d'autre compagnie qu'un d'enneckik, ou
domestique militaire, que lui donnait son grade. La
vue même de cet homme contribuait à accroître son
accablement. Ce malheureux venait tout récemment
d'être enlevé à sa famille; il se tenait des jours entiers immobile auprès de son maître, exécutant comme
un automate ce qu'on lui ordonnait par signes; et dans
sa douleur stupide, il paraissait résigné à tout sans se
soucier de rien. Quelquefois cependant, l'expression

de sa tristesse s'échappait tout-à-coup dans une espèce de chant ou plutôt de murmure monotone qu'accompagnaient ses larmes. Du reste, il avait si peu d'idée des choses les plus communes, que pour nettoyer des souliers il les plongeait dans l'eau, et ne les en retirait qu'au moment de s'en servir. M. de Saint-Pierre lui ayant enseigné à brosser un habit, l'invention de la brosse lui parut quelque chose de si surprenant qu'il fut sur le point de se jeter aux pieds de son maître, et de l'adorer comme une intelligence supérieure. La présence continuelle de ce demi-sauvage était d'autant plus affligeante pour notre solitaire, qu'elle ne lui laissait pas oublier un instant que là où il était venu chercher fortune et gloire, il n'avait trouvé qu'esclavage et misère.

Cependant M. de Villebois n'avait pas tardé à reconnaître que son protégé ne se plierait pas à ses vues politiques, et loin de s'en offenser, cette certitude semblait avoir redoublé son estime. Il se consolait de la perte de ce qu'il avait souhaité, par le bonheur de trouver un homme ; mais les moyens de le servir utilement ne se présentaient pas. A cette époque la faveur d'Orlof croissait toujours, sans qu'on pût prévoir où elle s'arrêterait : on dépouillait les plus grands seigneurs pour le revêtir de leurs charges, et M. de Villebois aurait commencé à craindre pour la sienne, si les bruits les plus singuliers ne lui eussent fait redouter comme maître celui qu'il haïssait comme rival.

Un jour le comte Bestuchef remit à l'impératrice, en plein conseil, une requête signée des principaux

seigneurs de la cour. Dans cette requête, on la suppliait de pourvoir au repos de l'empire par une allian-
ce nouvelle, et l'on désignait le comte Orlof comme
celui que le vœu public appelait au trône. Catherine envoya cette pièce au sénat pour en délibérer; mais les
sénateurs protestèrent qu'ils ne reconnaîtraient jamais
Orlof pour leur empereur. Cette proposition fut faite
à Moscou, au mois de mars de 1763; elle excita une
telle fermentation qu'on s'attendait à chaque instant
à voir éclater une révolution. Le soir, on doubla les
gardes au palais; Orlof reçut l'ordre de se retirer dans
son gouvernement, et l'impératrice se rendit au sénat.
« Je vous ai consultés, dit-elle, comme une mère
consulte ses enfants, pour le bien de la famille. Je ne
veux rien de contraire aux lois de l'empire; Bestuchef
m'a trompée. » Mais en se retirant elle laissa une
lettre ainsi conçue : « Je vous défends de parler de
» moi sous des peines plus grandes que l'exil : qu'au-
» cun soldat ne paraisse dans les rues de vingt-quatre
» heures. » Les sénateurs lui envoyèrent demander si
cette lettre serait communiquée. « Non-seulement
au sénat, répondit-elle, mais j'entends qu'on l'affi-
che. » Cette scène violente fut la dernière. Dans les
gouvernements despotiques le seul péril est de ne pas
tout oser. Catherine se soutenait d'ailleurs par la supériorité d'une volonté ferme; et qu'eût-elle pu craindre? il n'y avait parmi le peuple que des spectateurs
indifférents, parmi les grands que des acteurs inté-
ressés : le silence termina tout.

* Voyez les Observations sur la Russie, tome II des OEuvres.

Un pareil spectacle jeta l'effroi dans l'ame de M.
de Saint-Pierre, qui ne pouvait se consoler d'être
venu si loin pour ne voir que des infortunés. Il rendait cependant cette justice à Catherine que, du sein
de son despotisme, elle cherchait à faire ressortir
quelques traits d'une véritable grandeur. Ceux qui
résistaient à son pouvoir n'avaient plus à redouter les
déserts de la Sibérie; elle les forçait de s'exiler dans
les plus célèbres contrées de l'Europe, afin qu'ils en
rapportassent un jour le goût des lettres et des arts.
Elle appelait également à son secours le commerce
et l'agriculture, élevait des fabriques, ouvrait des
écoles, promettait des récompenses; mais le peuple
abruti n'acceptait que l'esclavage, et s'opposait à
tout par son indifférence.

M. de Saint-Pierre fut témoin d'un exemple frappant de cette inertie morale. Un soir qu'il soupait
chez le grand-maître, on entendit tout-à-coup le
roulement des tambours, et la marche précipitée des
soldats qui parcouraient les rues en poussant des cris
d'alarme. On craignait un mouvement de l'armée :
M. de Villebois fit avancer des traîneaux, et suivi de
Barasdine et de M. de Saint-Pierre, il se dirigea vers
le palais de l'impératrice. Mais une immense clarté
qui se réfléchissait dans le ciel, lui eut bientôt appris
la cause de l'effroi général. Une rue entière était la
proie des flammes. Du milieu des cours pleines de
neige s'élevaient des tourbillons de fumée qui enve-
loppaient la foule. L'explosion était si violente que
les poutres embrasées semblaient tomber du ciel. De

toutes parts les murs en s'écroulant laissaient à découvert de vastes appartements, d'où les femmes, les vieillards, les enfants, tendaient en vain leurs mains suppliantes. On voyait çà et là quelques hommes debout devant leur maison, présentant au feu une image d'argent, dont ils imploraient le secours, sans songer à se secourir eux-mêmes. Dans ce grand malheur le peuple était morne, immobile, silencieux, et cependant le danger était par-tout. Les chemins, construits avec d'épais madriers, à la manière russe, recélaient un feu qui circulait sourdement, et qui éclatait soudain sous les pieds des hommes et des chevaux; la rue entière était comme un immense bûcher. Pendant que M. de Villebois dirigeait les travaux des soldats que ses ordres avaient rassemblés, et tentait de ranimer le courage de tant de malheureux, M. de Saint-Pierre aperçut plusieurs groupes d'esclaves qui considéraient cette scène avec une parfaite indifférence. Quelques-uns même s'étaient rassemblés dans un cabaret voisin, et, profitant de la consternation générale comme ils auraient profité d'un jour de fête, ils buvaient, chantaient, dansaient à la lueur de cet horrible incendie. Transporté d'indignation, Barasdine s'avança pour les châtier ; mais l'un d'eux lui dit froidement : « La ruine de notre maître nous importe peu ; nous n'y perdons que du travail et du souci. Il employait nos mains à fabriquer des étoffes de soie inconnues à la vieille Russie ; voilà sa fabrique détruite, et nous nous réjouissons de ce moment de calme et de liberté. » En disant ces

mots, il courut se mêler à ses camarades, frappa dans
ses mains, et transporté d'une joie féroce, il se mit à
danser et à boire.

Plus loin ils rencontrèrent le comte Lomorow au
milieu de sa nombreuse famille, qui ne pouvait le
consoler. Les reflets de l'incendie le laissaient à peine
entrevoir dans l'ombre. « Que je suis à plaindre ! disait-il ; j'ai vendu la moitié de mes paysans à cinquante francs pièce, pour établir cette belle manu-
facture ; j'aurais pu doubler mon capital en deux ans,
et voilà que le feu a tout détruit. Que sert, hélas ! de
faire fleurir l'industrie, de se sacrifier pour son pays ?
On se rit de ma ruine, et personne ne songe à me
secourir. » Comme il parlait ainsi, de grosses larmes
roulaient sur son visage, et l'on entendait au loin les
cris de ses esclaves qui, placés au bord de l'incendie,
apparaissaient comme des ombres mouvantes sur un
horizon de lumière.

M. de Villebois s'éloigna de cet homme, qu'il ne
pouvait plaindre, mais dont la rencontre avait augmenté sa tristesse. « Quel étrange aveuglement ! disait-il ; Lomorow ose parler de l'ingratitude de son
pays, et il ignore que le bonheur de ceux qui nous
environnent est le premier bien à faire à la patrie et
à soi-même ! La patrie ne doit rien à qui ne songe
qu'à s'enrichir. » Effrayé de ces scènes d'esclavage et
de douleur, M. de Saint-Pierre rentra chez lui au
point du jour, et ne put y trouver le repos. Chaque
moment ajoutait à son dégoût pour une terre qui avait
tant d'habitants, et ne comptait pas un citoyen.

Dans ces rudes contrées, on ne connaît ni le printemps ni l'automne, ces gradations ravissantes de la nature, qui font naître tant d'espérances et qui apportent tant de biens. La chaleur y succède immédiatement au froid; une nuit suffit pour enlever aux campagnes le tapis blanc et uniforme de l'hiver, et pour les revêtir d'une parure enchantée. Aussitôt les noirs sapins laissent tomber la poussière d'or de leurs fleurs, et paraissent tout chargés de longues houppes de soie chatoyantes des plus belles couleurs; le bouleau exhale les parfums de la rose, et son feuillage incliné s'agite avec de doux murmures. On entend le chant des petits oiseaux que le zéphyr ramène pour quelques moments; et sur la lisière des forêts les chemins se déroulent comme de longs tapis plus verts que l'émeraude. L'impératrice, qui ne pouvait supporter l'absence d'Orlof, n'attendait que ce signal pour le rejoindre à Pétersbourg; elle se mit en marche, et le peuple vit passer ses nombreux équipages sans témoigner ni admiration, ni surprise, sans se détourner, sans s'arrêter : c'était pour lui comme un objet étranger, qui ne pouvait réveiller son amour. Ainsi le despotisme isole les souverains, et détruit tous les sentiments, même celui de la curiosité.

M. de Villebois suivit immédiatement l'impératrice, et confia le soin de ses voitures aux deux amis, qui devaient le rejoindre dès que l'écoulement des eaux aurait facilité le passage des rivières. Il ne pouvait rien faire de plus agréable pour M. de Saint-Pierre, qui ne songeait qu'au bonheur de parcourir,

1. — h

d'une manière commode et par un temps magnifique, cette route dont il n'avait pas oublié les souffrances ; mais il était destiné à éprouver aux mêmes lieux
les extrêmes de la chaleur et du froid. Placés au fond
d'une voiture, sans autre vêtement qu'un pantalon
de toile, les deux voyageurs étaient obligés de tenir
constamment à leur côté un bloc de glace qu'on
renouvelait sans cesse, et dont l'eau, mêlée avec du
sucre et du citron, ne pouvait apaiser leur soif toujours renaissante. La nuit, ils étaient poursuivis par des
nuées de cousins qui disparaissaient au lever du soleil.
Alors des essaims de petites mouches venaient infec-
ter les airs, et s'attachaient à leur visage comme des
grains de sable brûlants ; de plus grandes mouches
leur succédaient ensuite jusqu'à midi, où des armées
de mouches nouvelles, plus grandes encore, fondaient
de tous côtés sur eux, et les couvraient de piqûres
douloureuses. On eût dit que, semblable à l'antique
Égypte, cette contrée entière avait été livrée à de
vils moucherons. Accablés de sommeil, tourmentés
par la chaleur et par ces insectes, nos voyageurs parcouraient presque en aveugles cette même route où
naguère engourdis par le froid, ils ne voyaient que
des plaines de neige et n'entendaient que les hurle-
ments des loups. A cette heure, les chemins étaient
couverts de troupeaux de bœufs, que des Cosaques
amenaient de l'Ukraine et conduisaient à Dantzick.
Les deux amis ne pouvaient se lasser d'admirer la
gaieté de ces bonnes gens qui, sans se soucier des
ardeurs du soleil, de l'aiguillon des mouches, et de

l'énorme distance qui leur restait à franchir, marchaient en chantant à l'ombre des sapins. *

Un jour, au lever de l'aurore, les deux voyageurs
côtoyaient à pied les rives d'un lac, en admirant la
multitude de perspectives qui s'ouvraient devant eux.
Après une nuit étouffante, ils jouissaient avec délices
de la double fraîcheur des eaux et du matin, lorsque
les accents de plusieurs voix mélodieuses attirèrent
leur attention. Ils marchèrent un instant sans rien découvrir, mais soudain la vaste étendue du lac se dé-
roulant à leurs yeux à travers quelques sapins isolés,
ils aperçurent plus de trois cents femmes entièrement
nues, dont les eaux transparentes semblaient multi-
plier les charmes. Les unes nageaient en silence, les
autres chantaient, mollement couchées sur le gazon.
La plupart se poursuivaient en folâtrant, tandis que
d'autres, laissant tomber leur dernier voile, étaient
immobiles sur le rivage. Les anges eux-mêmes n'auraient pu voir sans émotion toutes ces beautés réunies.
Leurs groupes pleins de grace se dessinaient sur un
horizon d'azur, et semblaient l'œuvre d'un enchantement. On eût dit une troupe de ces nymphes que
le Tasse met à l'entrée du palais d'Armide. Nos voyageurs contemplaient cette scène avec ravissement;
mais ayant voulu s'approcher davantage, leur habit
rouge les trahit, l'alarme se répandit parmi les bai-
gneuses, et en un moment le tableau disparut. Les

* Avant de sortir de leur chaumière, ils trempent leur che-
mise dans le suif; et cette seule précaution leur suffit pour
échapper à toutes les incommodités de la route,

plus jeunes se plongèrent dans le lac, et les plus âgées se couvrant le visage d'une main, de l'autre firent signe aux voyageurs de s'éloigner. Quoique jeunes et officiers, ils respectèrent cet ordre, et bientôt ils purent s'en féliciter, lorsqu'ils apprirent de leur conducteur qu'il y aurait eu du danger à ne s'y pas soumettre.

Peu de temps après ils arrivèrent à Pétersbourg. La présence de l'impératrice y avait dissipé tous les murmures que sa haute fortune, bien plus que ses crimes, avait fait naître. On ne parlait à la cour que de fêtes, de jeux, de bals et de spectacles. La paix semblait assurée, le peuple content, et l'ambition des grands satisfaite. M. de Saint-Pierre se hâta de se rendre chez Duval et chez le vieux Munnich, qui tous deux le comblèrent de caresses. M. de Villebois, en le revoyant, lui promit la place de son premier aide-de-camp, et ne le distingua plus de son propre neveu. Tout lui riait alors, et cependant il était triste, inquiet, et rongé de soucis : le luxe de la cour offensait ses regards, en lui faisant mieux sentir la misère du peuple et la sienne ; enfin il ne répondait plus aux consolations de ses amis que par des plaintes, aux encouragements de ses chefs que par des reproches, et aux bienfaits de tous que par des refus. Deux causes avaient contribué à cette révolution subite : le chagrin de se voir obligé de renoncer à ses beaux projets de république, et la crainte de ne pouvoir acquitter les dettes qu'il avait contractées pendant son séjour à Moscou. Ennuyé du travail, fatigué du repos, mécontent des autres et de lui-même, ne sachant à quoi se résoudre, il se ressouvint du baron de Breteuil, et résolut de le consulter et de se ménager par son moyen le retour vers sa patrie. Il lui adressa donc une lettre dans laquelle il faisait le tableau de ses fautes, de ses regrets et de sa situation. L'ambassadeur ne lui répondit pas, mais, deux jours après, le grand-maître lui dit en riant : « M. de Saint-Pierre, l'impératrice vient de vous accorder une gratification de 1500 francs, et le brevet de capitaine ; » puis il ajouta d'un ton plus sérieux : « Je vous préviens qu'ici on n'aime pas les plaintes. » M. de Saint-Pierre vit bien que sa lettre avait été interceptée, mais il s'en consola en payant ses dettes ; et cette faveur imprévue, la douce société de son ami Duval, l'entraînement de celle de Barasdine, parvinrent à ranimer un instant son courage ou plutôt ses illusions. Duval s'empressait d'ailleurs de flatter ses espérances, en lui montrant tous les chemins de la fortune ouverts à celui qui savait vouloir et attendre. Barasdine lui promettait une guerre prochaine, de l'avancement et de la gloire ; mais le plus souvent il venait l'enlever à ses études pour l'introduire au milieu des jeux et des fêtes de la cour, et lui faire connaître tout ce qu'il y avait alors en Russie de femmes célèbres, d'heureux parvenus, et d'illustres disgraciés. Il lui montrait Biren, ancien domestique de la duchesse de Courlande, qui fut neuf ans maître de l'empire, à côté du brave Munnich, qui, le rencontrant un jour dans tout l'appareil de

h*

sa puissance, le fit charger de fers presque sûr le trône, en présence de ses propres gardes que cette action glaça d'épouvante. Ces deux rivaux, qui avaient gouverné l'empire et connu l'exil, nourrissaient encore de grandes ambitions et de grands ressentiments. Auprès d'eux étaient la princesse d'Aschekof et le comte Lestock; l'une isolée aux pieds de Catherine, dont elle se vantait imprudemment d'avoir inspiré les desseins et préparé la fortune; l'autre retombé dans la foule, après avoir renversé la régente Anne, couronné Élisabeth et conseillé son règne. Spectateur inutile de la nouvelle conspiration, sa haine s'échappait en paroles amères contre les conspirateurs, dont il enviait tout, même le crime. On voyait encore au milieu des courtisans, une troupe de beaux hommes qui passaient leur vie à considérer le superbe Orlof avec un jaloux déplaisir, et à se contempler eux-mêmes avec une secrète espérance. Mais ce que la cour de Catherine offrait de plus remarquable, c'était une multitude d'hommes sortis si rapidement de l'obscurité, qu'on n'avait pu même entrevoir leur origine : l'or, les rubans, les ordres, les avaient soudain transformés en grands seigneurs : c'est en étalant les profits du crime qu'on prétendait déguiser les criminels. On peut juger de l'impression que devait produire la vue d'une pareille cour sur l'esprit de deux jeunes gens qui aimaient la vertu avec enthousiasme, et sur-tout sur celui de M. de Saint-Pierre qui, dans ses rêves sublimes de législation, avait attaché au pouvoir quelque chose de divin.

Heureusement le général du Bosquet vint troubler le cours de ces réflexions pénibles, en lui proposant de l'accompagner en Finlande pour en examiner les positions militaires et y établir un système de défense. La joie de parcourir des déserts suspendit toutes ses autres pensées, mais elle ne fut pas de longue durée.[*] Il se lassa bientôt d'un compagnon de voyage qui dormait tout le jour, n'observait rien, et ne songeait à rien. La voiture roulait sans jamais s'arrêter, tantôt à travers une suite de collines isolées, noirâtres, dont les sommets arrondis étaient dépouillés de verdure ; tantôt au milieu de forêts de sapins, dont rien ne peut exprimer la prodigieuse élévation et le silence profond et terrible. Des lacs, des cataractes, des rochers, une terre semblable au fer, un ciel couvert de vapeurs, le soleil toujours à l'horizon et qui répandait à minuit des lueurs pâles et mourantes ; quelques aurores boréales illuminant tout-à-coup l'atmosphère, et jetant sur la contrée les reflets rougeâtres d'un incendie : tels sont les spectacles qui, dans une tournée de plus de cinq cents lieues, ne cessèrent d'attrister les regards de nos deux voyageurs. Cette terre marâtre est cependant la patrie d'un peuple hospitalier ; tous les jours, du fond de leur voiture, ils voyaient les principaux habitants de chaque ville se presser sur leur passage en se disputant le bonheur de les accueillir.

[*] M. de Saint-Pierre fit, à différentes époques, deux tournées dans la Finlande, l'une dans la Finlande russe, l'autre dans la Finlande suédoise ; nous avons réuni ces deux excursions, parce que nous ignorons l'époque de la première.

Celui sur lequel tombait le choix du général, invitait aussitôt ses compatriotes au festin de réception. La maîtresse de la maison s'avançait ensuite pour présenter la *chale*, marque d'hospitalité en usage dans tout l'empire, et qui consiste à offrir gracieusement au voyageur un verre d'eau-de-vie, un morceau de pain et quelques grains de sel. Après cette politesse russe, on servait le dîner, composé ordinairement de deux services. Le dessert était préparé dans une autre pièce jonchée de mousses odorantes et de branches de sapin. Plus tard on servait le café, puis le thé, puis le goûter, puis le punch, puis le souper, et cela durait aussi long-temps qu'il plaisait aux voyageurs de séjourner dans une ville, un bourg ou même un village. Après une journée si bien employée, le général allait se coucher, et son aide-de-camp cherchait un coin de la maison où il pût échapper à ces repas interminables, dessiner ses plans et rédiger son voyage. Nous avons sous les yeux les notes qu'il écrivait alors; elles offrent un si parfait contraste avec ce qu'il écrivit dans la suite, qu'il est impossible de les lire sans étonnement. Obligé de remplir une mission, et d'observer en ingénieur ces contrées sauvages, il rassemble toutes les forces de son esprit pour y créer des moyens d'attaque et de défense. Frédériksham, Wilmanstrand, Wibourg, le vieux château de Nyslot, le lac Ladoga, le lac Saïma, les sombres forêts qui commencent à Yervenkile, et qui se prolongent dans un espace de plus de quatre-vingts milles, ne lui offrent qu'un vaste théâtre de guerre où il promène les armées russes et suédoises. En entrant dans ces forêts où règne un silence formidable, où les rayons du soleil n'ont jamais pénétré, il semble étouffer son émotion, et s'occupe froidement à calculer l'effet du canon sur ces arbres prodigieux, que leur élasticité et leur forme cylindrique ne permet de toucher que par la tangente. Il compare ensuite la force du bois vert et celle du bois sec pour les opposer au boulet; et, plein du système qu'il imagine, il rappelle le trait des Hanovriens retranchés à Corbach sur les bords d'un bois. Quinze pièces de seize livres de balle les battirent dix-huit heures consécutives; plusieurs arbres reçurent jusqu'à dix coups de canon, sans qu'il y en eût un seul d'abattu. Qui aurait pu prévoir alors que celui dont toutes les pensées, à l'aspect de ces forêts majestueuses, tendaient à inventer des machines de guerre, à perfectionner les moyens de détruire, devait un jour peindre la nature dans ses plus ravissantes émotions ?

Ces mémoires, dont la Russie négligea les observations importantes, offrent cependant une trace fugitive de ce talent que Bernardin de Saint-Pierre ignorait lui-même, et laissent comme entrevoir ce cœur noble et tendre qu'il sentait battre dans son sein, mais qui ne lui avait point encore révélé son génie. C'est ainsi qu'il ne put voir sans transport les cataractes d'Yervenkile qui s'échappent à travers d'énormes voûtes de glaces, et celles de la Vosca dont rien ne peut exprimer l'épouvantable fracas. Arrivé sur les bords de ce dernier fleuve qui se forme

de l'écoulement du grand lac Saïma, il le suit jusqu'au lieu où, resserré tout-à-coup par un roc immense que la nature semble avoir creusé exprès pour
lui former un canal, il se précipite en grondant sur
une pente de plus de trois cents toises. Cette scène
imposante arrache au voyageur un cri d'effroi et d'admiration; mais revenant aussitôt à l'objet de sa mission, il cherche les moyens de faire servir ce phénomène, soit à la défense du pays, soit à sa prospérité, en y élevant des machines d'autant plus puissantes que le fleuve est plus terrible, et que son
mouvement est éternel.

Plusieurs passages de ces notes offrent également
le tableau de l'agriculture et de l'état moral du pays.
Au milieu des projets de guerre et de destruction,
on retrouve avec plaisir quelques images de la nature,
quelques vues politiques sur le bonheur des hommes.
Étonné de l'abandon de la Finlande, dont il apprend
que la population diminue chaque jour, il en conclut
que le gouvernement ne protége point assez, puisque
le Finlandais ne se sert de la liberté qui lui reste que
pour abandonner le sol de la patrie. « Il n'y a que des
mains libres, s'écrie le jeune voyageur, qui puissent
faire fleurir la terre ! La Grèce et l'Italie ont donné
des lois au monde : maintenant ces beaux pays sont
incultes et déserts parce qu'ils sont asservis. La Hollande n'offrait sous le gouvernement des Espagnols
que des sables et des marais; l'indépendance en a
fait l'état le plus riche et le mieux cultivé de l'Europe. Protégez donc, si vous voulez régner, car

où il n'y a pas d'hommes, il n'y a pas de royauté! »
Paroles sublimes! hommage d'une ame sans crainte,
d'une conscience incorruptible! c'est ainsi qu'il est
beau de parler de liberté. Mais, pour apprécier toute
l'énergie de ces lignes vraiment courageuses, il faut
savoir qu'elles étaient tracées pour la cour de Russie :
c'est sous les yeux de la terrible Catherine que notre
jeune voyageur allait bientôt les déposer.

A son retour à Pétersbourg, tout était changé. On
parlait d'une guerre prochaine, de la disgrace des
premiers seigneurs de la cour, et du pouvoir illimité
d'Orlof. Les anciens serviteurs de la couronne étaient
tombés dans un entier abandon, le sage Munnich
lui-même ne siégeait plus au conseil, et l'on annonçait publiquement que la charge de grand-maître
de l'artillerie était promise au favori. Ainsi, après
une absence de quatre mois, M. de Saint-Pierre
trouva la fortune de ses protecteurs évanouie, son
ami Duval accablé de tristesse, et Barasdine livré à
des transports incroyables de haine et de fureur.
Trompé dans ses espérances, aigri par l'injustice qui
menaçait son oncle, il ne parlait plus qu'avec horreur du pouvoir d'Orlof, et qu'avec mépris des faiblesses de l'impératrice. Les idées d'indépendance
de M. de Saint-Pierre avaient fermenté dans sa tête;
son ambition déçue lui faisait aimer la république,
parce qu'elle lui présentait, comme à tous les mécontents, une espérance de souveraineté; mais un
événement qui attirait l'attention de l'Europe, acheva
d'exalter son ame. Auguste III, roi de Pologne, ve-

naît de mourir, et son trône électif restait en proie
aux intrigues de tous les ambitieux. La Russie et la
Prusse n'osaient encore se partager un royaume
qu'elles convoitaient; mais elles saisirent cette occasion de lui imposer un roi plus ami de leur pouvoir
que du sien, et qu'elles pussent appuyer pour le do-
miner. Catherine, par un caprice de femme, voulut
accorder cette royauté à Poniatowski, son ancien
amant; et Frédéric approuva ce caprice, satisfait de
voir monter sur ce trône ébranlé, un homme qui n'a-
vait pour tout renom que l'éclat d'un grand scandale.
Cependant la France voyait avec inquiétude ces arrangements politiques qui présageaient l'agrandisse-
ment de la Prusse et de la Russie. Son intérêt était
de protéger l'indépendance de la Pologne; mais affaiblie par de longues guerres, et n'osant se déclarer
ouvertement, elle appuyait en secret le jeune Radziwil, chef des mécontents. Ce prince, qui avait des
amis puissants et d'immenses richesses, aurait pu
prétendre au trône s'il n'eût dédaigné de le recevoir
des mains d'une femme : il savait bien qu'acheter
ainsi une couronne, c'était cesser de la mériter; en
un mot, il voulait combattre les ennemis de sa patrie,
et non les flatter pour régner, et non régner pour
leur obéir. Une éducation presque sauvage en avait
fait un héros des temps fabuleux. Vêtu d'une peau
d'élan, la tête couverte de la dépouille d'un ours
qu'il avait étouffé dans ses bras, on le vit sortir des
forêts de la Lithuanie, et s'élancer tout-à-coup au
milieu de ses concitoyens en les appelant à la liberté.

Sa force surprenante, sa taille gigantesque, son caractère dur et farouche, produisirent une vive impression. A sa voix les forêts semblèrent s'ouvrir, et il en sortit une foule d'hommes qui demandaient à mourir pour la patrie. Environné de cette cour barbare, il proclama l'indépendance de la Pologne, et Catherine elle-même, au milieu de ses esclaves, en trembla.

Entraîné par la nouveauté de ce spectacle, M. de Saint-Pierre tourna soudain toutes ses espérances vers un peuple qui promettait d'honorer les temps modernes par des vertus dignes des temps antiques. Dans son enthousiasme il ne songea plus qu'au moyen d'aller partager les périls de cette nation généreuse; Barasdine avait les mêmes désirs, s'abandonnait aux mêmes illusions, et tous deux juraient de se faire regretter de la Russie en combattant contre elle. Une autorité supérieure les poussait encore dans cette route dangereuse; ils ne devaient point paraître en Pologne comme de simples aventuriers : c'était au nom de la France et de la liberté qu'ils allaient combattre; ils partaient de l'aveu de l'ambassadeur, avec un grade élevé, avec toutes les promesses de la fortune et toutes les espérances de la gloire. C'est ainsi qu'ils se flattaient d'obéir à des idées vertueuses lorsqu'ils n'obéissaient qu'à leur ambition.

Cependant M. de Villebois, qui attendait chaque jour sa disgrace avec calme et dignité, cherchait à refroidir une effervescence dont cette disgrace était la première cause. Il recommandait sans cesse la pru-

1. i

dence à son neveu; mais celui-ci ne pouvait se résoudre à garder le silence, et provoquait lui-même les malheurs qui allaient bientôt l'accabler. Un soir que les deux amis assistaient au spectacle de la cour, comme ils s'entretenaient de leur expédition en Pologne, ils virent paraître Orlof avec l'uniforme de grand-maître, et environné des principaux officiers du génie. A cette vue, Barasdine s'abandonne à toute sa fureur. Son oncle n'est plus grand-maître, un autre est couvert de ses dépouilles. Alors il s'écrie, en désignant Orlof avec un geste méprisant, qu'autrefois les grades supérieurs étaient le prix des longs services et de la victoire, mais qu'aujourd'hui il suffit, pour les mériter, d'avoir étranglé son maître, trahi sa patrie et couronné une étrangère. M. de Saint-Pierre, épouvanté d'un pareil acte de démence, se précipite vers son ami et l'entraîne hors de l'enceinte; mais à peine ont-ils fait quelques pas dans la rue, que des soldats les arrêtent et les séparent. M. de Saint-Pierre est aussitôt reconduit dans son logement, à la porte duquel on pose une sentinelle. Dès qu'il fut seul, il tomba dans les plus vives anxiétés; toutes les violences dont il avait entendu accuser le gouvernement russe, revinrent à sa mémoire : à chaque instant il croyait voir arriver le fatal chariot qui devait le transporter en Sibérie, et le seul bruit des pas de la sentinelle qui veillait à sa porte, suffisait pour le glacer de terreur. Oh! comme alors il sentait la folie de ses projets et de son voyage ! Combien la France, qu'il avait abandonnée pour des idées chimériques de for-

une et de gloire, lui semblait belle, libre, heureuse!
jamais il ne l'avait tant aimée; il en regrettait tout,
jusqu'aux arbres, jusqu'aux rochers, jusqu'à l'abandon où il s'y était vu; n'avait-il donc quitté tant de
biens que pour se perdre dans des contrées barbares?
que pour mourir dans des déserts? et son ami, l'infortuné Barasdine, où était-il? que faisait-il? peut-être
à cette heure il avait cessé de vivre! Ces tristes pensées l'agitèrent toute la nuit. Vers le matin, comme
l succombait à un sommeil douloureux, il entendit
le bruit de plusieurs hommes qui se parlaient à voix
basse; puis il n'entendit plus rien : la sentinelle s'é-
tait retirée. Il commença à respirer, et un billet
glissé sous sa porte par une main inconnue, acheva
de dissiper ses inquiétudes. Le billet ne renfermait
que ces mots :

« Si vous ne voulez perdre votre ami, gardez-vous
» de prononcer son nom.

» M. de Villebois se retire dans ses terres; il est
» parti cette nuit. Le comte Orlof, qui lui succède,
» désire que vous vous attachiez à sa personne. Sou-
» venez-vous qu'avec du courage et de la patience on
» surmonte tous les obstacles.

» P. S. L'exil de votre ami est prononcé; il a été
» enlevé cette nuit; on le conduit à Astracan. »

A mesure que M. de Saint-Pierre lisait ces lignes
il se sentait un peu soulagé, et sa reconnaissance bénissait la main généreuse qui les avait tracées. Croyant
y reconnaître le style du maréchal de Munnich, il se

rendit aussitôt chez lui, mais il ne put le voir. Il tenta alors de pénétrer chez le grand-maître, qui était parti comme le billet l'avait annoncé. Enfin il passa devant la maison de Barasdine; elle était déserte, et il s'éloigna en faisant de vains efforts pour retenir ses larmes. Après plusieurs autres courses inutiles, il rentra chez lui, dévoré d'inquiétude, et dans l'accablement du désespoir. La première personne qu'il aperçut fut le général du Bosquet; il venait lui parler de Barasdine, et le rasssurer sur un exil qu'il regardait comme une faveur. M. de Saint-Pierre était hors d'état de l'entendre; mille projets funestes roulaient dans son esprit; il voulait suivre son ami, partager son malheur, solliciter sa grace, écrire son apologie. Heureusement, Duval, qui survint, réussit à le convaincre du danger de ces démarches, non pour lui, mais pour celui qu'il voulait défendre. Cette considération eut seule le pouvoir de le calmer. Mais en cédant au vœu de Duval, il annonça la résolution formelle de renoncer au service de la Russie, et aux bienfaits d'une femme qui croyait que régner c'était punir. Vainement le général du Bosquet voulut mettre des obstacles à ce qu'il appelait une nouvelle étourderie, M. de Saint-Pierre ne lui répondit qu'en écrivant aussitôt sa démission. Alors, soit que cet excellent homme fût touché de tant de grandeur d'ame, soit qu'il eût conçu pour son jeune compagnon de voyage une tendresse vraiment paternelle, il s'approcha de lui, et, saisissant sa main avec cette familiarité un peu rude qui donnait à tous ses mouvements un air de bienveillance et d'amitié, il lui dit les larmes aux yeux : « Reste avec nous ; je n'ai point d'enfants, tu seras mon fils. Tu épouseras ma nièce, mademoiselle de La Tour; elle est, comme toi, jeune, aimable, Française et malheureuse ! malheureuse, car elle a perdu ses parents lorsqu'elle n'était encore qu'au berceau ; mais toi et moi, nous lui en tiendrons lieu. N'est-il pas vrai, tu es décidé? allons, voilà qui est bien, tu composeras toute ma famille ! Je suis riche, et je vous donnerai tout. » Ces offres généreuses étaient faites pour arracher des larmes ; elles pénétrèrent l'ame de M. de Saint-Pierre, mais il ne crut pas devoir les accepter. L'exil de Barasdine, la disgrace de M. de Villebois, empêchaient alors tout autre sentiment d'arriver jusqu'à son cœur. Qu'aurait-il fait de tant de félicité, lorsque ceux qu'il aimait étaient malheureux? et d'ailleurs, pour obtenir la main de mademoiselle de La Tour, ne fallait-il pas renoncer à sa patrie, à ses projets, à ces agitations de la fortune si nécessaires pour supporter ses douleurs, enfin à cette gloire immense qu'il allait recueillir en combattant pour la liberté de la Pologne?

Cependant, malgré la fermeté de sa résolution, il sentit bientôt, en faisant ses préparatifs, que le voyageur le plus indifférent lègue toujours quelques regrets au lieu qu'il abandonne. Il soupirait involontairement en pensant à mademoiselle de La Tour qu'il n'avait pu aimer, et à son ami Barasdine qu'il ne devait plus revoir : un secret pressentiment l'avertissait qu'une partie de ses beaux jours venait de s'éva-

i*

nouir, et qu'il ne retrouverait jamais rien d'égal aux conseils du sage Munnich, à la protection de M. de Villebois, à la générosité du général du Bosquet, et à la franche affection de son ami Duval. Ce dernier, témoin habituel de la vie simple, de la conduite vertueuse de M. de Saint-Pierre, plaignait son ambition; mais il admirait qu'avec de si vastes désirs, il sût se contenter de si peu. En effet, le désintéressement du jeune voyageur ressemblait presque à de l'imprévoyance. Ses dettes payées, il lui restait à peine l'argent nécessaire pour gagner la Pologne, et cependant il n'avait pas l'air d'y songer. Heureusement Duval y songeait pour lui; dans l'intention de ménager une délicatesse peut-être trop facile à effaroucher, il n'offrit pas sa bourse; mais, la veille du départ, après un dîner qui fut triste et silencieux, il fit apporter des tables et proposa de jouer. M. de Saint-Pierre consentit à une première partie, puis à une seconde, puis à une troisième, et les chances lui furent si favorables qu'il était presque honteux de son bonheur. Duval jouait contre lui, et semblait ne pas se lasser de perdre, en sorte que M. de Saint-Pierre se trouva, au moment de son départ, plus riche de deux cents louis; coup de fortune qu'il aima toujours mieux attribuer à l'amitié qu'au hasard.

Telle fut la conclusion des projets brillants qui l'avaient conduit en Russie. Après un séjour de quatre ans dans ces tristes contrées, renonçant au prix de tous ses travaux, il en sortit comme il y était entré, avec des espérances et des illusions, et ne sachant

point encore que celui qui ne cherche que la fortune,
ne rencontre jamais le bonheur.

Quoique muni de son congé, on le retint huit jours
sur la frontière avant de lui donner l'autorisation de
quitter la Russie. Mais lorsqu'il eut franchi les rives
de la Dwina, lorsqu'il eut touché cette terre de liberté, presque aussi sacrée à ses yeux que celle de la
patrie, il se sentit pénétré d'une joie indéfinissable.
Il lui semblait qu'on venait de le délivrer d'un poids
accablant; que l'air était plus léger, la verdure plus
riante; qu'il sortait de l'exil; qu'il allait enfin revoir
des hommes. Tout, jusqu'à la saison, contribuait à
son ravissement. Au milieu de la pompe des forêts
du Nord, le printemps apparaissait avec la fraîcheur
de nos climats. Pour la première fois depuis quatre
ans, notre voyageur voyait le chêne croître auprès du
sapin; il reconnaissait les parfums de la violette, et
ses yeux se reposaient avec un sentiment délicieux
sur les touffes éclatantes d'immortelles jaunes et d'ab-
sinthes qui lui rappelaient sa jeunesse et la France.
Ému de ces tableaux de la campagne, touché de l'a-
mour du genre humain, l'imagination pleine des beaux
temps de la Grèce et de Rome, il crut en approchant
de Varsovie, qu'il allait contempler une de ces antiques cités, et il sentit dans son cœur, qui battait
avec force, les vertus d'un héros républicain. Des
campagnes négligées, un peuple misérable, frappaient en vain ses regards; dans son aveuglement, il
attribuait tout à la tyrannie des Russes, qui depuis
trois ans ravageaient ces contrées; et il ne voulait pas

voir que des siècles entiers d'esclavage et d'ignorance pesaient sur ce peuple, qui ne devait pas même
se réveiller au nom de sa liberté.

C'est ainsi qu'au lieu de ces fiers républicains qu'il
était venu chercher, il ne trouva que des factions con-
duites par des femmes, un mélange confus de noblesse pauvre et d'ilotes abrutis, dominés, plutôt que
gouvernés, par une vingtaine de grands seigneurs,
qui possédant toutes les terres du royaume, affectaient un faste insultant au milieu des misères communes. Tous ces hommes prétendaient au trône, et
ne se montraient qu'environnés d'un nombreux cortége d'esclaves vêtus en janissaires, spahis, tolpacs,
hullans, troupe de parade, plus propre à vendre qu'à
sauver les libertés publiques.

A peine arrivé à Varsovie, M. de Saint-Pierre court
chez le résident de France, chez l'ambassadeur d'Autriche, et chez les principaux chefs du parti. Il annonce par-tout qu'il a quitté son état, ses protecteurs,
sa fortune, pour servir les intérêts de la république.
On loue son courage, on approuve son zèle, tout le
monde s'empresse de l'accueillir, de le flatter. Une
parente du prince de Radziwil, la princesse Marie
M..., lui ouvre sa maison. Cette princesse, jeune,
spirituelle, jolie, joignait l'élévation d'une Romaine
à la légèreté d'une Française; elle possédait tous les
talents, parlait toutes les langues; son amour pour
la vertu, son enthousiasme pour les actions grandes
et généreuses exerçaient un empire irrésistible :
comme la Cléopâtre de Plutarque, elle était petite,

vive, entraînante; on sentait qu'heureuse de vivre pour le plaisir, elle saurait aussi mourir pour la gloire. Sa voix pénétrait le cœur, son sourire avait quelque chose de ravissant, et on ne pouvait ni la voir, ni l'entendre sans y penser toujours. Dès le premier jour, M. de Saint-Pierre éprouva le double ascendant de son génie et de sa beauté ; elle devient aussitôt l'unique pensée de sa vie : il lui semble en l'écoutant n'aimer que la vertu qu'elle loue, que la liberté qu'elle appelle, et il ne s'aperçoit pas que dans tous les projets qu'il médite, il ne songe déjà plus qu'à lui plaire. S'il avait toujours supporté son obscurité avec impatience, elle lui paraissait alors le plus horrible des malheurs. Les mots de liberté, de valeur, d'héroïsme, suffisaient pour l'agiter d'une fièvre brûlante : jusque-là il avait aimé la gloire; la vue de la princesse la lui fit adorer. Il voulait partir, il voulait s'illustrer par des actions d'éclat, prendre des villes, des châteaux, des royaumes, et mériter l'amour de sa dame à la manière des anciens chevaliers.

Une occasion périlleuse ne tarda pas à se présenter. Le prince de Radziwil se disposait à défendre contre les Russes l'entrée de son pays ; il avait établi ses positions entre Nierwitz et Sluczk, et l'on assurait que *Crim Gheraï*, kan des Tartares de Crimée, marchait à son secours à la tête de quatre-vingt mille hommes. A cette nouvelle, M. de Saint-Pierre prend la résolution de partir seul, de traverser à tout risque les armées russes qui couvrent le pays, de rejoindre le prince de Radziwil, et d'assister à la première bataille. Projet d'autant plus téméraire, qu'il pouvait payer de sa tête le seul dessein de porter les armes contre une puissance dont il venait de quitter le service. Mais loin d'être inquiet du péril, il y trouvait des charmes. Tout lui paraissait possible en songeant à la princesse. Dans les transports de son enthousiasme, il eût voulu mourir pour lui arracher un regret.

La princesse approuva son dessein, en femme supérieure, sans crainte, sans étonnement. Elle semblait croire en lui, et voir dans la supériorité de son âme, l'augure des plus belles destinées. Cependant elle voulut lui donner un compagnon d'armes, et son choix tomba sur un nommé Michœlis, major des hullans, homme de résolution et propre à exécuter un coup de main. Elle traça ensuite elle-même ce qu'elle appelait leur plan de campagne, et leur désigna les personnes dévouées au parti chez lesquelles ils devaient s'arrêter. En réglant ces dispositions, elle descendait dans les plus petits détails, prévoyait les plus petits dangers, et analysait froidement les chances de succès, comme aurait pu le faire le plus habile général. Toujours calme pendant les préparatifs, ce ne fut qu'à l'instant même du départ que la pâleur de son visage, le tremblement de sa voix, semblèrent révéler l'agitation secrète de son cœur.

Ils partirent. Les commencements du voyage furent heureux. Le soir, une chaise de poste les devança rapidement ; dans cette voiture, qui allait si bon train, était la femme d'un commissaire du prince de Radziwil, qui les salua d'un air de connaissance, et leur cria en passant qu'elle allait tout préparer pour es recevoir. Effectivement, vers minuit, ils arri-vèrent chez elle : toutes les fenêtres de la maison étaient ouvertes, on voyait des lumières aller et venir d'une chambre à l'autre, et le bruit de plusieurs voix se faisait entendre par intervalles. Ce fracas, au milieu d'une forêt isolée, inspira d'abord quelque méfiance au major et à M. de Saint-Pierre, mais ils n'eurent pas le temps de tenir conseil ; le commissaire du prince vint les recevoir, et leur dit que l'armée russe n'était pas éloignée, qu'elle marchait sur Briola, et que les huilans du prince Katorinski rôdaient de-puis le matin dans la contrée. Cette nouvelle aug-menta leurs alarmes. Ils demandèrent des chevaux ; on ne put leur en promettre que pour le lendemain : il fallut donc se décider à les attendre et à entrer dans la maison. Il y avait à peine une heure qu'ils délibéraient sans s'arrêter à aucun parti, lorsque six hommes armés se précipitèrent dans leur chambre. M. de Saint-Pierre saute sur ses pistolets, les met en joue, ce qui donne à Michœlis le temps de se saisir de ses armes. La taille et les moustaches du major, l'air résolu de M. de Saint-Pierre, en imposèrent tellement à cette troupe d'abord si échauffée, qu'elle se retira aussitôt dans le plus grand désordre. C'est alors qu'ayant voulu se barricader, ils s'aperçurent que les portes et les fenêtres de leur chambre avaient été enlevées ; et ils ne purent plus douter de la perfidie du commissaire. Michœlis se hâta de brûler quelques papiers, et M. de Saint-Pierre prévoyant une nouvelle attaque, parcourut le pistolet au poing une galerie qui servait de communication aux appartemens voisins. Une faible lueur l'ayant guidé jusqu'à l'extrémité de cette galerie, il aperçut les hullans, au nombre de huit, assis autour d'une table où ils se préparaient à passer la nuit. Pendant qu'il prêtait l'oreille en cherchant à saisir quelques-unes de leurs paroles, une personne inconnue passa rapidement et lui dit en latin qu'on le trahissait et qu'il eût à songer à sa sûreté. Il rentra et fit part à Michœlis de ce qu'il avait vu et entendu. Il lui proposa en même temps de surprendre les hullans, de s'emparer de leurs armes, de leurs chevaux, et de s'enfuir. Michœlis lui répondit que ce moyen les perdrait infailliblement, puisque le pays leur était inconnu, qu'ils n'avaient point de guide, et que les gens du prince même les trahissaient. Comme ils parlaient ainsi, ils entendirent le bruit d'une troupe à cheval qui se plaçait sous leurs fenêtres; le commissaire et sa femme accoururent alors en criant qu'on voulait mettre le feu à la maison, et que la forêt était pleine de hullans. Dans cette extrémité, M. de Saint-Pierre venant à songer à l'ambassadeur, à la princesse, à sa gloire perdue, tomba dans le désespoir le plus violent. Il savait que dans de pareilles entreprises on n'aime que les gens heureux, et il résolut de mourir les armes à la main plutôt que de subir la honte de tomber au pouvoir des Russes.

Il allait exécuter ce dessein, dans lequel son compagnon, charmé de brûler quelques amorces, était loin de le troubler, lorsqu'au premier rayon du jour, un officier supérieur qui commandait un détachement considérable, leur fit dire qu'ils étaient libres de retourner à Varsovie. L'espoir de trouver un guide, et d'accomplir leur projet dans la nuit suivante, les consola de toutes les vicissitudes passées. Ils montèrent à cheval et partirent au galop : un corps de hussards russes les escorta de loin. Arrivés sur les bords de la Vistule, ils aperçurent le château du prince Katorinsky, chef des hullans ennemis. A cette vue, Michœlis prévit de nouveaux malheurs ; il recommanda la prudence à son compagnon, et pour n'exciter aucune méfiance, ils se firent aussitôt traverser sur l'autre rive. Ils abordent : plusieurs domestiques viennent à leur rencontre, et le capitaine des gardes les invite poliment à dîner de la part du prince, qui vient d'être instruit de leur arrivée. Conduits dans de magnifiques appartements, on les débarrasse de leurs épées. De tous côtés des troupes de soldats sont sous les armes pour leur faire honneur; les domestiques du prince les environnent, les suivent, les précèdent, en leur montrant les curiosités du château. Étourdis par l'empressement général, ils arrivent enfin près de la salle du trésor. M. de Saint-Pierre y entre le premier; c'était une énorme voûte dont la profondeur se perdait dans les ténèbres. Ses fenêtres grillées, sa porte de fer, ne lui donnaient pas l'air d'un appartement habitable. Ce devait être

1. k

cependant celui de l'imprudent transfuge. Tout-à-
coup les portes roulent sur leurs gonds, et il ne voit
plus auprès de lui qu'une sentinelle immobile, la
baïonnette au bout du fusil et le sabre au côté. Deux
autres sentinelles sont placées à l'instant près d'une
espèce de guichet, et tout rentre dans le silence.

Le voilà donc, comme les paladins de l'Arioste,
tombé dans un piége, et se consolant comme eux
parce qu'il n'avait pas été vaincu. Le soir, on lui
fit subir un interrogatoire; mais la crainte de compromettre son compagnon le décida à ne rien déclarer. Malheureusement Michœlis n'eut pas autant
de fermeté, et ses aveux étant d'accord avec les dé-
positions du commissaire qui les avait trahis, on dé-
clara à M. de Saint-Pierre qu'il allait être livré aux
Russes s'il persistait dans ses dénégations. La Sibérie
s'offrit alors à son imagination avec toutes ses horreurs, et cependant elle l'effrayait moins que la
douleur de voir ses projets les plus chers renversés.
La honte au lieu de la gloire, voilà ce qui l'attendait.
Que dirait la princesse Marie? Comment s'offrirait-il
à ses regards? Quel jugement porterait de son malheur, celle qui avait mis en lui de si grandes espérances? Ainsi, il n'avait renoncé à la France, il
n'avait tout quitté en Russie, que pour venir se
perdre au fond de la Pologne, et se perdre presque
sous les yeux d'une femme dont son ame ne pouvait
plus se détacher. Neuf jours s'écoulèrent dans ces
dures anxiétés. Le soir du neuvième jour les portes
de sa prison s'ouvrirent, et un officier du prince vint

lui annoncer que plusieurs personnes considérables
s'étaient vivement intéressées à son sort. Il lui nomma
l'ambassadeur de Vienne et le résident de France,
la princesse Strasnick, la grande chambellane de
Lithuanie, et la princesse Marie M... Il attendait ce
dernier nom sans oser l'espérer; mais aussi combien
sa joie fut vive et pure lorsqu'il l'entendit prononcer! La nouvelle même de sa liberté ne put rien
ajouter à son bonheur. Cependant cette liberté ne
lui était pas accordée sans condition. Il devait
prendre l'engagement solennel de ne pas porter les
armes pendant l'interrègne, et toute son adresse
pour éviter ce coup fut inutile. Il fallut promettre,
mais il ne promit qu'en demandant la grace de Michœlis, et tous deux sortirent de prison le 15 juillet
1769.

Ici commence une nouvelle période dans la vie
de M. de Saint-Pierre. Nous avons vu les beaux jours
de sa jeunesse préservés de l'amour par l'ambition;
mais enfin il connaît l'amour, et cette funeste passion lui fait oublier tout le reste. Les détails dans
lesquels nous allons entrer ne sont pas sans intérêt,
et cependant nous avons hésité à les donner au public. La vie de M. de Saint-Pierre n'étant ni une
confession ni un roman, nous pouvions nous croire
libre de garder le silence sur ses faiblesses; mais
alors combien de passages de ses Études seraient
restés inexplicables, ceux sur-tout où l'auteur avoue
que sa jeunesse fut agitée par *deux passions terribles, l'ambition et l'amour!* D'ailleurs, lors même

que les conseils de plusieurs personnes éclairées
n'auraient pas contribué à lever nos scrupules ; un
autre motif nous eût décidé, c'est qu'il était impossible de ne pas reconnaître dans les notes où M.
de Saint-Pierre avait esquissé les événements de
cette époque de sa vie, quelques-unes des inspirations de son plus touchant ouvrage ; et comment
nous serions-nous refusés à rappeler les souvenirs
d'une passion sans laquelle il n'eût peut-être jamais
peint les amours de Paul et Virginie !

Dès qu'il fut libre, il vola chez la princesse Marie.
Elle parut heureuse de le revoir, loua son courage,
plaignit ses dangers, et voulut en entendre le récit
de sa bouche. En écoutant M. de Saint-Pierre, ses
yeux se remplirent de larmes, et lorsqu'il eût achevé,
elle lui dit : « La fortune a trahi votre espoir, mais
il ne faut pas s'en plaindre, je l'ai toujours vue traiter
ainsi ceux qu'elle voulait combler de faveurs. » Ces
paroles se gravèrent profondément dans la mémoire
de M. de Saint-Pierre, et sans chercher à les expliquer, elles le remplissaient d'espérance. Cependant
son aventure faisait alors le sujet de toutes les conversations ; chacun voulait voir ce Français qui s'était si
généreusement dévoué à la cause de la liberté, et
qui dans le malheur avait montré tant de noblesse et
de courage. Jeté tout-à-coup dans un tourbillon de
jeunes princesses, au milieu des fêtes les plus brillantes, il semblait n'avoir renoncé aux illusions de
la gloire, que pour s'abandonner à celles du plaisir.
Mais dans ce cercle d'enchantements il ne cherchait,

il ne voyait que la princesse. Celle-ci paraissait accueillir ses vœux, son admiration; elle les appelait même avec une coquetterie qui ne pouvait échapper qu'à lui seul. Souvent, lorsque sa beauté excitait un doux murmure, elle se retirait à l'écart, et laissait voir à celui qui l'observait sans cesse, plus de penchant à l'entretenir qu'à jouir des hommages de ses rivaux. Vive, légère, piquante avec tout le monde, elle se montrait avec lui sensible et réfléchie, et semblait partager ses goûts, deviner ses pensées, et s'abandonner aux agitations involontaires d'un sentiment secret. Mais, soit caprice, soit pour essayer son pouvoir, elle savait alternativement flatter ses espérances, ou le remplir d'incertitude. Ces inégalités le faisaient passer vingt fois dans un jour, de l'excès de la joie à l'excès de la tristesse. Tantôt il lui semblait qu'environnée de tous les plaisirs, elle ne voyait, elle n'entendait que lui; tantôt il ne surprenait que des regards distraits, indifférents, et s'il devenait l'objet d'une attention passagère, c'était comme un souvenir qu'il arrachait à la politesse. Alors dans son dépit, il s'indignait de son sort, maudissait la Pologne, jurait de partir, et cependant il ne partait pas.

Souvent, lorsqu'il venait à songer que ses plus belles années s'écoulaient inutilement pour la gloire et pour la fortune, il s'armait d'un nouveau courage, et volait chez la princesse pour prendre congé d'elle; mais un geste, un regard, avaient le pouvoir de le retenir. Un jour elle l'invita, avec un petit nombre d'amis, à venir dîner dans un château qu'elle possédait à peu de

k*

distance de Varsovie. Cette invitation inattendue le
jeta dans un trouble inexprimable, et fit encore évanouir toutes ses résolutions.

Les voitures préparées, chacun, suivant l'usage de
Pologne, fit apporter son lit, et l'on se mit gaiement
en route, malgré la chaleur qui était étouffante, et
quelques nuées pluvieuses qui commençaient à se
rassembler. Le château de la princesse était situé au
milieu d'une forêt de chênes et de sapins aussi anciens
que le monde. Ces lieux agrestes et sauvages ne devaient rien à l'art; cependant au pied de ces vieux
arbres s'élevaient des chèvre-feuilles dont les tiges,
courant sur les bords de la forêt, retombaient de l'extrémité des branches en rideaux chargés de fleurs.
Des sentiers émaillés de fraises et de violettes se per-
daient dans ces retraites profondes, où plusieurs ruisseaux entretenaient la fraîcheur ; on n'y entendait
d'autres bruits que le vol inquiet des rossignols, et les
gémissements de la colombe. La terre y exhalait
alors cette odeur vivifiante qui annonce et qui suit
les pluies légères du printemps. La volupté pénétrait,
agitait tous les êtres, et dans le calme des airs, dans
le murmure des eaux, dans la mollesse de ces bruits
suivis d'un long silence, on sentait l'accablement général de la nature lorsqu'elle languit dans l'attente
d'un orage.

A peine descendu de voiture, M. de Saint-Pierre
s'était enfoncé dans la forêt. Là, s'abandonnant aux
rêveries ineffables d'un premier amour, cédant à l'impression des eaux, des bois et de la solitude, il en-

trevoyait une félicité dont il semble qu'aucun mortel ne puisse donner une idée. Ce n'était pas cette joie violente qu'on reçoit sur la terre, et qui ne s'exprime que par des transports; c'était comme un abandon céleste de l'ame, comme un ravissement continuel, semblable à celui que Fénelon donne à la vertu dans les champs Élysiens : seulement il y avait dans toutes ses émotions une teinte de tristesse d'une douceur inexprimable. La mort elle-même se présentait à lui sous l'image du bonheur : il y a peu de temps encore qu'il ne l'eût pas redoutée, mais glorieuse, mais applaudie; maintenant il y trouve des charmes, il y songe avec délices, il la désire, mais ignorée, mais pleurée! et ces larmes, il ne les demande pas au monde; il ne veut émouvoir qu'un seul cœur : elle et lui, voilà l'univers.

Depuis deux heures il était enseveli dans ces idées mélancoliques, lorsqu'au détour d'un petit sentier il aperçut la princesse qui suivait lentement les bords d'un ruisseau; elle était seule, et comme ravie à l'aspect de ces beaux lieux. Le premier mouvement de M. de Saint-Pierre fut de s'éloigner; mais bientôt, faisant un effort pour vaincre sa timidité, il revient sur ses pas, il croit avoir mille choses à dire, et il reste interdit et muet. La princesse semblait partager son embarras; mais, remarquant les nuages qui s'amoncelaient, elle témoigna quelque crainte de l'orage, s'appuya sur le bras de M. de Saint-Pierre, et ils reprirent ensemble la route du château. Ils marchaient en silence, lorsque l'orage

éclata avec une telle furie qu'ils eurent à peine le
temps de se réfugier dans un pavillon que protégeait
un massif de verdure. Bientôt la pluie tomba par tor-
rents, les roulements éloignés du tonnerre se rapprochaient d'une manière effrayante. La princesse, crain-
tive, éperdue, se pressait contre son amant; il distinguait les battements de son cœur, il soutenait sa
tête charmante. Un frémissement délicieux courait
dans toutes ses veines; il lui semblait que la vie allait
l'abandonner : mais que devint-il lorsqu'il crut sentir
une main qui pressait la sienne, des soupirs qui se
mêlaient aux siens, une voix pleine d'émotion qui
répondait à ses vœux! Dans son transport, il se jette
aux pieds de celle qu'il aime, il la supplie, il l'adore!
Presque évanouie entre ses bras, elle était sans défense, sans force, sans volonté; elle s'abandonnait
comme Julie, et il fut dans le délire comme Saint-
Preux.

L'orage avait cessé, et les deux amants suivaient
un sentier de gazon tracé sur la lisière de la forêt.
Le ciel était pur, l'air frais et parfumé; quelques
nuages chassés avec violence vers l'horizon annonçaient le retour du calme, et les petits oiseaux, ca-
chés sous la feuillée, recommençaient leurs ramages.
Il n'est point dans la nature de tableau plus aimable
que celui de la campagne après une pluie de printemps : c'est comme une seconde naissance de la
verdure et des fleurs; les impressions les plus douces
s'échappent de tous les objets pour arriver à notre
ame. Mais combien ces scènes sont plus ravissantes

ncore pour deux amants qui viennent de laisser
échapper le premier aveu de leur tendresse! Que de
trouble dans leurs discours! que d'émotions inénar-
ables dans ces cœurs tout pénétrés de cette vie du
ciel qui sur la terre reçut le nom d'amour !

Plus d'un an s'écoula dans l'oubli du monde entier.
Ils se voyaient à chaque heure du jour, et chaque jour
ils trouvaient quelques nouveaux sujets de s'aimer.
Un matin M. de Saint-Pierre vit une pauvre esclave
qui, maltraitée par son maître, venait se réfugier
auprès de la princesse. Dans ce cas, en Pologne, il
est d'usage entre les grands de se renvoyer l'esclave,
renvoi qui trop souvent est suivi de sévères punitions.
Mais la princesse, touchée des larmes d'une infortunée qui s'était confiée à sa miséricorde, ordonna qu'on
en eût le plus grand soin, disant qu'il valait mieux se
brouiller avec un homme puissant que de manquer
à un malheureux. Elle voulut faire mieux encore,
car après avoir sollicité la grace de cette esclave, elle
la reconduisit elle-même dans la maison du maître
qui venait de pardonner. Un autre jour M. de Saint-
Pierre la découvrit au fond de son palais, prodiguant
les plus tendres soins à une vieille femme infirme,
qui la bénissait. Comme il admirait tant de bonté,
la princesse lui dit avec émotion : « Il ne faut pas me
louer de remplir un devoir; cette bonne femme m'a
élevée; elle m'a consacré tous les moments de sa
vie, il est bien naturel que je lui donne quelques moments de la mienne. » Ces actions, ces paroles le pénétraient d'une nouvelle ivresse : le charme attaché

à la vertu est une des plus dangereuses séduction
de l'amour.

Ainsi M. de Saint-Pierre était comme un homme
plongé dans les erreurs d'un songe ; la princesse elle
même négligeait jusqu'au soin de sa réputation : il
ne pouvaient ni se voir, ni s'entendre, ni se quit
ter, sans se sentir troublés jusqu'au fond du cœur
et tous deux irritaient par leurs imprudences une fa
mille orgueilleuse et puissante. Cependant l'inéga
lité des rangs, celle de la fortune, ne promettaient
rien de durable à ce fol amour, dont la violence
même brisait les liens.

Les bruits sourds de la médisance avaient déjà
plusieurs fois troublé leur bonheur, lorsqu'un soi
M. de Saint-Pierre trouva la princesse baignée dan
ses larmes. « C'en est fait, lui dit-elle, il faut nou
séparer ; ma mère me rappelle auprès d'elle, ma fa
mille entière se soulève contre moi ; hélas ! nos beaux
jours sont passés ! » Puis, voyant l'agitation de M. de
Saint-Pierre, elle ajouta avec l'accent de la ten
dresse : « Mon ami, vous aiderez mon courage, vous
soutiendrez ma faiblesse ; ah ! je n'aurai point en vain
compté sur votre vertu ; si vous m'abandonniez, où
trouverais-je des forces pour ne pas mourir ? » Ces pa
roles touchantes adoucirent un moment les reproches
de M. de Saint-Pierre ; mais bientôt cédant à sa dou
leur : « Vous parlez de vertu, s'écria-t-il ; est-ce donc
un acte de vertu que d'abandonner ce qu'on aime ?
Où sont ces champs où nous devions vivre ? cette
chaumière que vous vouliez partager avec moi ? Tant

de projets de bonheur seraient-ils effacés? le jour
d'hier est-il donc oublié? quoi! une séparation éternelle suivrait de tels moments! Non, chère Marie,
fuyons ces lieux, allons chercher une autre terre pour
cacher une félicité qu'on nous envie! » En prononçant ces mots, il fondait en larmes; il la pressait
dans ses bras comme si on eût tenté de la lui ravir;
il jurait de la défendre, et le cœur plein d'amertume,
il aurait voulu s'anéantir avec elle. Mais lorsque, devenu plus calme, il put entendre quelques paroles
de raison; lorsqu'il eut jeté les yeux sur ces lignes
sévères et touchantes où une mère, sur les bords du
tombeau, suppliait sa fille d'épargner ses vieux jours,
de ne point hâter la mort de celle qui l'avait portée
dans ses flancs, mort, hélas! trop prochaine, et dont
rien ne pourrait adoucir les douleurs; alors il crut
entendre cette voix des mourants à laquelle aucun
être humain ne résista jamais, et il tomba dans l'accablement. Un morne silence fit place à ses plaintes.
Absorbé dans cette seule pensée, que toute la douleur doit retomber sur lui, il se sacrifie à celle qu'il
aime, et le départ de la princesse est résolu.

Il avait rassemblé toutes ses forces, et se croyait
maître de lui; mais lorsqu'il ne la vit plus, ses résolutions l'abandonnèrent. Il lui semblait que son cœur
allait se briser; sa tête était douloureuse et comme
si elle eût été pressée par une main de fer. Il marchait des journées et des nuits entières, et la fatigue
de ces courses pouvait seule engourdir un moment
ses souffrances. Il cherchait les lieux qu'elle avait ai-

més, ceux où il s'était vu près d'elle, et il ne pouvait
en supporter l'aspect; enfin, par-tout, il portait avec
lui un désir de mourir dont la violence toujours crois-
sante lui inspirait un juste effroi. Ainsi s'écoulait sa
vie, lorsqu'il reçut une lettre de la princesse qui le
suppliait de s'éloigner quelque temps de Varsovie.
Résolu d'obéir, il suivit les conseils du comte de
Mercy qui l'engageait à prendre du service en Allemagne, et qui lui remit des lettres pour le ministre,
et pour une de ses parentes, première dame d'honneur de l'impératrice.

Il partit; mais à peine sur la route, il songeait au
moyen de hâter son retour. Vingt fois il fut sur le
point de revenir sur ses pas, et, sans la crainte de
déplaire à la princesse, il eût cédé à ce désir. Arrivé
à Vienne, son premier soin fut de se présenter chez
la parente du comte de Mercy. On lui dit de demander une audience. il la demanda, et huit jours après,
lorsqu'il commençait à n'y plus penser, elle lui fut
accordée. L'imagination pleine des jeunes princesses
polonaises, et de leur cour galante et voluptueuse,
il courut à l'heure indiquée chez sa nouvelle protec-
trice. Six valets de pied, d'une physionomie grave,
et en habits chamarrés, le reçurent à la porte du
vestibule. Introduit dans une salle gothique, six autres valets, vêtus de noir, marchèrent aussitôt devant lui. Au milieu de ce cortége silencieux, il traversa plusieurs appartements ornés d'écussons, et une
galerie où l'on avait disposé une longue suite de por-
traits de famille en grands costumes. A mesure qu'il

approchait, il croyait voir ces antiques personnages sortir de la toile et s'avancer vers lui, comme des témoins de la gloire passée et de l'orgueil présent. Notre voyageur se trouva enfin dans une espèce d'amphithéâtre où tous les domestiques attendaient, rangés sur deux lignes. Il fallut encore passer au milieu de ces visages d'apparat. Arrivé à la porte du sanctuaire, une voix de Stentor annonça M. de Saint-Pierre, les deux battants s'ouvrirent, et au milieu d'une riche draperie de velours cramoisi, relevée de crépines d'or, il découvrit sur une espèce de trône, une dame immobile placée comme dans une niche, et si chargée de dorure et de pierreries, qu'il s'imagina d'abord que c'était une madone. Le recueillement général, la majesté du lieu, entretinrent un moment cette erreur. Il se creusait en vain la cervelle pour comprendre le but de tant de bizarres cérémonies, lorsqu'un homme en habit noir, qui paraissait un ecclésiastique, vint le prendre par la main et le conduisit au pied du trône, où il s'inclina respectueusement. Cette nouvelle circonstance aurait augmenté les illusions de M. de Saint-Pierre, si en s'approchant il n'avait vu peu-à-peu la prétendue madone se transformer en une petite vieille, guindée, ridée, fardée, et toute couverte d'une riche étoffe à fleurs. Elle fit un léger mouvement de tête, et M. de Saint-Pierre s'avançait déjà pour lui présenter la lettre du comte de Mercy, lorsque l'homme noir l'arrêta froidement, prit la lettre et l'offrit lui-même à l'auguste baronne qui la lut avec une extrême

1.   1.

attention. Après cette lecture, elle jeta sur notre voyageur un regard dédaigneux, et lui dit en mauvais français et d'une voix traînante, qu'il était bien difficile d'obtenir du service, que cependant elle verrait à faire quelque chose pour lui à la recommandation de son noble cousin. Puis elle ajouta, en essayant de sourire, qu'elle ne doutait pas que le protégé du comte de Mercy ne fût bon gentilhomme; qu'elle se souvenait d'avoir vu à Versailles une marquise de Saint-Pierre, et que cette marquise était sans doute sa tante ou sa mère. Notre voyageur, quoique un peu étourdi d'une question qui blessait toujours sa vanité, répondit avec une noble franchise, que s'il avait eu l'honneur d'appartenir à la famille de la marquise de Saint-Pierre, il ne serait probablement pas venu demander du service en Autriche; qu'au reste, il n'abuserait point des gracieuses intentions de madame la baronne; que le crédit d'une personne aussi auguste devait être uniquement réservé à ceux qui, pour réussir, ont toujours besoin d'une haute protection et du mérite de leurs aïeux. L'ironie est une figure dont les Allemands entendent peu la finesse. La fière baronne écouta cette harangue avec un sang-froid imperturbable; elle n'y répondit que par un signe de tête qui semblait approuver l'humilité de l'orateur; puis reprenant son air grave, elle rentra dans sa première immobilité. M. de Saint-Pierre vit bien que ce silence était un congé, et déjà il s'empressait de se retirer, lorsque l'homme noir qui l'avait introduit vint l'avertir que l'étiquette ne permettait de s'éloigner de madame la baronne qu'en marchant à reculons. On peut juger de la surprise que dut causer cette morgue autrichienne à un jeune Français qui avait vécu familièrement avec les plus grands seigneurs des cours de Russie et de Pologne. Cette seule visite le dégoûta de l'Allemagne ; et il se promit bien de ne pas prendre de service dans un pays où l'on ne jugeait des talents d'un homme que par ses titres de noblesse.

Après cette aventure, il aurait quitté Vienne sur-le-champ, s'il n'y avait attendu des nouvelles de la princesse. Il se consumait dans cette espérance, lorsqu'enfin il reçut une de ses lettres, ou plutôt un journal de sa vie, heure par heure, depuis leur séparation. Elle peignait ses douleurs avec tant de vérité, qu'à chaque page il croyait reconnaître ses propres pensées. La nuit entière se passa à relire cette lettre : après y avoir vu l'expression de ses souffrances, il y vit l'expression de ses désirs ; enfin il la relut si souvent qu'il finit par se persuader qu'elle n'était écrite que pour le rappeler à Varsovie. Plein de cette illusion, il se hâte de rassembler ses effets, et ne craint plus que de perdre un moment. Par un singulier hasard, trois voitures magnifiques destinées au couronnement du roi Stanislas-Auguste, devaient partir le jour même. Il s'adresse au conducteur, lui prodigue l'argent, et part comme en triomphe, ramené vers sa maîtresse dans les voitures du roi. Le voyage fut long et pénible, car la saison avait gâté les chemins, et pour éviter la Saxe alors en guerre avec la Pologne,

on fut obligé de traverser les montagnes de la Hongrie.
A peine sur cette route isolée rencontraient-ils quelques villages dispersés çà et là sur les bords des pré-
cipices. Cependant chaque fois qu'ils s'arrêtaient dans
une chaumière, ils en trouvaient les habitants livrés
à la joie. Les hommes dansaient en frappant en ca-
dence leurs talons de fer; les femmes réunies, à l'extrémité de la chambre, les animaient par leurs chansons, tandis qu'assis au coin du feu, le plus âgé de la
famille, et c'était souvent un vieillard à barbe blanche, éclairait cette scène avec des éclats de sapin,
dont les flammes produisaient, au milieu des ombres,
des effets de lumière dignes du pinceau de Rembrandt.
Notre voyageur enviait le sort de ces pauvres paysans
qui réunissaient dans leur chaumière tous les objets
de leurs affections, et dont les désirs ne s'étendaient
pas au delà.

A mesure qu'il approchait de Varsovie, il sentait
diminuer sa confiance. Il relut avec plus de sang-froid
les lettres de la princesse, et craignit de s'être trompé.
Quand la passion forme des projets, elle s'aveugle sur
leurs suites. Plus il avait eu d'espérance, plus il se
sentait découragé. Enfin lorsque la voiture s'arrêta
devant son ancien logement, il était dans un état d'incertitude si pénible, qu'il fut plusieurs minutes avant
de pouvoir descendre. Honteux de sa faiblesse, il s'excitait à reprendre courage, mais ce fut pour retomber
dans l'accablement au premier mot qu'il entendit
prononcer à son hôte. On ne parlait alors dans la ville
que du retour de la princesse Marie M....., et d'une

fête magnifique qu'elle donnait le jour même aux
ambassadeurs. Cette nouvelle semblait justifier tous
les tristes pressentiments de notre voyageur : « Elle
donne des fêtes, disait-il avec amertume; loin de
moi, elle peut supporter l'idée d'un plaisir : c'en est
fait, je ne suis plus aimé ! »

Cependant il se décide à lui écrire. Le domestique
part; il le suit de la pensée, compte ses pas, calcule
la distance. A présent elle lit son billet, elle connaît
son retour; elle répond, on revient; son sort est décidé. Il se tourmente, s'agite, regarde sa montre :
cinq minutes sont à peine écoulées, et le domestique
ne peut être à moitié chemin. Une heure se passe ainsi;
enfin cédant à son impatience, il s'habille à la hâte
et court vers le palais de la princesse. Déjà la fête est
commencée; le bruit joyeux des instruments parvient
jusqu'à lui, la lumière de mille bougies a remplacé la
clarté du jour; il aperçoit les trophées d'amour, les
guirlandes de fleurs, les lustres et les cristaux, ornements du salon ; long-temps il erre autour du palais.
Jadis c'était pour lui seul que ces fêtes étaient données : maintenant elles ne servent qu'à le faire oublier ! Il se représente celle qu'il aime au milieu d'un
cercle d'adorateurs, il croit même reconnaître son
ombre qui se dessine sur une draperie légère : cette
vue le jette dans une espèce de délire, sa tête se perd,
il s'élance, traverse la cour, et se trouve tout-à-coup
au milieu de cette brillante assemblée. Cependant
l'aspect de la princesse, tranquille, indifférente, le
rappelle à la raison; il s'approche avec un battement

1*

de cœur inexprimable, et la parole expire sur ses lèvres. La princesse l'accueille en riant, badine sur un
retour si précipité, lui jette un regard plein de colère,
et, sans attendre sa réponse, le laisse accablé sous
le poids de son malheur. Aussitôt la foule l'environne,
chacun veut connaître la cause de son absence; il est
obligé de cacher son trouble, de répondre avec calme,
au moment où il éprouve tous les tourments de l'a-
mour et de la haine. Cependant son ame s'attache
encore à une dernière espérance. Il songe à ce que la
princesse doit à son rang, à sa famille, à sa réputation. Mais quoi! ne songe-t-elle pas aussi à ce qu'elle
doit à l'amour? A-t-elle tout oublié, excepté la prudence? Hélas! après avoir connu le bonheur de sentir
hors de lui une pensée qui n'était que pour lui, fau-
dra-t-il qu'il retombe seul au milieu du monde?

Que cette fête lui parut longue! quelle tristesse
au milieu de ces plaisirs! il ne pouvait ni supporter
la joie, ni la concevoir. Enfin la foule commence à
se retirer; il saisit un moment favorable, fait à la
princesse un signe qu'elle doit reconnaître, se glisse
par une porte secrète, et se retrouve dans les lieux
mille fois témoins de son bonheur. Il touche chaque
meuble, il leur parle, il se plaint à eux comme s'ils
pouvaient l'entendre, et déjà sa douleur s'est adou-
cie, les souvenirs du passé lui répondent du présent.
« Elle était là, dit-il, et ces lieux qui me parlent
d'elle, ont dû aussi lui parler de moi. » Mais il entend
le bruit léger des pas de celle qu'il aime! un mouvement involontaire le précipite à ses genoux, il lui dit

ses craintes, ses espérances; il en appelle à son cœur:
hélas! il fallait la revoir ou mourir, et maintenant il
mourra s'il faut la quitter encore! En prononçant ces
mots, il levait sur elle des yeux mouillés de larmes :
mais la voyant froide et sévère, il lui dit : « Je n'ai
pu vivre loin de vous; quelle joie remplissait donc
votre âme loin de moi? Ah! que je voie un seul de
ces regards qu'hier j'espérais encore! celui que vous
aimiez ne veut plus vivre, il a cessé d'être heureux;
mais qu'il sache au moins ce qui vous a fait changer! »
La princesse ne put résister plus long-temps à son
émotion; soit par pitié, soit par un reste de tendresse,
elle fit quelques efforts pour calmer son amant. Elle
lui disait d'une voix tremblante : « Non, je n'ai pas
cessé de vous aimer! je souffrais de votre absence,
mais votre retour me perd, vos violences sont un outrage; il fallait attendre, je songeais à notre avenir,
je l'aurais assuré! cette fête qui vous a surpris, je la
donnais pour déjouer les soupçons, pour faire taire
les envieux! mais votre présence a détruit mon ouvrage, elle arrête tous mes projets, et maintenant je
ne sais plus que devenir. » Ces douces paroles arrivèrent au cœur de M. de Saint-Pierre, et le firent passer du plus profond désespoir aux transports d'une
joie immodérée; alors il s'accuse de tout : combien
son retour était coupable ! que d'imprudence dans
son apparition soudaine! d'ingratitude dans ses reproches! de cruauté dans ses emportements! Ainsi
il s'exagérait ses torts pour ne pas croire à ceux de sa
maîtresse; puis cédant tout-à-coup à d'autres idées,

il allait, venait, la pressait dans ses bras, et la repoussait aussitôt, car malgré tous ses efforts pour se
tromper, il sentait toujours qu'il n'était plus aimé.

Cependant la douceur de la princesse lui rendit
un peu de calme. Vers les trois heures du matin, il
sortit se croyant heureux; mais à peine eut-il fait
quelques pas dans la rue, qu'il retomba dans ses
premières incertitudes. Les scènes qui venaient de se
passer se retraçaient à sa mémoire avec une vérité
désespérante. Ah! si elle avait aimé, sa tendresse se
serait au moins laissé entrevoir! mais tout, jusqu'à
ses caresses, avait été arraché à l'effroi, peut-être à
la pitié. Ingénieux à augmenter ses peines, il se disait qu'un nouvel amour le faisait oublier, puis il se
reprochait ses soupçons, et s'accusait lui-même. La
nuit entière se passa dans ces agitations: vers le matin
il rentra chez lui, et succombant à la fatigue, il goûta
quelques heures de repos. A peine était-il éveillé,
qu'un domestique vint lui remettre un billet : il reconnut la main de la princesse, et il lut les lignes
suivantes :

« Vos passions sont des fureurs que je ne puis plus
» supporter : revenez à la raison, et songez à votre
» état et à vos devoirs.

» Je pars, je vais rejoindre ma mère dans le pala-
» tinat de X.... Je ne reviendrai ici que lorsque vous
» n'y serez plus, et vous n'aurez de mes lettres que
» lorsque je pourrai vous les adresser en France.

MARIE M.... »

Il serait impossible d'exprimer l'horrible fureur dont il fut saisi à la lecture de ce billet. Comme un homme atteint de frénésie, il se précipite dans l'escalier, arrive au palais de la princesse, et reconnaît enfin qu'il n'a plus rien à espérer. Par-tout ses regards sont frappés du désordre général : la cour est encombrée de caisses et de meubles, les appartements sont déserts, la salle de fête est à moitié dégarnie; quelques domestiques enlèvent les lustres et les draperies. Il s'avance, il veut les interroger sur le départ de la princesse; mais tant d'efforts l'avaient épuisé : quelques mots étouffés s'échappent à peine de sa bouche, son sang se glace, et comme si sa vie se fût éteinte par la douleur, il tombe sans connaissance sur le parquet. Les secours les plus prompts lui furent prodigués; on le transporta chez lui, où le délire d'une fièvre ardente lui ôta pour quelques jours le sentiment de ses peines. Cependant, à mesure qu'il reprenait ses forces, il semblait reprendre toute sa fureur. Les résolutions les plus terribles ne l'effrayaient plus. Il voulait atteindre la perfide, l'arracher des bras de sa mère, se poignarder à ses yeux. Pour la revoir un seul instant tout lui paraissait légitime; car l'ame, agitée par l'amour, se jette tantôt dans le crime, tantôt dans la vertu. Mais sa douleur ne lui permettait pas de mettre de la constance dans ses projets, chaque jour elle en enfantait de nouveaux. Un soir qu'il traversait une rue déserte, le tintement funèbre d'une cloche attira son attention. Aux clartés de la lune qui glissaient le long des flèches d'une église, il reconnut les murs d'un couvent. Aussitôt il se dit que le ciel veut qu'il s'arrête là. Ce sacrifice le flatte et le console, son amante en gémira peut-être. « Aussi-bien, disait-il, la route de la vie est si courte! où irai-je, et que puis-je espérer de l'avenir? je n'ai rien dans le monde; je suis étranger dans ma patrie; ici, du moins, je la verrai! elle viendra prier dans cette enceinte, elle reconnaîtra celui qu'elle a aimé, elle le reconnaîtra sous les habits de la pénitence, mort pour elle, mort pour le monde, toutes ses passions consumées par une seule! Heureux de lui parler du haut de cette tribune, d'où l'on annonce de si terribles vérités, je ferai couler ses larmes; elle reviendra à moi, je la consolerai, et nos ames seront encore unies par la vertu! » Ces pensées le soulageaient en l'attendrissant sur luimême. Ainsi l'amour se joue de nos souffrances, et dans les plus grands sacrifices nous fait entrevoir des consolations!

Enfin un dernier projet, non moins extraordinaire, l'emporta sur tous les autres. La guerre était déclarée entre la Pologne et la Saxe; il ne vit, dans cette division de deux puissances, qu'un moyen de rentrer les armes à la main sur les terres de la princesse. La pensée de se présenter devant elle comme un maître et comme un vainqueur, lui parut si heureuse, qu'il serait parti à l'instant même si l'argent ne lui eût manqué. Dans cette extrémité, il s'adressa à M. Hennin, résident de France, qui voulut bien lui prêter deux mille francs, et le recommander au comte de

Bellegarde ; alors gouverneur de Dresde. C'est avec
cette somme qu'il partit de Varsovie, le 29 mai 1765,
après deux ans de séjour en Pologne, où il était venu
chercher la fortune, et où il n'avait trouvé que des
plaisirs et des regrets. Les plus belles années de sa
vie venaient de s'écouler inutilement pour la gloire,
pour sa patrie et pour lui-même. Il se reprochait le
passé ; mais il n'espérait rien pour l'avenir, et voyait
sa faiblesse sans avoir le courage de prendre une résolution. Encore tout ému de ses dernières douleurs,
il se plaisait dans leur souvenir ; il aimait son trouble
et son agitation ; un état tranquille lui eût semblé le
plus grand des maux, et son ame se livrait aux illusions d'un bonheur qu'il savait bien ne pouvoir re-
naître, et que cependant il espérait encore.

Pour se rendre à Dresde, il traversa la Silésie et
passa par Breslau. Tout sur sa route attestait les fureurs de la guerre, et le révoltait contre sa propre
folie qui le poussait à chercher un peu de vaine gloire
au prix de tant d'injustices. Pas une ville qui ne fût
criblée de boulets, pas un champ qui n'eût servi de
camp aux Russes ou aux Prussiens, pas un château
qui ne fût dévasté et ruiné. Les Cosaques sur-tout
avaient laissé des traces hideuses de leur passage. On
avait vu ces barbares arracher les morts de leurs tombeaux, les placer à table dans d'horribles postures,
et goûter, au milieu de ces cadavres, des joies semblables aux supplices des enfers.

Ces tableaux de destruction affligèrent ses regards
aussi long-temps qu'il fut sur les terres de la Pologne ;

mais en entrant sur les terres de la Saxe, la scène changea. Le pays, coupé de collines et de rivières, offrait
de toutes parts des perspectives ravissantes. C'étaient
les beautés pittoresques de la Suisse, la culture de
l'Angleterre, et l'industrie Française. Des fabriques
de toiles, de draps, de porcelaines, s'élevaient au
milieu des plus riants paysages, dans des positions
si agréables qu'elles semblaient y être placées pour
le seul plaisir des yeux. Un peuple gai, vif, hospitalier, achevait de donner la vie à ces tableaux; et
rien n'avait semblé plus triste à notre voyageur
qu'une misère générale, rien ne lui parut plus touchant que l'aspect d'un peuple heureux.

Il arriva à Dresde le 15 juin 1765. Cette ville, très-
jolie et très-commerçante, est en partie formée de
petits palais bien alignés, dont les façades sont ornées
en dehors de peintures et de colonnades. Le roi de
Prusse l'avait bombardée quelques années auparavant, et elle était encore couverte de ruines lorsque
M. de Saint-Pierre y arriva. « Seulement, dit-il, on
» avait relevé le long de quelques rues, les pierres qui
» les encombraient ; ce qui formait de chaque côté de
» longs parapets de pierres noircies. Il y avait des
» moitiés de palais encore debout, fendus depuis le
» toit jusqu'aux caves. On y distinguait des bouts d'es-
» caliers, des plafonds peints, de petits cabinets ta-
» pissés de papiers de la Chine, des fragments de glaces
» de miroirs, des cheminées de marbre, des dorures
» enfumées. Il n'était resté à d'autres que les massifs
» des cheminées, qui s'élevaient au milieu des dé-

»combres comme de longues pyramides noires et
»blanches. Plus du tiers de la ville était réduit dans
»ce déplorable état. On y voyait aller et venir tris-
»tement les habitants, qui étaient auparavant si gais,
» qu'on les appelait les Français de l'Allemagne. Ces
»ruines, qui présentaient une multitude d'accidents
»très-singuliers par leurs formes, leurs couleurs et
»leurs groupes, jetaient dans une noire mélancolie ;
»car on ne voyait là que des traces de la colère d'un
»roi, qui n'était pas tombée sur les gros remparts d'une
»ville de guerre, mais sur les demeures agréables d'un
»peuple industrieux. J'ai vu même, continue M. de
»Saint-Pierre, plus d'un Prussien en être touché. Je
»ne sentis point du tout, quoique étranger, ce retour
»de sécurité qui s'élève en nous à la vue d'un danger
»dont on est à couvert ; mais au contraire, une voix
»affligeante se fit entendre dans mon cœur, qui me
»disait : Si c'était là ta patrie ! » *

M. le comte de Bellegarde accueillit notre voyageur
avec empressement ; il lui promit du service, et finit
par s'attacher à lui par les liens de la plus tendre
amitié. Non-seulement il cherchait à le distraire de
sa profonde mélancolie, en l'introduisant dans les sociétés les plus brillantes ; mais encore il voulut un
jour le consoler par le récit de ses propres infortunes.
Cadet d'une illustre famille piémontaise, il avait erré
dans le monde, et cherché les grandes aventures. Un
accident qui devait causer sa perte, fut la première

* Études de la Nature, tome IV, Étude XII.

1.   m

cause de sa fortune. Il était alors écuyer de la reine
de Pologne, épouse d'Auguste III. Un jour qu'il ac-
compagnait cette princesse à la promenade, elle s'a-
perçut, en montant en carrosse, qu'elle venait de
perdre une aigrette de diamants d'un grand prix. On
fit aussitôt des recherches. Le jeune écuyer s'empressa beaucoup, toute la cour fut sur pied, mais on
ne trouva rien. Un an après, à la même époque,
M. de Bellegarde appelé pour remplir le même devoir, demande à son valet de chambre un habit de
saison; mais quelle est sa surprise, lorsqu'en mettant
la main dans la poche de cet habit, il y trouve l'aigrette, objet de tant de recherches inutiles ! Il était
probable qu'elle y avait glissé au moment où il donnait la main à la princesse. La singularité de cette
aventure le mit en crédit à la cour : la reine eut tant
de joie de retrouver ses diamants, qu'elle combla le
comte de faveurs. Mais il disait avec un sentiment
d'effroi, que la réflexion renouvelait toujours : « Que
serais-je devenu, si le hasard eût fait découvrir ces
pierreries dans ma poche, ou si en tirant mon mou-
choir, elles fussent tombées au milieu de la foule des
courtisans ? J'étais pauvre, étranger, nouvellement
arrivé en Pologne; par une espèce de fatalité, j'avais
perdu la veille une assez forte somme au jeu : en fallait-il davantage pour faire naître des soupçons et
pour me déshonorer à jamais ? Ne désespérons pas
de la fortune, continua-t-il en pressant la main de
M. de Saint-Pierre; ce que nous regardons comme
un mal est souvent un bien qu'elle nous envoie. »

Ces consolations, loin d'adoucir les blessures de notre héros, ne faisaient que les irriter. A mesure qu'il avançait dans la vie, il lui semblait que sa perspective devenait plus sombre; et toujours plein d'un nouveau trouble, il ne trouvait de soulagement que dans la tristesse de ses pensées. Chaque soir il se rendait sur les rives de l'Elbe, dans les jardins du comte de Brühl. Là, tout parlait à sa douleur, parce que tout portait l'empreinte de la destruction. Ces jardins magnifiques, où le favori d'Auguste III avait rassemblé, avec une profusion royale, les plus rares végétaux des deux mondes, et les plus riches monuments des arts, n'étaient plus qu'un amas de ruines. De tous côtés, on voyait la trace des boulets et des bombes : des statues mutilées, des colonnes renversées, des pavillons à moitié dévorés des flammes. Par un contraste plein de mélancolie, au milieu de ces débris, qui attestaient la rage des hommes, s'élevaient de toutes parts des berceaux de fleurs, des arbres couverts de feuillages, qui attestaient la bonté de la nature. Heureuse prévoyance du ciel, qui a placé hors de notre atteinte les biens nécessaires à notre vie! Vous coupez l'arbre; il renaîtra. Vous arrachez les moissons; les vents en apporteront de nouvelles. Le genre humain ne peut finir par sa volonté; il faut qu'il vive, malgré son ardeur à détruire, malgré le fer, le feu, le poison, la haine et les folles amours!

Les rayons du soleil couchant donnaient un nouvel éclat aux paysages. Souvent on voyait cet astre descendre avec majesté sur un horizon de pourpre; en-

vironné de nuages qu'il inondait de sa lumière, il
paraissait comme suspendu sur les vagues agitées
d'un océan de feu. Cependant le ciel resplendissait
long-temps encore après que le soleil avait disparu.
On le voyait passer par toutes les gradations, depuis
les couleurs les plus vives de pourpre, d'or, d'argent, jusques au gris le plus sombre; et ce grand tableau de la lumière s'effaçait peu-à-peu comme les
illusions de la vie.

Ce magnifique spectacle avait un charme secret
pour M. de Saint-Pierre; jamais il ne croyait y assister seul : peut-être Marie, les yeux tournés vers le
ciel, le contemplait avec lui : dans un si grand éloi
gnement, leurs regards pouvaient encore se reposer
sur le même objet, en recevoir les mêmes impressions : ils n'étaient donc pas entièrement séparés :
sans doute elle songeait à lui comme il songeait à
elle. Ainsi la solitude nourrissait ses espérances, et
tout dans la nature le rappelait au bonheur d'être
aimé.

Ses promenades solitaires avaient été remarquées.
Chaque soir, il rencontrait une jeune beauté qui paraissait, comme lui, rêver, et fuir les humains. Seulement il y avait toujours quelque chose de mystérieux dans son apparition, de pittoresque dans sa
parure, qui aurait pu faire croire que, semblable à
la Galatée de Virgile, elle se cachait pour être vue.
Tantôt voilant sa taille légère d'un long tissu blanc,
elle se glissait parmi les ruines comme une ombre
fugitive; tantôt vêtue d'une robe de deuil, aux douces

clartés de la lune on la voyait, immobile et rêveuse, appuyée sur les débris d'une colonne; d'autres fois étalant une parure éblouissante, couverte de pourpre et d'or, elle apparaissait la tête couronnée de diamants : on eût dit une de ces intelligences supérieures qui, aux temps de la féerie, daignaient consoler les pauvres mortels. M. de Saint-Pierre crut bientôt s'apercevoir qu'il était l'objet de son attention ; il la suivait involontairement des yeux, mais il ne cherchait point à lui parler, et restait dans l'indifférence. Un soir, comme il se reposait sur un banc de gazon, un petit page galamment vêtu vint s'asseoir à ses côtés, et le regardant d'un air malin : « Il faut, lui dit-il, que vous ne soyez pas Français, car ma maîtresse est la plus jolie femme de Dresde, vous la voyez chaque jour, et vous ne le lui avez point encore dit. Voici cependant un billet qu'elle m'a chargé de vous remettre. » En parlant ainsi, il lui présenta un papier sur lequel une main légère avait tracé ces mots :

« Laissez les graves méditations; le matin de la » vie est fait pour aimer. Je veux vous couronner de » roses, et vous rappeler au plaisir. Belle et volage » comme Ninon, je connais des secrets pour toutes » les peines. Hâtez-vous! le temps fuit, et l'amour » passe comme un oiseau ! »

Étourdi d'une si singulière aventure, M. de Saint-Pierre reste muet; le fripon de page rit de son embarras, lui tend la main et l'entraîne. Ils arrivent à la porte du jardin; un équipage les reçoit, traverse

m*

la ville au galop, et ne s'arrête qu'à la porte d'un palais orné d'une double colonnade. Pendant cette course rapide, le petit page ne cessait de badiner M. de Saint-Pierre sur sa tristesse et son amour pour la solitude. Il lui vantait le bonheur d'être enlevé par une jolie femme, et faisant allusion au grand Amadis sur la Roche-Pauvre, il lui donnait le nom de Beau-Ténébreux. Quant à M. de Saint-Pierre, il cherchait à déguiser son embarras sous une feinte hardiesse; mais il s'étonnait de s'être laissé entraîner si loin, et sans un peu de honte, et de curiosité peut-être, il eût pris la fuite à l'instant.

Arrivé aux portes du palais, il descendit sous un péristyle de marbre blanc. Le page le tenait toujours par la main, et le guidait d'un air mystérieux à travers une suite d'appartements magnifiques; mais tout-à-coup il disparaît, une porte s'ouvre, et dans le fond d'un boudoir où l'art avait prodigué ses merveilles, à travers un nuage de parfums qui brûlaient dans des cassolettes d'or, il voit la belle inconnue penchée sur des corbeilles de fleurs, dont ses mains tressaient une couronne. Ses longs cheveux blonds flottaient à l'aventure, ses yeux étaient de la couleur du ciel, et son sourire était plein de volupté. Dès qu'elle aperçut M. de Saint-Pierre, elle vola au-devant de lui, et posant sur sa tête, d'un air enchanteur, la couronne qu'elle venait d'achever : Je tiens ma promesse, lui dit-elle, je couronne ce front de roses, pour en écarter le souci. Puis elle ajouta, en baissant les yeux avec un léger embarras qui

ressemblait à la pudeur, qu'elle n'avait pu le voir
sans être touchée de sa tristesse, et sans désirer d'en
connaître la cause. Alors commença entre eux un
entretien charmant, que M. de Saint-Pierre ne put
jamais oublier. L'étrangère joignait à la vivacité française cet abandon qui ressemble au sentiment. Sa
philosophie était celle de l'amour. Elle voulait passer dans la vie comme l'oiseau qui chante, comme
la fleur qui s'épanouit. « Les maux sont notre ouvrage, disait-elle, mais les plaisirs viennent des
dieux ; il faut se hâter de les recevoir à mesure qu'ils
s'échappent de leurs mains. La grande maxime pour
être heureux, c'est de n'appuyer sur rien, de glisser
au milieu des objets, sans jamais s'y arrêter. Ceux
qui mettent de l'importance aux événements de la
vie, sont toujours malheureux. L'expérience nous
dit : Effleure et ne médite pas, car tu es créé pour
jouir, et non pour comprendre. » Puis elle ajoutait
avec un aimable souris : « On assure que ma beauté
passera, je veux le croire ; mais je suis belle aujour-
d'hui, je le serai demain, et je connais trop le néant
de la vie pour m'inquiéter d'un plus long avenir. »
En prononçant ces mots, elle enlaçait M. de Saint-
Pierre de ses bras amoureux, excitait ses transports
et ravissait son âme. La couronne qu'elle avait posée sur son front, semblable à celle qu'Ogier le Danois reçut de la fée Morgane, semblait avoir le don
de faire oublier « tout deuil, mélancolie et tristesse ; » et tant qu'elle fut sur sa tête, « n'eut pen-
sement quelconque de sa dame, ni de pays, ni de

»parents, car tout fut mis lors en oubli pour mener
»joyeuse vie. » *

Au milieu de ces doux entretiens, le page vint annoncer que le souper était servi; alors les deux amants
passèrent dans une pièce tendue de satin bleu drapé de
gaze d'argent. Une troupe de jeunes filles légèrement
vêtues couvraient la table des mets les plus exquis;
les fleurs et les arbrisseaux les plus rares s'élevaient
en amphithéâtre dans le fond de la salle, où ils formaient un coup-d'œil ravissant. Un globe de lumière, à moitié caché derrière le feuillage, répandait sur cette scène des reflets semblables à ceux de
la lune lorsqu'elle brille au sommet d'un bois solitaire. Les sons de plusieurs harpes se faisaient entendre dans le lointain, mais avec une mélodie si
douce que le silence en était à peine interrompu:
c'était comme le murmure confus des ombres heu-
reuses sur les bords des champs Élysées. Enfin il y
avait dans ce spectacle un air de féerie et d'enchantement auquel nul mortel n'eût résisté. M. de Saint-
Pierre n'y résista pas. Les vins exquis, les parfums,
la musique, l'aspect de ces jeunes beautés à la taille
svelte, ces richesses qui éblouissaient les yeux; et
plus que cela, les regards languissants, les paroles sé-
ductrices de la belle inconnue, pénétraient ses sens
d'une volupté charmante. Devenu le héros d'une
aventure extraordinaire, n'ayant ni le temps ni la

* Roman d'Ogier le Danois, imprimé en lettres gothiques,
sans date.

olonté de réfléchir, il cédait à l'entraînement d'une tuation si nouvelle. Les propos galants, les saillies iquantes se succédaient avec rapidité ; sa surprise, a curiosité, les mystères dont on s'environnait, joutaient encore à ses plaisirs ; et cependant, au ilieu de tant de délices, il cherchait vainement à essaisir quelques éclairs d'un bonheur qui n'était lus. Au lieu de cette ivresse dont son ame avait puisé le charme, il n'éprouvait que des transports nêlés d'amertume et de regrets. Hélas ! on ne lui résentait que la coupe de Circé, et ses lèvres avaient ouché à celle du véritable amour !

Huit jours s'écoulèrent dans un étourdissement ontinuel ; environné d'une troupe de nymphes qui le cherchaient qu'à lui plaire, il avait tout tenté jour connaître le nom de leur maîtresse ; mais a curiosité, toujours excitée, n'avait jamais été satisfaite. Le soir du neuvième jour, l'inconnue, quittant ses parures éblouissantes, se revêtit d'une simple tunique blanche. Jamais elle n'avait paru si vive, si languissante, si adorable ; elle accablait son amant des plus tendres caresses, et lui rappelant d'un air malin les dernières lignes de son billet, elle répétait à chaque instant : « Hâtez-vous ! le temps fuit, et l'amour passe comme un oiseau ! » Après le souper, qui fut délicieux, elle se couvrit d'un long voile, et se livrant à des jeux que long-temps après les beautés du Nord firent connaître à la France, elle se montra dans les attitudes les plus gracieuses et sous les formes les plus opposées : c'était Vénus sortant du bain et se cachant sous une gaze légère; Hélène fuyant le palais de Ménélas avec le beau Pâris; Calypso errante dans son île, terrible, échevelée, et suivie de ses nymphes qui poussaient des cris de fureur. Mais tout-à-coup la scène change : l'inconnue reprend sa sérénité, agite une baguette magique, et s'avançant dans une attitude majestueuse : « Chevalier, lui dit-elle, un pouvoir plus fort que le mien m'oblige à vous rendre la liberté; je romps le charme qui vous retenait; plus de soucis, courez à de nouveaux plaisirs, hâtez-vous, le temps fuit, et l'amour passe comme un oiseau ! » Alors elle continua sa marche, et suivie de tout son cortége, elle sortit du salon, dont les portes se refermèrent aussitôt. M. de Saint-Pierre croyait à chaque instant la voir reparaître; mais après quelques minutes d'attente inutile, il se levait pour sortir, lorsqu'il aperçut le petit page qui venait à lui d'un air plein de tristesse. Il voulut l'interroger sur ce qui se passait; mais le page mettant le doigt sur ses lèvres, lui fit signe de le suivre et de garder le silence. Arrivé sous le péristyle de marbre, on le fait monter dans une voiture; elle part, rentre dans la ville, s'arrête à la porte de son logement, et disparaît. Tous ces événements se passèrent avec tant de rapidité, qu'en se retrouvant dans cette chambre, qu'il avait abandonnée neuf jours auparavant, il craignit un moment d'avoir été la dupe des illusions d'un songe.

Le lendemain il courut chez le comte de Bellegarde, et s'empressa de lui confier son aventure.

Pendant ce récit, M. de Bellegarde changea plusieurs
fois de couleur. Enfin il lui dit : « J'ai long-temps
désiré la faveur qui vient de vous être accordée ; je
crois connaître la beauté dont vous avez fait la conquête ; ou plutôt il n'y a dans toute la Saxe qu'une
seule femme qui puisse étaler une aussi grande magnificence. Cette beauté est célèbre ; elle fut élevée
par les soins du comte de Brühl ; cet heureux favori
lui inspira ces goûts voluptueux, cette philosophie
charmante, qui font envisager la vie comme un jour
de fête. Son dessein était de la donner au roi, afin
de captiver une faveur qui l'avait déjà élevé si haut ;
mais il ne put résister à tant de charmes, et son
élève devint sa maîtresse. Il lui a laissé en mourant
des trésors qu'elle a dissipés. Habile à suivre la philosophie de son maître, elle vit comme Ninon, comme
Aspasie, sachant bien que pour mériter leur gloire
il suffit d'être heureuse comme elles. En ce moment,
elle prodigue les richesses d'un Juif qu'elle a préféré
aux plus grands seigneurs de la cour, car il est jeune,
beau, et millionnaire. Il est absent depuis un mois,
et son retour inopiné est sans doute le pouvoir supérieur qui obligeait l'enchanteresse à vous rendre la
liberté, et qui a mis fin à vos plaisirs. »

Cette aventure, loin de dissiper la tristesse de
M. de Saint-Pierre, ne fit que le troubler davantage
en altérant la pureté de ses souvenirs. Le plus grand
des malheurs, sans doute, est l'infidélité de ce qu'on
aime ; mais être soi-même infidèle, c'est perdre sa
dernière illusion, c'est voir évanouir la vertu qui

nous consolait. Deux amants coupables sont deux anges tombés du ciel ; long-temps froissés de leur chute, tout sillonnés du feu qui les consume, ils tournent en vain leurs regards vers leur premier séjour ; leurs regrets sont d'autant plus amers qu'ils ne sont mêlés d'aucune espérance.

Tel fut le sort de notre voyageur. Le séjour de Dresde lui était devenu insupportable. Il prit congé de M. de Bellegarde, et se rendit à Berlin, avec l'intention de demander du service au grand Frédéric. Dégoûté du génie, qui laissait trop peu de chance à l'avancement, il demanda le grade de major, auquel son brevet de capitaine-ingénieur au service de Russie lui donnait droit. Il se flattait d'obtenir ensuite un commandement dans la Prusse polonaise, ce qui l'aurait rapproché de sa maîtresse. Dès l'abord, ces beaux projets furent renversés ; Frédéric avait décidé que les grades dans l'infanterie ne seraient confiés qu'à des officiers prussiens, et ses décisions étaient toujours sans exception. Son refus fut suivi de l'offre d'une place dans le génie et d'une pension assez considérable, que M. de Saint-Pierre refusa à son tour, parce que rien dans tout cela ne remplissait le vœu secret de sa passion : d'ailleurs le seul aspect de la cour avait suffi pour le dégoûter du service. « Il ne faut pas penser, écrivait-il alors, » que la cour de Berlin ressemble en rien à celle de » France. Le roi n'en a point. La reine a deux cham- » bellans boiteux, des pages fort mal vêtus, une » table fort mal servie ; on va à la cour en bottes. »

» enfin c'est une misère qui étonne. * » A ces motifs on peut joindre, si l'on veut, l'inconstance naturelle de notre héros, inconstance qui, comme nous l'avons déjà vu, ne lui permettait de suivre que ses propres caprices, et lui faisait chercher la fortune par-tout où elle ne s'offrait pas. Cependant il fit un séjour de plusieurs mois à Berlin, et il eut de nombreuses occasions de voir de près ce roi, enfant gâté des philosophes, qui flattaient son despotisme en faveur de son impiété. Prince infortuné, qui, pour éviter tout préjugé, avait renoncé à tout principe. Sobre par goût, courageux par ostentation, affectant des vices qu'il n'avait pas, étouffant des vertus qui l'auraient fait aimer, il avait cessé d'être bon pour paraître grand. Mais au milieu de cette foule de princes faibles qui alors se partageaient les trônes, sa domination avait montré un homme, et l'Europe tremblante s'était humiliée devant lui. M. de Saint-Pierre ne pouvait s'empêcher d'admirer la puissance de cette volonté unique qui remuait le monde et tenait les peuples et les rois dans l'attente. Mais à côté de ce tableau de gloire et de force, il entrevoyait celui d'une grande misère; et quelques lignes échappées à sa plume prouvent jusqu'à quel point il fut frappé de la tristesse de ce prince qui remplissait l'univers de sa renommée. « La paix, disait-il, a relâché les ressorts de cette ame, que l'adversité avait tendus; il est tombé peu-à-peu dans une mé-

* Voyez les Observations sur la Prusse, tome II des OEuvres.

1.   n

»lancolie profonde : le passé ne lui rappelle que des-
»truction, l'avenir ne lui présente qu'incertitude. Il
»accable son peuple d'impôts, et ses soldats d'exer-
»cices. Il admet toutes les religions dans ses états,
»et ne croit à aucune; il ne croit pas même à l'im-
»mortalité de l'ame. Il vit dans les infirmités, en-
»touré d'ennemis, haï de ses sujets, insupportable à
»ses troupes, sans amis, sans maîtresse, sans con-
»solation dans ce monde, sans espérance pour l'au-
»tre.... A quoi servent donc pour le bonheur, l'es-
»prit, les talents, le génie, un trône et des vic-
»toires ?» *

La vie était fort chère à Berlin, le dîner le plus
simple y coûtait un ducat, et M. de Saint-Pierre
n'aurait pu y prolonger son séjour si un ami ne lui
eût ouvert sa maison. Cet excellent homme se nommait Taubenheim; il était conseiller du roi et régis-
seur de la ferme des tabacs, ce qui lui donnait de
l'aisance, mais ne l'enrichissait pas. M. de Saint-
Pierre le rencontra chez le prince Dolgorouki, ambassadeur de Russie, et dès leur première entrevue
ils se trouvèrent si pris, si connus, si obligés entre
eux, que pour continuer à parler le langage de Montaigne, rien dès lors ne leur fut si proche que l'un
à l'autre. Taubenheim pouvait avoir une cinquan-
taine d'années; il conçut pour notre voyageur cette
tendresse d'un père qui, voyant son fils en âge de
raison, se rapproche de sa jeunesse et veut en faire

* Observations sur la Prusse, tome II des OEuvres.

un ami. Sa maison était vaste, gothique, environnée de jardins, et située à quelque distance de la ville. Il y conduisit M. de Saint-Pierre, et lui fit donner un appartement, en lui disant : « Vous voilà chez vous. » C'était une *ame à la vieille marque;* ses mœurs, ses habitudes avaient quelque chose de patriarcal, et sa vie était comme une continuation de la vie de ses aïeux. Tous les moments qu'il pouvait dérober à ses affaires, il les passait dans la solitude, occupé de la culture de son jardin et de l'éducation de ses enfants. Cette éducation était simple : il donnait l'exemple, on le suivait. Chaque soir il lisait en famille un chapitre de la Bible, et notre voyageur ému de ces lectures, ému de l'attention respectueuse du jeune auditoire, et de l'air solennel de Taubenheim, croyait retrouver dans cette scène un tableau vivant des premiers jours du monde. Ce qui ajoutait à son illusion, c'est que depuis les temps les plus reculés rien n'était changé dans ce séjour. C'étaient les mêmes meubles, les mêmes tentures, la même table de noyer autour de laquelle avaient passé plusieurs générations ; c'étaient aussi les mêmes cœurs et la même jovialité. On ne voyait point là de vertus apprises, mais on y voyait des vertus héréditaires, et la simplicité de ces bonnes gens offrait un spectacle digne des regards du ciel.

Cette vie patriarcale adoucissait les souvenirs de M. de Saint-Pierre. Souvent il disait à son ami : « Que votre sort est digne d'envie ! vous ignorez les soucis de la fortune et de l'ambition, vous vivez d'une vie na-

turelle, et vous ne désirez rien au delà. Que je
voudrais pouvoir jouir d'une pareille félicité! — Eh
bien, disait le bon Taubenheim, il faut rester avec
nous et cultiver notre jardin : nous avons du blé,
des légumes, des œufs, du laitage, et mes filles savent filer le lin qui croît dans nos champs. Virginie,
l'aînée de la famille, est une aimable enfant, je
vous la donnerai afin que vous soyez mon fils, et
vous verrez combien il est facile d'être heureux. »
A ces offres, vingt fois répétées, M. de Saint-Pierre
ne répondait que par des soupirs : le bonheur qu'il
admirait ne lui suffisait plus. La douleur lui faisait
désirer le repos, et le repos lui devenait insupportable dès qu'il pouvait en jouir. « Hélas! disait-il
long-temps après, comment aurais-je accepté une
compagne et un père, lorsque, loin de ma patrie,
je ne pouvais plus disposer de mon cœur! » *

Virginie était simple et charmante; elle n'avait
point encore cette timidité, première parure de l'a-
dolescence, et qui naît en même temps que le désir
de plaire. Sa figure ingénue formait un contraste
aimable avec la vivacité qui animait tous ses mouvements. On l'entendait toujours chanter, on la
voyait toujours courir; sa voix était fraîche, sa démarche légère. Elle conservait à quinze ans les graces et la naïveté de l'enfance; elle en aimait encore
les jeux; il ne fallait qu'une fleur pour l'occuper,
qu'un papillon pour la distraire, et dans sa candeur

* Voyez les Vœux d'un Solitaire.

virginale elle ne croyait pas qu'il y eût de plus grande joie au monde que celle d'être aimée de son père.

M. de Saint-Pierre admirait ses graces, sa naïveté, sa pureté, et soudain ses yeux se remplissaient de larmes en songeant à la princesse. Alors il disait à son ami : « Mon cœur n'est plus susceptible d'amour ; une passion insensée a usé ses forces. Il faut que je sois bien malheureux, puisque l'innocence n'a plus d'attrait pour moi. » En parlant ainsi, il tombait dans les accès d'une profonde tristesse, que l'amitié la plus tendre ne pouvait pas toujours dissiper. C'est alors que ses regards se tournèrent vers sa patrie ; il sentit le besoin de la revoir, et de pleurer sur la tombe de son père, dont il venait d'apprendre la mort. Les efforts de Taubenheim pour le retenir, furent inutiles ; il partit ; mais les jours pleins de calme qu'il avait passés près de ce véritable sage ne sortirent jamais de sa pensée, et rien n'est plus touchant que les lettres que ces deux hommes, nés pour s'aimer, s'écrivirent jusqu'à la fin de leur vie.

C'est ainsi qu'égaré par ses passions, errant de contrée en contrée, M. de Saint-Pierre trouva partout des amis qui accueillirent son infortune. Les temps d'abandon et de misère lui firent connaître les ames les plus belles et les plus généreuses. Il arrivait inconnu, pauvre, sans appui, et cependant bientôt il était aimé : c'était comme un dédommagement que la Providence donnait à ses douleurs,

n*

car plus tard les hommes semblèrent s'éloigner de lui à mesure que la gloire l'environnait de son éclat. Aussi le souvenir des amitiés faites loin de la patrie avait pour lui une douceur inexprimable : c'est sur ces souvenirs qu'il jugeait les hommes, et lorsque, devenu l'objet de la calomnie, il sentit le poids de leur injustice, il n'oublia jamais qu'il les avait vus bons au temps pénible de ses malheurs. Mais dans le nombre des amis protecteurs de son inexpérience, deux sur-tout avaient captivé sa tendresse : c'étaient Duval et Taubenheim. Heureux d'avoir rencontré de pareils hommes, il voulait consacrer dans son Amazone le souvenir de leurs vertus et de sa reconnaissance. Mais si tant de gloire leur a été refusée, ne suffit-il pas, pour les faire honorer, de rappeler l'amitié qu'ils surent inspirer à Bernardin de Saint-Pierre?

Suivant l'usage du pays, notre voyageur partit de Berlin dans un chariot de poste découvert. Un soir, assoupi par la fatigue, il lui sembla que son postillon ralentissait le pas des chevaux, et qu'il s'entretenait à voix basse avec plusieurs hommes. Ces hommes parlaient allemand ; M. de Saint-Pierre comprenait un peu cette langue ; il entendait confusément former un complot; on parlait de voyageur, de vol, d'assassinat ; enfin le postillon disait à voix basse que forcé de rester à la première poste, il enverrait Fresque *le bon compagnon*. Oppressé par un poids terrible, M. de Saint-Pierre s'éveille avec effort, il saisit machinalement ses pistolets et regarde

autour de lui; mais les chevaux galopaient, le postillon chantait, et la route était déserte. Persuadé
que tout ce qu'il venait d'entendre était l'effet d'un
songe, il y attacha peu d'importance; mais que devint-il, lorsqu'arrivé à la première poste, il entendit
donner le nom de Fresque au postillon qui devait
le conduire? La figure sinistre de cet homme n'é-
tait pas faite pour le rassurer; cependant il s'obsti-
nait à partir, et déjà il était remonté dans le chariot,
lorsque, par un coup de la Providence, trois étudiants
de Leipsick, qui se rendaient à Cassel, demandèrent
à se placer auprès de lui. Ces jeunes gens parlaient
latin avec beaucoup de facilité, la conversation s'engagea dans cette langue, et M. de Saint - Pierre,
préoccupé de son prétendu songe, leur en conta toutes les circonstances. Pendant ce récit, le postillon
s'égarait dans les routes obscures d'une forêt, où il
s'arrêta tout-à-coup, sous prétexte qu'il n'avait pas
le nombre de chevaux prescrit par l'ordonnance. Cet
accident fit naître un débat qui ne se serait pas ter-
miné sitôt si la lune, en se levant à la cime de la
forêt, n'eût éclairé fort distinctement trois hommes
immobiles, et la carabine à la main. Aussitôt les
étudiants firent briller leurs armes, et M. de Saint-
Pierre se précipitant sur le postillon, lui donna l'ordre de partir en appuyant le bout d'un pistolet contre
sa tête. Cet argument eut sans doute la force de le
persuader, car, sans mot dire, il remit ses chevaux
au galop; et les brigands qui ne s'attendaient pas à
trouver si nombreuse compagnie, se contentèrent de

tirer deux coups de carabine, dont les balles sifflè-
rent aux oreilles des voyageurs.

Arrivé à Cassel, M. de Saint-Pierre se sépara de
ses compagnons pour se rendre à Francfort. Chemin
faisant, il s'amusait à rédiger les notes de son voyage,
mais il étudiait peu la nature ; son ambition, éga-
rant son génie, ne lui permettait d'observer que les
mœurs des nations et les formes de leurs gouvernements. Sous ce rapport, l'Europe entière lui présentait les tableaux les plus affligeants. Il n'avait vu
en Russie que des grands et des esclaves : la Prusse
ne lui offrait qu'une multitude de petites ambitions
courbées devant une ambition supérieure : la Hollande n'était qu'un vaste entrepôt de marchandises,
divisé en boutiques, en comptoirs, en magasins, et
où l'on trouvait des commis, des juifs, des mar-
chands, et peu de citoyens. Chaque législation semblait fondée sur un vice, ou sur une passion. En
Russie, on n'estimait que les grades ; en Hollande
l'industrie ; à Malte le courage ; en Pologne le plaisir;
en Autriche le nombre des quartiers ; l'or par-tout.

Enfin il revit la France. Toucher la terre de la
patrie après un si long exil, c'était revivre. L'aspect
des arbres qui lui étaient connus, les collines couvertes de riches vignobles, les cris des vendangeurs,
la joie d'entendre des accents français, tout remplissait son ame d'une inexprimable émotion. Chaque
compatriote, à qui il lui suffisait d'adresser la parole
pour en être compris, lui paraissait un frère qui venait l'accueillir. Cette terre qu'il avait dédaignée,

était maintenant le seul lieu où l'on pût vivre, et il ne voyait dans le reste du monde qu'une suite de contrées barbares.

Mais combien d'idées tristes venaient se mêler à ses élans de joie! Dans cette patrie qu'il aime, il ne doit retrouver ni ami ni parent! Ah! si ce clocher qui s'élève de ce bouquet de sapins, était celui qui sonna sa naissance! si cette maison couverte de lierre était celle où il reçut la vie! si parmi ces bonnes gens qui s'acheminent vers l'église, il reconnaissait son père et mère! avec quels transports il tomberait à leurs pieds! comme il presserait dans ses bras leurs genoux tremblants! Il leur dirait : Voilà le fils dont vous alliez demander le retour au ciel, ouvrez-lui votre sein, accueillez-le dans votre maison, pardonnez-lui d'avoir cherché le bonheur loin de vous! Mais sa mère, mais sa marraine ne sont plus! Il ne pourra jamais donner ni recevoir tant de joie! Ses larmes coulent, et elles ne seront point essuyées par des mains maternelles! En vain ses regards cherchent autour de lui; personne ne le reconnaît, aucune voix chérie ne l'appelle! Où est sa sœur? où sont ses frères? où sont les amis de son enfance pour recevoir ses premiers embrassements? Tout lui manque à-la-fois; il semble que des générations se soient écoulées depuis son départ : il arrive dans sa patrie, et il est seul!

Il espérait trouver à Paris des lettres de Pologne ; mais il fut trompé dans cette attente. Alors, cédant au désir de revoir les lieux où il avait été enfant, il

partit pour le Havre, où il arriva à onze heures du
matin, le 20 novembre 1766. Au premier aspect il
ne reconnut rien. La ville lui semblait plus petite,
les maisons moins hautes, les rues moins larges; il
cherchait les lieux témoins de ses premiers plaisirs,
et ne pouvait les reconnaître. On rapporte tout à soi:
c'était lui qui n'était plus le même, et il s'affligeait
de trouver tout changé. Il arrive dans la vie ce qui
arrive sur un fleuve pendant qu'il vous entraîne : vous
croyez que tout ce qui est autour de vous chemine,
et que seul vous restez immobile. A peine eut-il quitté
la voiture publique, que ses pas se dirigèrent vers la
rue qu'avait habitée son père. Il la parcourait avec
une tendre inquiétude, cherchant en vain à ressaisir
les traits des gens du voisinage : il ne reconnaissait
personne, personne ne le reconnaissait. Le cœur
serré de son isolement dans le lieu même de sa naissance, il reprenait tristement le chemin de son auberge, lorsque ses yeux s'arrêtèrent sur une vieille
femme qui filait devant la porte de sa maison. Ses
traits effacés par l'âge lui rappelèrent cependant
ceux de Marie Talbot, de cette bonne fille qui avait
pris soin de son enfance. Frappé de cette ressemblance, il s'approche pour lui adresser la parole ;
mais à peine a-t-elle entendu le son de sa voix, qu'elle
le regarde et s'écrie avec un accent de surprise et de
tendresse que rien ne peut rendre : « Ah! mon maître!
est-ce bien vous que je revois? » Et avec une vivacité
inouïe à son âge, elle jette sa quenouille, renverse
son rouet et se précipite dans ses bras. M. de Saint-

Pierre l'embrasse, la presse contre son cœur, et croit un moment avoir retrouvé, avec cette bonne vieille, toutes les joies de son enfance. Mais que cet éclair de bonheur fut rapide! La pauvre Marie, devenue plus tranquille, lui disait tristement : « Ah! monsieur Henri! les temps sont bien changés! votre père est mort! vos frères sont allés aux Indes! je suis seule, seule ici! —Et ma sœur, dit M. de Saint-Pierre avec anxiété, vous a-t-elle aussi abandonnée?—Votre sœur a quitté la ville pour se retirer à Honfleur, dans un couvent sur les bords de la mer. Cela est triste, car elle est si jolie et si bonne! Mais est-il bien vrai, monsieur, que je vous revois? Vous avez été si loin! comment avez-vous pu revenir? On disait que vous étiez au service d'une impératrice, que le roi de Prusse vous menait à la guerre, que vous aviez fait fortune, et cela je l'ai toujours prédit, car vous aimiez tant les gros livres! Cependant, chaque jour, je priais Dieu pour vous, et je lui demandais de vous revoir avant de mourir. — Bonne Marie, je n'ai pas fait fortune, mais j'ai toujours eu le désir de vous faire du bien. — Oh! je n'ai besoin de rien, Dieu merci! Le bon Dieu ne m'a jamais abandonnée, et je ne suis pas si pauvre que je ne puisse aujourd'hui vous offrir à dîner. » Puis de ses mains laborieuses et tremblantes elle prit le bras de son jeune maître, et dit en le guidant vers la maison : « Ici il n'y a plus que moi pour vous recevoir! pourquoi avons-nous perdu votre bonne mère? c'était à elle de vivre, et à moi de mourir; elle eût été si heureuse de revoir son fils!

mais Dieu l'a rappelée, il faut que sa volonté soit faite. » En disant ces mots, elle ouvrit la porte de sa pauvre demeure. Un lit de paille, une table, un vieux coffre et deux mauvaises chaises composaient tout son ameublement ; il y régnait cependant un air de propreté qui écartait l'idée de la misère. M. de Saint-Pierre y entra avec un sentiment de joie et de respect que son cœur n'avait point encore éprouvé. Sa vieille bonne le fit asseoir, et, nouvelle Baucis, elle s'empressa de ranimer le feu, et de couvrir sa table d'un linge blanc, mais un peu usé :

« Il ne servait pourtant qu'aux fêtes solennelles ! »

On eût dit à son zèle, à son activité, qu'elle avait recouvré sa jeunesse ; et M. de Saint-Pierre croyait encore la voir aller et venir dans la maison de son père. Cette petite scène lui rappela les jours de son enfance. Cependant la pauvreté de cette bonne vieille l'affligeait, et il se mit à la questionner pour savoir comment elle se trouvait dans un pareil délaissement. « Oh ! ce n'est pas la faute de monsieur votre père, dit-elle ; il voulait que je restasse à la maison, mais je ne pouvais m'y résoudre à cause de sa nouvelle femme, ça me faisait trop mal de la voir à toutes les places où j'avais vu ma pauvre maîtresse. Un jour je demandai mon compte, et je vins ici ; voilà que dans les commencements j'étais si triste que je ne pouvais me tenir au travail ; je passais et repassais tout le jour devant la maison ;

comme si les pierres avaient pu me parler. Le reste du temps je ne faisais que pleurer ; j'en avais presque perdu les yeux ; mais maintenant, grace à Dieu, je ne pleure plus ; » et en prononçant ces mots, elle essuyait, avec le coin d'un tablier de serpillière, de grosses larmes qu'elle ne pouvait retenir. Pendant qu'elle parlait ainsi, M. de Saint-Pierre avait bien de la peine à lui cacher les siennes ; il admirait comment la seule confiance en Dieu empêchait cette bonne vieille de sentir son malheur, et il l'entendait avec surprise, du sein de la plus profonde misère, remercier la Providence de ses bienfaits. Un spectacle aussi touchant ne fut pas perdu pour notre voyageur. « C'est une pauvre fille, disait-il souvent, qui m'a éclairé sur les voies de la Providence : elle avait mis en Dieu la même confiance que j'avais mise dans les hommes, et jamais je n'ai vu une ame si tranquille dans une situation si malheureuse. Son exemple m'a été plus utile que celui de nos prétendus sages ; et ses paroles, si simples, m'en ont plus appris que tous les livres des philosophes. » En effet, les livres des philosophes nous apprennent à braver nos maux, mais non à vivre avec eux ; comme si le destin des êtres les plus heureux sur la terre n'était pas toujours de vivre avec la douleur !

Après quelques minutes d'entretien, Marie Talbot posa sur la table un morceau de gros pain, une cruche de cidre, une omelette et un peu de fromage. Ensuite elle ouvrit son coffre et en tira un verre ébréché, qu'elle posa doucement auprès de son hôte, en

L.   O

lui disant : « C'est celui de votre mère. » Il le reconnut en effet, et cette vue le remplit d'une telle émotion, qu'il ne pouvait manger, et que des larmes involontaires venaient mouiller ses yeux. Alors voyant que sa bonne se tenait debout pour le servir, il lui dit de se mettre à table à côté de lui ; mais ce ne fut pas sans peine qu'il parvint à l'y décider. Enfin elle prit une chaise, et ils commencèrent à manger en parlant des temps passés. Peu-à-peu leurs idées s'égayèrent ; mille traits charmants revenaient à la mémoire de Marie Talbot : la vie de son petit Henri était comme une partie de la sienne : elle lui rappelait son admiration pour les hirondelles, sa fuite dans le désert pour se faire ermite ; comment il aimait les livres, comment il les perdait. — « Oui, ma bonne Marie, lui dit M. de Saint-Pierre, je les perdais, et vous m'en achetiez de votre argent, je ne l'ai point oublié. — Dame, M. Henri, vous étiez si joli, si caressant, et vous aviez un si bon cœur ! Lorsque je vous menais à l'école, vous n'étiez encore qu'en jaquette, si nous rencontrions un malheureux, vous me disiez : Marie, donne - lui mon déjeuner ; et quand je ne le voulais pas, vous vous fâchiez contre moi. Un jour vous vous avançâtes d'un air menaçant, et en fermant le poing, contre un charretier qui maltraitait son cheval : c'est que vous alliez l'attaquer tout de bon ! Un autre jour vous vouliez vous battre avec une troupe d'enfants qui avaient cassé la jambe d'un pauvre chat, et j'eus bien de la peine à les tirer de vos mains. » Ainsi cette bonne fille ramenait in-

sensiblement la pensée de M. de Saint-Pierre vers une
époque que le souci de vivre avait presque effacée
de sa mémoire, et tous ses souvenirs venant à se
réveiller à-la-fois, il l'accablait de questions sur ses
anciens camarades, sur les amis de son père, et sur
tous ceux qui l'avaient aimé. Les uns avaient quitté
le pays, les autres étaient morts, un petit nombre
avaient fait fortune ; mais la bonne Marie prétendait
que ceux-là étaient devenus si fiers, qu'ils ne parlaient
volontiers à personne. Enfin elle lui apprit la mort
du frère Paul, cet aimable capucin qui faisait de si
jolis contes, et M. de Saint-Pierre donna quelques
larmes à sa mémoire. Après tous ces récits, Marie
Talbot témoigna le désir d'apprendre à son tour ce
que son maître avait fait dans ses voyages. Elle lui
demandait si les gens de par-là étaient bons, s'il y
faisait froid, si on y buvait du cidre, si le pain y
était cher; et comme si cette dernière question eût
fait retomber sa pitié sur elle-même, elle se reprit à
pleurer amèrement. Ces pleurs émurent M. de Saint-
Pierre jusqu'au fond de l'ame, et lui firent sentir
d'une manière bien cruelle la folie de tant de courses
inutiles qui l'avaient ramené plus pauvre que jamais
sous le toit de la pauvre Marie. Assis à ses côtés,
il ne regrettait ni les grandeurs de Russie, ni les
délices de la Pologne ; ce qu'il eût voulu ressaisir
de lui-même, c'étaient les premières émotions de
son enfance, et les mouvements si purs d'une ame
encore innocente. Au milieu de l'agitation de ces
pensées, cédant tout-à-coup au sentiment qui le pé-

nètre, il embrasse cette brave fille avec une grande
effusion de cœur, et prend entre le ciel et lui l'engagement de ne jamais l'abandonner, quelle que fût
d'ailleurs sa position et sa fortune : engagement qu'il
remplit avec une exactitude religieuse, dans le temps
même où il n'avait d'autre revenu qu'une pension
de mille francs ; et pour commencer, il tire sa bourse,
la verse sur la table, et partage sur l'heure avec sa
bonne tout ce qu'il possédait. D'abord elle repoussa
l'argent : « Je n'ai besoin de rien, disait-elle, je
gagne six sous par jour, et je puis faire encore de
petites économies. » M. de Saint-Pierre insista, elle
fut obligée de céder ; mais elle reçut l'argent avec
indifférence ; et on voyait que c'était uniquement
pour complaire à son maître. Il faut avoir entendu
raconter cette scène à M. de Saint-Pierre lui-même,
pour se faire une idée de tout ce qu'elle lui fit éprouver. Il en avait retenu jusqu'aux plus petites circonstances, et les expressions si simples de la pauvre
Marie ne sortirent jamais de sa mémoire.

Pressé d'embrasser sa sœur, M. de Saint-Pierre
s'embarqua pour Honfleur le même soir. Marie l'ac-
compagna jusqu'au rivage, et il la vit long-temps les
yeux attachés sur la chaloupe, et cherchant par des
signes à prolonger leurs adieux. La nuit étant venue,
il s'enveloppa de son manteau, et dans une situation d'ame difficile à comprendre, il ne voyait ni le
ciel ni la mer, ni les voyageurs qui allaient et venaient autour de lui. Cependant un bruit formidable
vint rompre tout-à-coup le charme de sa rêverie ; il

crut un moment que l'abîme s'ouvrait pour englou-
tir sa frêle embarcation ; mais les matelots paraissaient tranquilles, et se contentaient de se ranger à
la côte. On était alors près de l'embouchure de la
Seine : ayant jeté les yeux sur la vaste étendue de
ce fleuve, il vit avec effroi ses eaux couvertes d'écumes se soulever comme une montagne, et remonter vers leur source avec une vitesse que l'œil ne
pouvait suivre. Une seconde montagne, plus élevée,
plus rapide, suivait en mugissant la première ; et ces
deux masses effroyables, repoussant le fleuve devant
elles, semblaient le rejeter tout entier du sein de la
mer. M. de Saint-Pierre a décrit ce phénomène
dans le premier livre de l'Arcadie, où il est le sujet
d'une fable charmante, que les Grecs, comme il le
dit lui-même, n'auraient pas désavouée.

Il arriva à Honfleur au milieu du jour, et s'achemina aussitôt vers le couvent de sa sœur, dont on lui
montra de loin le clocher gothique, qui s'élevait à
mi-côte à l'orée d'un bois. Quoiqu'il ne fût pas tard,
le jour commençait à tomber. Le mois de novembre
est, surtout en Normandie, l'époque la plus triste
de l'année. L'air y est humide et froid, l'horizon
chargé de brouillards ; les ruisseaux ne roulent qu'une
eau trouble et jaunâtre, les arbres achèvent de se
dépouiller, et l'on entend sans cesse siffler les vents
et bruire la mer qui ronge ses rivages. Ces effets de
l'automne faisaient une impression d'autant plus profonde sur l'ame de M. de Saint-Pierre, qu'elle était
déjà plus vivement ébranlée. Arrivé aux portes du

O*

couvent, il s'arrêta avec un saisissement pénible en
songeant que cet asile était celui de sa sœur, et
qu'après tant d'années d'absence, loin de lui apporter des consolations, il allait peut-être troubler son
repos. Il se disait avec amertume : « Pourquoi n'ai-je
pas appris à conduire une charrue, à cultiver un
champ ? je pourrais dire à ma sœur et à ma vieille
bonne : Venez vivre avec moi, vous partagerez mon
sort, vous jouirez de mes travaux ; mais je n'ai rien
à leur offrir, et je dois les quitter encore. » En se
livrant à ces réflexions, il arrive à la porte du couvent ; mais il était trop tard pour entrer, et tout ce
qu'il put obtenir, ce fut de passer la nuit dans la
chambre des hôtes. Heureux d'être sous le même
toit que sa sœur, il dormit peu, et vingt fois il ouvrit sa fenêtre pour épier les premiers rayons du
jour. Enfin, après la prière du matin, il put faire
annoncer son arrivée, et bientôt sa sœur fut dans
ses bras. La première pensée de cette pauvre demoiselle fut de supplier son frère de ne plus quitter
la France, et de lui permettre de vivre auprès de
lui. M. de Saint-Pierre, touché de cette marque de
tendresse, lui raconta une partie de ses aventures, et
promit de tout tenter pour obtenir un emploi dans
sa patrie, qui les mît à même de se réunir. En attendant, il céda à sa sœur plusieurs petites rentes
sur son patrimoine, et après une semaine, dont tous
les moments lui furent consacrés, il revint tristement
chercher fortune à Paris.

L'hiver s'écoula en démarches inutiles. Vers le

commencement du printemps, il loua une chambre
chez le curé de Ville-d'Avray, et se retira dans ce
petit village pour mettre en ordre ses Observations
sur le Nord. Sa sœur lui avait donné un chien épa-
gneul qu'il aimait beaucoup; c'était son seul compagnon; et souvent, pour se délasser de ses travaux,
il s'égarait avec lui dans les landes isolées de Saint-
Cloud. Mais la solitude ne lui était pas bonne, elle
nourrissait sa passion en lui offrant par-tout l'image
de celle qu'il ne pouvait cesser d'aimer. Un jour,
quelques affaires le conduisirent à Versailles. On y
célébrait des réjouissances publiques : comme il était
dans les jardins au milieu de la foule qui se pressait
en attendant le feu d'artifice, ayant levé les yeux
vers les fenêtres du château, il crut reconnaître la
princesse Marie elle-même. Plus il la contemple,
plus il se persuade de la réalité de cette vision : ce
sont ses beaux cheveux blonds, ses yeux bleus et
spirituels; voilà bien sa douce physionomie, la simplicité élégante de ses vêtements. Bientôt sa vue se
trouble, son cœur bat avec violence; ses regards ont
rencontré les regards de la princesse; elle sourit,
elle le reconnaît. Ah! sans doute, elle a pris pitié de ses douleurs; c'est pour le rendre heureux
qu'elle a quitté la Pologne. Alors, dans une espèce de délire, il tente de percer la foule; mais ses
efforts sont inutiles : des milliers de chaises barrent
tous les passages. Le feu d'artifice commence; l'attention générale se dirige vers ce brillant spectacle,
et au moment où le bouquet éclate dans les airs,

la princesse quitte la fenêtre et disparaît. Soutenu
par l'espérance de la retrouver à la porte du château,
il se précipite à travers les flots de spectateurs ; ses
regards avides la cherchent de tout côté, et ne la rencontrent nulle part ; enfin il s'aperçoit que la file
nombreuse des équipages a disparu, que la foule
s'est écoulée, qu'il est seul sur la place. Toutes les
horloges frappent successivement minuit, et l'on ne
voit plus que quelques sentinelles qui se promènent
silencieusement aux portes du palais.

Cependant le chagrin d'avoir laissé échapper la
princesse cède à l'espérance de la revoir ; il prend
une voiture et se fait conduire à Paris. Là, il s'en-
ferme dans sa chambre, et n'ose plus en sortir. Chaque voiture qu'il entend le fait tressaillir ; au plus
léger bruit il s'élance vers sa porte, se précipite sur
l'escalier, et reste accablé en ne la voyant pas. Après
huit jours d'attente, il se décide à aller trouver une
personne qui avait conservé des relations avec la
cour de Stanislas, et il est tout surpris d'apprendre
que la princesse n'a pas quitté la Pologne, et que
de retour à Varsovie, elle vit dans une assez grande
solitude. Il avait donc été la dupe d'une illusion !
Cette certitude ne fit qu'accroître sa douleur ; il
lui semblait perdre son amante une seconde fois,
et la secousse fut si violente, qu'il ne put y résister.
La fièvre alluma son sang, il tomba dans le délire,
et pendant plusieurs jours on craignit pour sa vie.
Dès qu'il eut repris connaissance, son premier soin
fut d'éloigner sa garde et son médecin ; la vue des

ommes lui était insupportable, et il ne voulait plus
nettre sa confiance qu'en Dieu seul; cette confiance
ui rendit le courage. Son corps guérit, mais son
me resta toujours malade : plus de vingt ans après,
l ne pouvait voir une femme de la taille et de la tour-
iure de la princesse sans s'abandonner aussitôt à de
iouvelles espérances, sans éprouver un nouveau cha-
rin en reconnaissant son erreur. « Combien de fois,
lisait-il, étonné de sa propre faiblesse, combien de fois
e l'ai vue jeune, belle, adorable, lorsque déjà le
emps avait effacé tous ses charmes ! » Enfin la mort
le la princesse dans un âge avancé, eut seule le
pouvoir de le délivrer de ces douloureuses illusions.

Cependant ses mémoires, si souvent repris, si
souvent abandonnés, se trouvaient achevés. Résolu
de les présenter au ministre, il se rendit chez M. de
la Roche, premier commis des Affaires étrangères,
homme en faveur, qu'il avait vu en Pologne, et qui
devait mieux qu'un autre apprécier son travail. M. de
la Roche l'accueillit gracieusement, s'étonna de le
voir sans place, fit l'éloge de ses talents, et y ajouta
tant de promesses flatteuses, que M. de Saint-Pierre
se crut décidément sur le chemin de la fortune. Cependant au bout d'un mois, n'entendant parler de
rien, il se présenta chez son protecteur : il était
sorti; le lendemain nouvelle visite, aussi inutile que
la première. Bref, il courait à Versailles, il courait
à Paris, allait, venait, se chagrinait, s'étonnant de
bonne foi du guignon qui le faisait toujours arriver
cinq minutes trop tard. Un jour, enfin, il vit M. de

la Roche qui descendait de voiture, et sans doute il en fut aperçu. On ne pouvait refuser sa visite, on se prépara donc à le recevoir. Après quelques minutes d'antichambre, M. de Saint-Pierre est introduit; il trouve le premier commis étendu sur un canapé, tenant à la main les mémoires de son protégé, et paraissant absorbé dans leur méditation. « Vous le voyez, dit-il en venant à lui, je m'occupe sans cesse de vous : en vérité je ne puis me détacher de votre ouvrage, il est plein d'intérêt; j'en ai parlé au ministre, il doit le lire. Quel excellent tableau de la Prusse! vous avez de fort bonnes vues; le portrait du roi de Pologne est admirable; vous osez prédire la division de ce royaume, cela est hardi; * mais vous connaissez les hommes, on le voit bien. Il y a dans ces mémoires des idées administratives, politiques, morales; je réponds de votre fortune. — — Cependant, monsieur.... — Vous pouvez compter sur ma promesse. — Il y a plus d'un mois que j'attends... — Ah! je vous demande encore une quinzaine. » Bref, M. de Saint-Pierre, *qui connaissait si bien les hommes*, admiré, flatté, caressé, sortit de chez son protecteur, encore plus ravi que la première fois. La quinzaine fut longue, elle dura plusieurs mois, à la fin desquels les mémoires se trouvèrent égarés; le protecteur s'en était servi pour se protéger lui-même, et il ne resta à M. de Saint-

---

* Cette division prédite par M. de Saint-Pierre ne tarda pas à avoir lieu. Voyez les Observations sur la Pologne.

Pierre d'autre consolation que celle d'admirer l'ha-
bileté administrative d'un homme qui recevait les
solliciteurs à-peu-près comme le don Juan de Molière recevait ses créanciers.

Cependant il ne perdit pas courage. Le comte
de Mercy, dont il avait servi les projets en Pologne,
venait d'arriver à Paris; il se présenta à son hôtel,
mais il fut reçu avec tant de froideur, que Rulhière qui était présent, et qu'il avait beaucoup vu
en Russie, crut prudent de ne pas le reconnaître.

Peu de jours après il se rendit chez M. le baron
de Breteuil. Ce seigneur l'avait très-bien accueilli
à Pétersbourg, et l'accueillit très-bien à Paris. Fatigué de tant de sollicitations inutiles, M. de Saint-
Pierre lui témoigna le désir de passer aux colonies.
Le baron parut l'approuver, et lui promit d'en parler
au ministre de la marine. Comme ils s'entretenaient
de cette expédition future, M. de Rulhière entra;
il était toujours secrétaire intime de M. de Breteuil.
L'aspect de M. de Saint-Pierre parut d'abord l'embarrasser; mais voyant que son patron le traitait bien,
il ne se souvint plus de ce qui s'était passé chez
le comte de Mercy, et avec cette politesse excessive
que les ames confiantes prennent trop souvent pour
de l'intérêt, il s'avança vers M. de Saint-Pierre, le
reconnut, et l'accabla de compliments et de protestations. Celui-ci fit semblant de le croire, lui
pardonna, et le méprisa.

Peu de temps après, M. de Breteuil annonça à
notre solliciteur qu'il venait de le placer à l'Ile-de-

France en qualité d'ingénieur ; puis le tirant à part, et baissant la voix comme pour lui faire une confidence : « Mon cher chevalier, lui-dit-il, si vos idées ne sont pas changées depuis le temps où vous vouliez fonder une colonie sur les bords du lac Aral, ce qui me reste à vous apprendre vous sera fort agréable ; seulement je vous recommande le secret. Sachez donc que votre brevet est pour l'Île - de-France , mais que votre destination véritable est Madagascar. Vous serez chargé de relever les murs du fort Dauphin, et de civiliser la colonie. Cette île, la deuxième du monde pour la grandeur, est divisée en une multitude de petites nations qui se font souvent la guerre , et que les Européens n'ont jamais pu soumettre. C'est vous qui devez les réunir, non par la puissance des armes, mais par celle de la sagesse : c'est en leur offrant le spectacle du bonheur, que vous les attirerez à vous, et que vous les donnerez à la France. »

Cette proposition inattendue remplit M. de Saint-Pierre de joie et de surprise. Les idées de législation, d'ambition, de république, qui depuis long-temps sommeillaient dans son cœur, se réveillèrent avec tant de vivacité, qu'il fit passer une partie de son enthousiasme dans l'ame de M. de Breteuil. Dès lors tous ses maux furent oubliés, l'avenir ne lui présenta qu'une longue suite d'illusions , et il ne songea plus qu'à son départ. Rulhière le présenta au chef de l'entreprise : c'était un colon de l'Île-de-France , chevalier de Saint-Louis , esprit vif et

ger, qui débitait de belles maximes de politique
t d'humanité, et qui parlait de civiliser Mada-
ascar comme il aurait parlé d'un changement de
écoration à l'opéra. Il pénétra bien vite le genre
'ambition de M. de Saint-Pierre, et s'y plia adroi-
ement en flattant ses projets. Ce dernier s'était mis
lire Flaccourt, afin de prendre une idée juste du
ays. Il était charmé des richesses naturelles que
e voyageur a décrites, et se proposait de les ac-
roître en y portant les richesses des autres climats.
'histoire malheureuse de nos établissements suc-
essifs dans ces contrées ne le rebutait pas. Il l'at-
ribuait à l'esprit ambitieux des Français, et il se
romettait bien de n'emmener que des gens sans
mbition. Il est vrai que dans la liste de ceux qui
devaient être attachés à l'expédition, il n'avait vu
i soldat, ni laboureur, ni artisan, mais des secré-
aires, des valets, des acteurs, des danseuses et des
uisiniers. Ce premier choix l'embarrassait un peu.
Mais il se rassurait en songeant que le chef de l'entreprise était un vrai philosophe, et qu'à tout prendre, un philosophe pouvait aimer la comédie. D'ail-
eurs, s'il emmenait des danseuses pour amuser les
colons de son petit royaume, il emportait une Encyclopédie pour les éclairer. Les choses étaient donc
assez bien compensées. Qui ne sait que pour rendre
es peuples heureux il ne faut le plus souvent que
de semblables bagatelles ?

Cependant notre législateur ne laissait pas de
faire des préparatifs plus sérieux. Il se procura un

1. P

plan de l'ancien fort Dauphin, et projeta des moyens de défense qui devaient en faire une forteresse imprenable. Comme ingénieur, il traçait l'enceinte d'une ville nouvelle ; et ses vues étaient vastes, car il faisait servir à sa défense les forêts, les rivières et les montagnes. Comme législateur, il en bannissait l'argent, et ramenait l'âge d'or sur la terre. Les saisons de l'année, les travaux champêtres étaient marqués par des fêtes. On y prêchait l'Évangile, et cette religion si conforme aux lois de la nature devenait la religion universelle. Au pied même de la forteresse il avait eu soin de ménager, dans un massif de palmiers, un temple immense soutenu par leurs troncs et couronné par leurs feuillages. Là devaient se réunir tous les peuples de l'île, et bientôt tous ceux de l'univers : encore qu'ils différassent de langage et de mœurs, notre législateur était sûr d'en être entendu, car le bonheur est une langue universelle.. L'homme se laisse aisément conduire par l'exemple ; cette facilité d'imiter ce qu'il voit faire, le dirige tous les jours vers les genres de vie les plus opposés à sa nature. Dans la société, les pères se conforment à l'exemple du magistrat, et les enfants à celui des pères. C'est de l'exemple que naît la force de l'habitude, la plus puissante de toutes les forces. Il suffira donc de montrer au monde une colonie heureuse, pour engager tous les peuples à l'imiter. Un si doux spectacle s'étendant de proche en proche, fera rapidement le tour de l'île, qui a plus de huit cents lieues ; de là, passant le canal

de Mozambique, il éveillera les peuples du conti-
nent. On les verra tous accourir : les laboureurs de
la belle France viendront fertiliser cette terre de
la liberté, et les chansons des bergers de l'Arcadie
retentiront dans les bocages de l'Afrique. Les douces
influences de cette législation de l'exemple ne tar-
deront pas à embrasser la totalité du globe. En un
mot, l'île de Madagascar commandera à tous les
peuples, comme le peuple romain, en se rendant,
suivant la belle expression de Plutarque, *sujet de
la vertu.* Il serait impossible de dire combien d'i-
mages charmantes se succédèrent dans la tête de
notre pauvre législateur pendant le temps que dura
cette nouvelle illusion. Il lisait Platon, il lisait
Plutarque, et leur sagesse entretenait sa folie. Agité
de cette sorte de délire, il vendit le reste de son
héritage, et employa tout son argent à acquérir
les livres et les instruments nécessaires à cette
grande entreprise : tout ce qu'il trouva sur les mathématiques, la marine, l'histoire naturelle et la
politique, fut acheté. Mais pendant qu'il épuisait
sa bourse pour les besoins de la colonie, et qu'il se
préparait à faire vivre tant de nations dans l'abondance, il s'aperçut qu'il manquait de chemises. Il en
fallait cependant, et même une certaine provision,
pour cinq ou six mois de trajet. M. de Breteuil,
instruit de cette circonstance, le recommanda à
une grosse lingère, qui voulut bien faire crédit au
législateur de tant de peuples. Enfin les préparatifs
étant terminés, le vaisseau mit à la voile, et dès

lors il vit la triste réalité. Le chef de l'expédition,
maître du sort de M. de Saint-Pierre, osa lui dévoi-
ler ses horribles projets. Ce philosophe, qui s'était
préparé à civiliser Madagascar avec des danseuses
et l'Encyclopédie, n'avait jamais eu d'autre dessein
que de faire le commerce d'esclaves, en vendant
ses futurs sujets. Le philanthrope se transforma tout-
à-coup en marchand d'hommes, et l'on peut juger
de l'effroi de M. de Saint-Pierre lorsqu'il vit tomber
le masque qui cachait un scélérat. Ainsi s'évanouirent encore une fois tous ses beaux rêves de félicité
publique, de gloire et de commandement.

La traversée jusqu'à l'Ile - de - France ne fut point
heureuse. Le passage du canal de Mozambique pensa
leur être fatal, et après Dieu, leur salut vint de
la solidité du vaisseau. * Un coup de foudre brisa
le grand mât, le scorbut se propagea avec une effrayante rapidité, et plus de la moitié de l'équipage
fut bientôt sur les cadres. « Je ne saurais vous dé-
» peindre le triste état dans lequel nous sommes ar-
» rivés, disait M. de Saint-Pierre dans une lettre à
» Duval. Figurez-vous ce grand mât foudroyé, ce vais-
» seau avec son pavillon en berne, tirant du canon
» toutes les minutes, quelques matelots semblables
» à des spectres assis sur le pont, nos écoutilles ou-
» vertes d'où s'exhalait une vapeur infecte, les en-
» tre-ponts pleins de mourants, les gaillards couverts
» de malades qu'on exposait au soleil, et qui mou-

* Voyez la Description de cette tempête dans le Voyage à
l'Ile-de-France, et dans le tome II des Harmonies, page 138.

raient en nous parlant. Je n'oublierai jamais un jeune homme de dix-huit ans à qui j'avais promis la veille un peu de limonade. Je le cherchais sur le pont parmi les autres : on me le montra sur la planche ; il était mort pendant la nuit. »

Les esprits n'étaient pas moins malades que les corps. Le chef de l'entreprise avait trouvé des flatteurs et des contradicteurs ; on se divisait, et l'animosité était si grande qu'il y avait plusieurs duels de projetés. Telle était la situation de l'équipage lorsqu'on découvrit l'Ile-de-France. M. de Saint-Pierre courut sur le pont pour la contempler, et les images riantes qu'il s'en était faites s'évanouirent, comme ses projets de république. Il n'aperçut que des côtes raboteuses, et des rochers couverts d'une herbe jaune et flétrie ; au loin s'élevait une forêt d'un aspect sauvage, et dans le port on ne voyait que les débris de plusieurs vaisseaux naufragés.

Descendu à terre, le premier soin de notre voyageur fut de se rendre chez M. de Breuil, ingénieur en chef, et de lui annoncer le dessein où il était de rester à l'Ile-de-France. Sa commission était en règle, on ne pouvait refuser de l'accueillir, et dès le lendemain il fut installé en qualité d'ingénieur. C'est ainsi qu'il se sépara d'une expédition dont il s'était promis tant de gloire, et qu'au lieu d'un palais à Madagascar, il ne trouva qu'une misérable cabane à l'Ile-de-France. *

* On peut voir ce que devint cette expédition, tome II des Harmonies, page 141.

p*

Cependant il ne tarda point à s'apercevoir que cette contrée n'était pas plus en paix que le reste du monde. L'intendant et le gouverneur avaient chacun leur parti ; on ne pouvait s'attacher à l'un sans se brouiller avec l'autre. Il suffit de rappeler que M. Poivre était alors intendant de l'île, pour annoncer le choix de M. de Saint-Pierre. Il fut attiré par la célébrité du philosophe, et captivé par la douceur de sa philosophie. M. Poivre avait beaucoup voyagé, beaucoup observé, et beaucoup retenu. Sa conversation était attrayante, elle faisait aimer tout ce qu'il aimait et vouloir tout ce qu'il voulait ; mais en cédant aux charmes de son éloquence, on cédait toujours à ceux de la vérité. Son esprit, porté vers l'agriculture, y ramenait toutes les sciences ; et cet art si simple, qui fait le bonheur du sage, était devenu pour lui une étude de législateur. Chacun de ses voyages était marqué par un bienfait. On l'avait vu apporter de la Cochinchine cette espèce de riz sec qui croît sans être arrosé sur les terrains les plus arides, et qui fertiliserait nos landes et nos rochers ; et tout le monde racontait ses périls, sa générosité, sa constance dans cette expédition mémorable, où il enleva des plants de muscade et de girofle aux Hollandais des Moluques, pour les donner au reste du monde.

Personne ne démontrait d'une manière plus victorieuse l'influence que la culture d'une seule plante peut exercer sur le genre humain : il voyait l'humeur de tous les peuples s'égayer, le nombre de leurs plai-

sirs s'accroître, leurs relations devenir plus sûres et
plus agréables par la découverte des propriétés d'une
tige de tabac. En agriculture, disait-il, rien n'est
à négliger, la plus petite invention peut produire
un grand bien. Le premier qui s'avisa de confire
le bouton du câprier, ne pensait pas qu'il rendait
féconds les rochers de la Provence, et que des villes
entières lui devraient leur prospérité.

Les discours et sur-tout l'exemple de M. Poivre,
éveillèrent le génie de notre voyageur. Il commença
à sentir qu'il avait demandé à ses passions un bonheur qu'elles ne pouvaient lui donner; et doucement conduit à l'étude de la nature, il ne s'étonna
plus que de ne l'avoir pas toujours aimée.

Les divisions qui régnaient dans l'île étaient bien
faites d'ailleurs pour le dégoûter de ses projets ambitieux. Peut-être avait-on à reprocher à M. Poivre
une réserve excessive qui, dans un autre, eût passé
pour de la dissimulation; mais c'était un adminis-
trateur habile, et l'Ile-de-France, qui lui devait ses
richesses, lui aurait dû son bonheur, si la haine
et l'envie n'avaient détruit l'effet de sa volonté.
L'exemple d'un homme si supérieur placé à la tête
d'une colonie où il ne pouvait maintenir le bon ordre,
servit d'expérience à M. de Saint-Pierre : il vit alors
combien il y avait de folie et de vanité dans les
prétentions qui le tourmentaient. Son utopie ne lui
sembla plus qu'un rêve : il avait pensé à tout, excepté aux passions, aux ambitions, aux superstitions
de ceux qu'il espérait gouverner; car il s'avouait

enfin qu'il n'avait voulu fonder une république que
pour en être le chef. C'était un grand pas dans l'é-
tude de lui-même ; mais il alla plus loin, et ce fut
encore la sagesse de M. Poivre qui opéra cette révolution. Cet homme estimable écoutait avec calme
ses beaux projets de république et de colonisation.
« Ce que vous proposez est impossible, lui disait-
il souvent ; pour établir un gouvernement parfait,
il faut supposer une réunion d'hommes parfaits,
d'hommes pénétrés de la même ardeur pour le bien,
et sur-tout de la volonté d'être heureux par les mêmes
moyens. C'est ce premier élément que la société ne
peut donner. Si ce peuple existait, que lui appren-
driez-vous ? sans doute à cesser d'être sage.

» Il faut donc prendre la société telle qu'elle est
aujourd'hui, avec sa corruption, ses préjugés et
son esprit d'indépendance. Ce sont des tigres dont
il s'agit de faire des hommes ; quel charme allez-
vous employer? Si vous parlez religion, vous serez
repoussé comme un être faible et superstitieux. Si
vous mettez votre appui dans les lois, tout le monde
voudra les faire, personne ne voudra les suivre. On
vous permettra de vanter la morale : c'est un mot.
Dieu aussi sera un mot : vous les prononcerez,
voilà tout.

» Il y a dans les esprits une grande confusion d'i-
dées et de principes : on parle de la révolte comme
d'un devoir ; de la liberté comme d'une forme de
gouvernement ; de l'égalité comme d'un acte de
justice. La société est menacée d'un bouleverse-

ment; bientôt il n'y aura plus de peuple, ou, pour mieux dire, le peuple se fera souverain; et où les passions de la multitude commandent, la loi est sans force, le roi meurt ou obéit.

» Dans l'état des mœurs le véritable sage ne doit donc se mêler d'aucune affaire politique; car si, pour faire le bien, il est obligé de tromper, de dissimuler et de punir, il se fait semblable aux méchants; au contraire, s'il montre de l'indulgence, il devient leur victime. Heureux, en donnant sa vie, s'il sauvait son pays! mais l'histoire est là pour anéantir cette dernière espérance : on ne voit pas que la mort d'aucun sage ait rendu les peuples meilleurs : les Athéniens empirèrent après celle de Socrate, et Aristote fut obligé de s'enfuir pour leur épargner un nouveau crime.

» Cette vérité est dure; mais pourquoi la dissimuler? Si vous êtes sage, retirez-vous : lorsque les méchants ont assez de crédit pour s'emparer du pouvoir, c'est que le peuple lui-même est méchant, et dans ce cas n'espérez rien de votre sagesse. Qu'aurait pu faire Caton entre Sylla et Marius? S'il y a peu d'hommes en état de dire la vérité, croyez-vous qu'il y en ait beaucoup qui soient disposés à l'entendre? Et quant à ce beau mot dont se couvre l'ambition, que l'honnête homme se doit au public, je ne vous demande que de contempler un moment ceux qui le prononcent : c'est aux actions à nous répondre des paroles. »

Tels étaient les conseils de M. Poivre, et l'on

doit dire qu'il ne tarda pas à joindre l'exemple aux préceptes. Ayant obtenu son congé, il revint en France, et passa le reste de sa vie dans une agréable solitude sans plus vouloir se mêler des affaires des hommes. Quant à M. de Saint-Pierre, il sentit enfin qu'il avait été dupe de son ambition; et convaincu que tous ses beaux projets seraient inutiles au bonheur du monde, il se promit bien de n'être jamais le législateur que d'un peuple imaginaire. *

Cette promesse ne fut pas vaine. De retour dans sa patrie, il s'éloigna des hommes, et traça dans la solitude le plan de son utopie. Et lorsque, pendant la révolution, il voyait tous les esprits tourmentés de la folie qui avait égaré sa jeunesse, il ne parut jamais, ni comme député, ni comme sénateur, ni comme ministre. Pour être tout cela, il lui eût suffi de le vouloir; mais une plus noble ambition avait passé dans son ame : il voulait rester lui-même au milieu des déguisements de son siècle.

Pendant que la réflexion préparait son ame à recevoir les semences de la sagesse, il s'aperçut d'un léger refroidissement dans l'amitié de M. Poivre. Sans doute il était la victime de quelque calomnie; il voulut s'en éclaircir, et fit plusieurs tentatives pour provoquer une explication, mais elles furent inutiles. M. Poivre n'opposa à ses plaintes qu'une politesse plus froide, et M. de Saint-Pierre prit à

Voyez le Préambule de l'Arcadie, pages 17 et suivantes.

regret le parti de se retirer d'une société qui avait pour lui tant de charmes : ceci explique pourquoi dans la relation de son voyage, il ne parla pas de M. Poivre, dont il croyait avoir à se plaindre. A son arrivée il s'était logé au Port-Louis, dans une petite maison au bout de la ville. C'était une seule pièce au rez-de-chaussée. Une fenêtre sans vitres, fermée avec des rotins, suivant l'usage du pays, éclairait cette pauvre habitation, où l'on voyait pour tous meubles une commode, un hamac, quelques chaises et des malles. Notre voyageur obtint un nègre du roi, il en acheta un second, et rien ne manqua plus à son petit ménage. C'est là qu'il passait sa vie depuis le refroidissement de M. Poivre. Ces lieux mélancoliques semblaient faits pour la méditation : de quelque côté qu'il portât la vue, il découvrait une solitude profonde, des plaines stériles, des forêts impénétrables, une mer immobile ou furieuse. Souvent, assis près de sa fenêtre, il pensait à la vie qui s'écoule comme un songe; et lorsqu'il venait à contempler cette vaste mer qui le séparait de tout ce qu'il avait aimé, il s'attristait d'être ainsi relégué aux extrémités du monde.

Cependant il trouvait dans l'étude de l'histoire naturelle les distractions les plus agréables. Le gouvernement lui avait concédé un petit terrain environné de rochers, situé dans un coin du Champ-de-Mars; il voulut le cultiver lui-même, et se trouva bien de ce travail. Il ne faut souvent qu'un peu fatiguer le corps pour distraire l'ame des plus grands

maux. Mais pendant que, simple cultivateur, il enrichissait son jardin des plantes les plus rares et les
plus utiles, on vint lui en contester la propriété. Le
gouverneur, dans le seul but d'attaquer une décision
de M. Poivre, osa concéder de nouveau ce coin de
terre au lieutenant de police ; et tous les soins de
M. de Saint-Pierre furent perdus. Il est vrai qu'à
son départ de l'Ile-de-France un riche habitant voulut acheter son titre ; mais il refusa de le vendre,
de peur de laisser après lui un sujet de discorde :
trait touchant de vertu, que sa modestie lui fit oublier lorsqu'il écrivit son voyage.

Dans ses malheurs un ami lui était resté : Favori,
le chien de sa sœur, charmait encore sa solitude ;
c'était le compagnon de toutes ses promenades ;
mais il le perdit quelques mois avant son retour,
et cette perte lui fut si sensible, que long-temps
après il voulut consacrer son souvenir dans un de
ces petits opuscules auxquels sa plume donnait tant
de prix. Ce badinage, qu'il a intitulé *Éloge de
mon ami*, * est une satire charmante des éloges
académiques. Sans doute elle ne fut pas goûtée
des académiciens ; car M. de Saint-Pierre disait
à propos de cet opuscule : « C'est une plaisanterie
qui a beaucoup plu à quelques dames, mais qui
m'a brouillé avec de graves philosophes. »

Ainsi s'écoulèrent deux années, pendant lesquelles il eut occasion de voir plusieurs hommes

* Voyez tome XVIII des OEuvres.

célèbres : M. de Surville, un des quatre marins fameux qu'on appelait *les quatre évangélistes*; M. de Bougainville, qui venait de faire le tour du monde sur les traces de Cook; le naturaliste Commerson, qui donna l'arbre à pain à l'Ile-de-France; et ce malheureux Cossigny, propriétaire d'une riche plantation, agriculteur habile, auteur de plusieurs ouvrages pleins de vues excellentes, et qui, après avoir épuisé sa fortune pour la colonie, vint à Paris, où il enrichit le Cabinet d'histoire naturelle et mourut de misère.

Nous n'entrerons dans aucun détail sur les excursions de M. de Saint-Pierre à l'île de Bourbon et au cap de Bonne-Espérance. On les trouvera dans la relation de son voyage, ainsi que le récit de son retour dans sa patrie. Quel bonheur de revoir ces lieux qu'il avait quittés avec tant de joie ! Après trois ans d'exil, c'est bien la France dont il touche le sol ! Comme ces eaux fraîches donnent la vie aux prairies ! Comme ces lisières de violettes et de fraisiers courent agréablement le long de ces haies toutes blanches d'aubépine ! Que ces bois de chênes et de châtaigniers ombragent bien la cime de ces coteaux ! Quel parfum s'exhale de ces buissons, et avec quelles rumeurs les petits oiseaux s'y disputent leurs nids !

Ici, tout le charme, tout lui rappelle les premiers jours de sa vie ; chaque site, chaque plante lui arrache un cri de joie, et son émotion s'exprime dans un hymne qui semble échappé à la

1.   q

plume de Rousseau. « Heureux , s'écrie-t-il , qui
» revoit les lieux où tout fut aimé , où tout parut
» aimable, et la prairie où il courut, et le verger qu'il
» ravagea ! plus heureux qui ne vous a jamais quitté,
» toit paternel, asile saint !.... Ici l'air est pur , la
» vue riante , le marcher doux , le vivre facile , les
» mœurs simples , et les hommes meilleurs. »

Ce morceau délicieux qui termine le Voyage à
l'Ile-de-France, fut traduit par Zimmermann , qui
le cita dans son Traité de la Solitude. Peu de temps
après, un écrivain français, Mercier, publia quelques fragments de ce dernier ouvrage, et ne con-
naissant pas le voyageur cité par Zimmermann, il
fut obligé de retraduire ce passage d'après la tra-
duction allemande. La comparaison de ces deux
morceaux * est une excellente étude de style : on
y retrouve les mêmes sentiments , mais ils sont
loin de produire la même impression; et l'on peut
y apprendre comment la modification d'une tournure , le changement d'un mot , suffisent le plus
souvent pour détruire l'effet d'une pensée.

M. de Saint-Pierre arriva à Paris vers le commencement de juin 1771. Du pays de la fortune, il ne
rapportait que des coquillages, des plantes, des insectes, des oiseaux. A ces curiosités naturelles, le
gouverneur du Cap, M. de Tolback, avait ajouté
deux belles peaux de tigre, et un alverame de vin

---

* Voyez De la Solitude, ouvrage traduit de Zimmermann
par Mercier. Paris, 1788, page 208.

le Constance. Notre voyageur s'empressa de faire
hommage de ce petit trésor à M. de Breteuil, qui,
pour en faire ressortir la valeur, le montrait à ses
amis comme un présent du gouverneur du Cap. Instruit de cette circonstance, M. de Saint-Pierre en
parla à Rulhière, qui lui dit en riant : « Ah! vous
ne connaissez pas les grands seigneurs! Celui-ci vous
enverra aux îles, ne fût-ce que pour recevoir encore les présents de quelque gouverneur. » Il disait
vrai; cette fantaisie vint effectivement à M. de Breteuil; mais ne trouvant pas en M. de Saint-Pierre
les dispositions suffisantes pour accroître ses collec-
tions, son amitié se refroidit insensiblement. Cependant ayant appris que M. de Sanit-Pierre songeait
à publier la relation de son voyage, il le recommanda à d'Alembert, qui jouait alors un grand rôle
parmi les gens de lettres. Cet académicien accueillit
avec empressement le protégé d'un ambassadeur,
et l'introduisit dans la société de mademoiselle de
Lespinasse. M. de Saint-Pierre se félicita d'y rencontrer des hommes qui remplissaient alors l'Europe
de leur renommée. Séduit par l'admiration générale, il n'approcha d'eux qu'avec respect, et son
âme simple et confiante bénissait le ciel de l'avoir
conduit à la source de tant de lumières. Mais quelle
fut sa surprise lorsqu'il vit ces sages précepteurs du
genre humain, divisés en sectes ennemies, n'ayant
d'autre but que le mal, d'autre passion que la vanité; cherchant des idées nouvelles, plutôt que des
vérités utiles; niant Dieu, comme les Israélites, pour

adorer les ouvrages de leurs mains ; et dans cette
lutte orgueilleuse , où la vertu ne se montra jamais,
se rangeant le long de la carrière, la rougeur sur le
front et la haine dans le cœur ! Les gens du monde,
témoins de ce spectacle, et souriant de leurs folles
disputes , se moquaient des vaincus, couronnaient
les vainqueurs, les confondaient tous dans le même
mépris ; et demandant sans cesse de nouvelles victimes , ils criaient, comme le peuple aux combats
des gladiateurs : Encore un autre !

Jeté dans le tourbillon des partis , M. de Saint-
Pierre n'osait en croire ses yeux : tant de contradictions lui semblaient impossibles. Il consultait les
philosophes dont il lisait les ouvrages, et tous s'empressaient de lui en expliquer le plan, les divisions
les subdivisions, d'une manière qui plaisait à son
esprit , mais qui ne disait rien à son cœur. Au milieu de ces combinaisons savantes, il cherchait vainement des idées applicables à la vie habituelle
C'était à quoi les auteurs avaient le moins songé :
on eût dit des architectes habiles, élevant un château
d'un aspect majestueux, mais inaccessible, et point
logeable. Les actions de ces prétendus sages n'étaient
pas moins singulières que leurs principes : ils déni-
graient les rois, et leur faisaient la cour ; ils van-
taient le bonheur du pauvre, et vivaient dans les palais des grands ; ils se plaçaient au-dessous des bêtes
par leurs systèmes, et se croyaient au-dessus de Dieu
par leur intelligence ! La plupart se livraient à de
belles réflexions contre les ambitieux, comme gens

bien à leur aise; contre les séductions de l'amour, comme s'ils n'avaient pas eu des maîtresses; et contre la corruption et les vices du siècle, comme si eux-mêmes n'avaient pas tout bravé, tout attaqué, tout insulté, la morale, les lois, la religion, Dieu même... Mais de vivre au sein de la pauvreté et de la douleur, ce qui est pourtant le lot de presque tous les hommes, et d'y vivre satisfait, c'est ce qui n'était enseigné par aucun d'eux.

M. de Saint-Pierre sentit que tant d'inconséquence et si peu de vertu annonçaient la dissolution de la société. Il osa le dire, il osa combattre ceux qu'il avait admirés; et dans cette discussion, où il essayait ses forces, il était aisé de voir qu'il échapperait aux erreurs qui devaient bouleverser le monde; en un mot, les philosophes trouvèrent en lui un adversaire. Il leur disait : « Les délices de la fortune effacent en vous le sentiment d'une Providence; mais essayez d'interroger ceux qui sont dans la misère, et croyez-en leur réponse : ce n'est point parmi les malheureux que se rencontrent les ingrats. Dieu est par-tout où l'on souffre; c'est là qu'il se rend visible, non pour consoler, comme les mortels, par des promesses d'un moment, par des espérances de quelques jours, mais pour relever nos ames par ce qu'il y a de plus grand et de plus sublime. Philosophe, je te laisse le néant; et je me réfugie vers celui qui console en donnant les trésors du ciel et les joies de l'immortalité !

» Vous me direz peut-être : ce n'est pas la religion,

q*

c'est la superstition que nous voulons renverser.
J'adopte un moment ce langage. N'est-il pas à
craindre que les esprits peu éclairés, et ce sont les
plus nombreux, ne puissent devenir subitement des
raisonneurs assez habiles pour vous comprendre, et
que faute de saisir ces distinctions, ils ne renoncent
à toute religion, à toute divinité ? Si ce résultat est
certain, que pouvez-vous répondre ? Vous voulez,
dites-vous, détruire les maux de la superstition :
ceux de l'athéisme sont-ils moins grands ? Que des
raisonnements métaphysiques fassent votre vertu, je
veux le croire ; mais c'est la crainte, c'est l'espérance, qui font la vertu de tous. Si vous anéan-
tissez ces deux mobiles des actions humaines, il ne
restera que le crime. Ainsi la fin de vos doctrines
en démontre la fausseté. Lorsqu'on ne peut arriver
qu'au mal, on n'est point dans la voie de la vérité,
qui ne peut mener qu'au bien.

» Mais pourquoi recourir à des subterfuges ? vos
desseins sont plus vastes, et le mal s'agrandit avec
eux ; en un mot ce n'est point la superstition, c'est
la religion qu'il s'agit de renverser. Vous accusez l'É-
vangile, vous accusez ses ministres ; vous voulez tout
détruire, sous prétexte qu'il y a des abus : atten-
dez-vous donc à détruire les nations ; car c'est une
loi immuable de la justice divine, que toutes les
attaques dirigées contre Dieu retombent sur les
hommes. »

Ainsi s'exprimait M. de Saint-Pierre, et ce qu'il
disait alors servit dans la suite de base à tous ses

ouvrages. Mais si la conduite des philosophes avait
été un sujet d'étonnement pour lui, ses opinions ne
tardèrent pas à en devenir un de scandale pour eux.
« Lorsqu'ils virent qu'il avait des principes dont il
» ne se départait pas ; que ses opinions sur la nature
» étaient contraires à leurs systèmes ; qu'il n'était
» propre à être ni leur prôneur, ni leur protégé, ils
» devinrent ses ennemis. » * A cette époque, ses ressources commençaient à s'épuiser ; car il n'avait reçu
aucune récompense de ses services. Dès qu'on le sut
malheureux, on le traita comme tel. D'abord, il
entendit les regrets d'une fausse pitié, qui méprise
ceux qu'elle plaint ; ensuite, las de le plaindre, on
le calomnia. Son air réservé parut ennuyeux, sa
modestie n'était que de l'ignorance, ses principes
n'étaient que de la présomption ; et, comme les
gens vertueux sont toujours gais, sa mélancolie
parut bientôt l'effet de quelques remords. Il fut
heureux alors de retrouver dans son cœur les sentiments religieux qu'on avait voulu lui ravir ; et de
tant d'injustices il tira ce grand bien, de mépriser
la réputation du monde, et d'essayer de marcher
librement dans le chemin de la vertu.

Telles étaient les dispositions de M. de Saint-
Pierre au moment où il publia son Voyage à l'Ile-
de-France. Il n'avait point encore choisi sa touchante devise ; mais exercé par le malheur, il tra-
vaillait dès lors à la mériter. Il vit les pauvres Noirs
assis au dernier degré de la misère humaine, et

* Voyez le Préambule de l'Arcadie, tome IX.

l'Europe entière frémit du tableau qu'il traça de leurs souffrances. Mais la calomnie lui réservait le sort de tous ceux qui disent des vérités utiles au genre humain, et nuisibles aux particuliers : objet de l'inimitié des colons, dont il contrariait les intérêts, il le fut encore de celle de l'administration, dont il révélait les injustices ; et ses protecteurs l'abandonnèrent au moment où il se montrait le plus digne de leur confiance.

Ce livre, si fatal à son bonheur, offre comme une esquisse des Études de la Nature ; on y trouve même le premier modèle de quelques descriptions de Paul et Virginie : telles sont celle de l'orage, * celle du retour de Paul et Virginie après l'aventure de la Négresse, ** et celle de la case de madame de La Tour au moment de l'arrivée de M. de La Bourdonnais. *** Ces morceaux sont comme ces feuilles légères où les artistes déposent les pensées qu'ils veulent reproduire dans leurs tableaux.

Cette relation renferme d'ailleurs une multitude de pages où il est facile de reconnaître le talent d'un écrivain qui représente vivement ce qui l'a vivement frappé. Jusqu'à ce jour nous avons vu son auteur occupé des moyens de s'élever, d'acquérir de la gloire, de mériter des récompenses : ici commence une vie plus simple, des projets moins exagérés ; c'est un sage qui apprend de ses

* Voyage à l'Ile-de-France, tome II, pages 8 et suivantes.
** Idem, tome 1er, pages 245 et suivantes.
*** Idem, tome 1er, pages 261 et 262.

propres malheurs à plaindre le malheur d'autrui.
Son ambition s'est peu-à-peu évanouie devant l'infortune, et il a détourné sa pitié de lui-même pour
la reporter sur ses semblables. Cependant, malgré
tout l'intérêt que peut inspirer cet ouvrage, il ne
faut y voir que l'essai d'un écrivain qui promet de
s'illustrer : on y remarque une multitude d'idées,
mais elles manquent de développement. L'auteur
ressemble à ces petits oiseaux qui s'élancent de leur
nid ; son premier vol est court et rapide ; on dirait
qu'il se hâte, pressé par le malheur, comme ces
abeilles de Virgile, qui dans les jours orageux ne
tentent que de petites courses : *excursusque breves
tentant.* Plus tard, lorsqu'il publia d'autres ouvrages, on lui reprocha de trop parler de lui ; on pourrait ici lui faire un reproche contraire. Ce sont les
pensées et les actions du voyageur qui nous inté-
ressent dans un voyage ; ce qu'un homme a vu,
ce qu'il a entendu, nous frappe plus que les dis-
sertations les plus profondes. Je laisse le savant qui
cherche la vérité sans sortir de son fauteuil, et je
me plais à cheminer avec le voyageur qui me fait
parcourir le monde, entrant le matin dans un palais, me reposant le soir dans une chaumière ; et,
soit qu'il s'arrête sur les ruines d'une cité dont le
nom même est oublié, soit qu'il entre dans ces
vieilles forêts où l'homme n'a jamais pénétré, je
le suis, je crois voir ce qu'il voit, et je partage
sa surprise et son admiration. Il en est des Voyages
comme des livres de philosophie : nous lisons avec

plus d'utilité et d'intérêt les Confessions de Jean-
Jacques que son Contrat social. Ses vues, dans le
premier ouvrage, sont le résultat de son expérience;
celles du second, quoique plus vastes, n'en sont
que les aperçus : les unes renferment des vérités
pratiques ; les autres ne présentent que des spéculations plus ou moins probables : celles-ci n'ont besoin
soin pour être utiles que de notre aveu ; celles-là
exigent le consentement d'un peuple entier. L'É-
mile même, avec toutes ses beautés morales, ne
produirait pas autant d'effet, si l'auteur n'y mettait
en action un jeune homme dont il crée et soutient
la vertu, et si lui-même ne s'y montrait souvent à
côté de son élève. Il faut donner des images à la
pensée, et des hommes aux événements pour nous
les rendre sensibles. Dans un Voyage, sur-tout,
j'aime les descriptions longues et les réflexions cour-
tes. La réflexion ne doit être que le coup de lumière du tableau : présentez-moi les faits naïfs, j'en
tirerai vos conséquences et bien d'autres avec ;
mais sur-tout que je voie le voyageur qui me les
présente : c'est à cette seule condition que je puis
m'intéresser à ses pensées. On doit présumer que
M. de Saint-Pierre ne tarda pas à reconnaître les
défauts de sa relation, car il conçut le projet de
lui donner plus de développement ; mais ces notes,
restées imparfaites, n'ont pu nous fournir qu'un très-
petit nombre d'améliorations.

Cependant le livre obtint du succès, on voulut
en connaître l'auteur, et M. de Saint-Pierre se

trouva répandu dans les sociétés les plus brillantes. Parmi les jolies femmes qu'il rencontrait chaque jour, une sur-tout semblait prendre le plus vif intérêt à son sort. Madame D..... était à peine âgée de vingt ans. Destinée au théâtre par ses parents, elle eut le secret de tourner la tête à un fermier-général, qui, après avoir inutilement tenté de la séduire, demanda sa main, l'épousa, l'enrichit, et la négligea. Rien de plus joli, de plus coquet ne pouvait s'offrir aux regards. Grands yeux noirs, longues paupières, taille mignonne, manières enfantines, un pied digne de ce chef-d'œuvre de grace et de délicatesse : telle était madame D..... A ces dons charmants de la nature, elle semblait unir tous les dons du cœur, plus dangereux encore que la beauté. Au milieu de la corruption du monde, les principes de M. de Saint-Pierre la frappèrent vivement ; elle aima ses talents, sa constance, son malheur, et sut bientôt le captiver par toutes les apparences de la vertu. Heureux d'avoir trouvé une amie, il se livrait aux charmes d'une liaison innocente, et son bonheur ne lui faisait pas naître une pensée qui pût troubler sa conscience. Mais il essayait ses forces contre un ennemi trop habile, et la coquette, qui flattait chaque jour ses projets de sagesse, se promettait bien de les lui faire oublier. Cette femme adroite avait eu l'art de transformer en solliciteur zélé, un mari indolent, méfiant et jaloux ; tout ce qu'il avait de crédit était employé à obtenir une place dans les finances, pour le protégé de sa femme. Un jour il se rendit à Versailles, afin d'y presser l'effet de ses démarches. M. de Saint-Pierre reçut aussitôt un billet de madame D..... ; elle était seule, languissante, malade ; elle l'attendait. Il vole au rendez-vous. Jamais il ne l'avait vue si piquante et si jolie. Ses paroles étaient pleines de confiance, et cependant tout en elle laissait apercevoir une secrète agitation ; il y avait dans ses regards un charme irrésistible, dans sa voix une douceur inexprimable ; enfin l'ami sage et timide commençait à devenir un amant passionné, lorsque tout-à-coup l'idée de son ingratitude envers un homme qui à l'heure même s'intéressait à son sort, le fit tressaillir : une rougeur subite couvre son front, son cœur se glace, et sa voix troublée laisse échapper le nom de celui qu'il allait offenser. Madame D..... le comprit : le dépit et la confusion se peignirent sur son visage, et tous les rêves de l'amitié s'évanouirent avec ceux de l'amour. Corrompue par le monde, elle ne se consolait pas d'avoir reçu la plus grande preuve de respect qu'un homme puisse donner à la femme qu'il aime ; mais elle le connaissait si bien ce monde perfide, qu'il lui suffit, pour être vengée, de faire courir l'histoire de son propre déshonneur. Couvert de ridicule pour une action vertueuse, M. de Saint-Pierre s'étonnait de la dépravation de la société, où l'on n'applaudit que les méchants. Les philosophes mêmes se moquaient de lui ; sa conduite condamnait leur conduite, et pour mériter leurs éloges il fallait leur ressembler. Tant d'intrigues et de calomnies le troublèrent moins, cependant, que la perte de ses illusions. « Les discours de mes ennemis ne m'affligent point, disait-il ; si j'ai quelquefois murmuré, ce n'est pas contre ceux qui me haïssent, mais contre ceux que j'ai aimés. »

Cependant il se dégoûtait du monde, où il n'avait fait qu'apparaître, et déjà il songeait à se retirer dans la solitude, lorsqu'une autre aventure, non moins douloureuse, vint hâter les effets de cette résolution. Le manuscrit du Voyage à l'Ile-de-France avait été vendu mille francs par d'Alembert ; l'édition était presque épuisée, lorsque l'auteur se rendit chez le libraire pour recevoir cette petite somme. Mais celui-ci, dont les affaires se dérangeaient, refusa de payer le billet, et se sauva dans son arrière-boutique, en proférant les injures les plus grossières. Le premier mouvement de M. de Saint-Pierre fut de maltraiter ce misérable, mais le sentiment de sa supériorité, et la fuite de son ennemi, le désarmèrent, et il se retira en menaçant de le traîner devant les tribunaux. Le soir, encore tout ému de son aventure, il la raconta chez mademoiselle de Lespinasse. L'abbé Arnaud approuva franchement sa conduite ; d'Alembert se récria sur la faiblesse de ne pas tuer un pareil coquin ; un évêque janséniste dit en souriant que M. de Saint-Pierre avait l'ame très-chrétienne ; Condorcet applaudit à ce bon mot, et mademoiselle de Lespinasse ajouta d'un air moitié sérieux, moitié railleur : « Voilà

1   r

une vertu de Romain.... » puis, ouvrant une des boîtes de bonbons qui étaient toujours sur sa cheminée : «Tenez, lui dit-elle d'un air ironique, *vous êtes doux et bon.* » Cependant l'aventure passa de bouche en bouche, et M. de Saint-Pierre vit avec chagrin que sa vertu faisait beaucoup de bruit, et que les perfides éloges s'étaient changés en amères critiques. Chaque fois qu'il y avait un cercle nombreux, mademoiselle de Lespinasse le priait de faire le récit de son aventure, et quand il arrivait au dénouement, elle l'interrompait en disant : « Croyez-moi, ne parlons pas de cela. » Dès lors il s'aperçut qu'il ne recevait plus le même accueil dans la société : les femmes, qui se rappelaient son aventure avec madame D....., souriaient en parlant de sa timidité ; les jeunes gens ricanaient en parlant de son courage ; les philosophes étaient scandalisés d'une philosophie qui peut empêcher de tromper un mari et d'assommer un débiteur ; enfin l'abbé Raynal, qui à cette époque était âgé de plus de soixante ans, voulut bien lui apprendre qu'on n'était plus au temps des Thémistocle.

Ce mot le jeta dans une espèce de délire : indigné de voir sa modération transformée en lâcheté comme sa sagesse l'avait été en impuissance, il croit que s'il ne se venge, il est déshonoré, et ne pouvant s'adresser au misérable qui l'avait insulté, et qui fuyait toujours à son aspect, il prend aussitôt la funeste résolution d'avoir ce qu'on appelle une affaire d'honneur avec le premier qui le re-

gardera en face. Le monde est plein de faux braves
toujours disposés à se faire une réputation aux dé-
pens de ceux dont ils croient n'avoir rien à craindre : les occasions ne lui manquèrent donc pas. Il
eut deux affaires, et blessa grièvement ses deux
antagonistes; mais ce fut le dernier sacrifice qu'il
fit aux préjugés de la société. A peine eut-il éprouvé
ce mouvement de haine si étranger à son cœur,
que ses yeux se dessillèrent. Épouvanté d'avoir plus
craint le ridicule que le crime, il fit cette réflexion
pénible, que c'est dans la société des gens honnêtes
que se forment les méchants. Combien de vices
naissent de la médisance, cette malveillance des
ames faibles, qui amuse la société et la divise !
Combien de vengeances commandées par la voix
publique ! de duels conseillés par des misérables
qu'on méprise et qu'on écoute ! Il faut violer les
lois divines et humaines pour suivre les lois de l'honneur; il faut tuer un homme pour mériter l'estime
de la bonne société; et celui de tous les êtres qui
a le plus besoin d'indulgence, ne veut rien pardonner ! Éclairé par ces réflexions, M. de Saint-
Pierre sentit que pour être sage, il faut respecter
les hommes et ne craindre que sa conscience. Mais
il se disait souvent, avec un sentiment profond d'a-
mertume : « Si j'avais été adultère, j'aurais trouvé
des protections ; si j'avais été flatteur, des emplois;
si j'avais été impie, des richesses et des honneurs:
on m'a tout refusé, parce que j'ai voulu être bon. »
A ces inquiétudes présentes se joignait encore l'ef-

froi de l'avenir. La difficulté d'arriver à rien par le chemin où il était entré, lui paraissait invincible. Au milieu de la corruption générale, quel ministre accueillera l'homme dont la conscience veut rester pure? quelle famille oserait s'allier à celui qui, se bornant à des profits légitimes, promet, comme Aristide, l'indigence à sa postérité? D'ailleurs, que peut-on espérer, je ne dis pas des grands qui parlent peu de vertu, mais des philosophes qui en parlent tant? en est-il un seul qui voulût donner sa fille au pauvre Socrate, et qui ne lui préférât, sans hésiter, quelque riche descendant de Phalaris?

Tant de chagrins successifs ébranlèrent à-la-fois la santé et la raison de M. de Saint-Pierre. * Tour-à-tour victime de son ambition, de sa vanité et de sa vertu, il ne trouva de soulagement que dans la solitude. Résolu de se délivrer des regrets du passé, de la prévoyance de l'avenir, et des erreurs de sa propre sagesse, il promit de ne plus se fier, ni à lui, ni à personne, et d'imiter la nature, qui ne se fie qu'à Dieu. Dès lors il éprouva la vérité de cette maxime des Sages de l'Inde : « Quand vous serez dans le malheur, rentrez en vous-même, et vous y trouverez les dieux : c'est aux infortunés qu'ils se communiquent.» Il est rare que de grandes pensées ne viennent pas les dédommager de leurs peines. Les découvertes, les arts, les inspirations su-

---

* L'auteur a décrit l'état où ces deux aventures le réduisirent, dans un morceau touchant qui sert de Préambule à l'Arcadie. Voyez tome IX.

blimes, tout ce qui fait le génie, a été accordé à des infortunés vertueux, ou à ceux qui, par une disposition tendre de l'ame, sont sensibles aux maux du genre humain.

Bernardin de Saint-Pierre est un exemple frappant de cette double influence. Dès qu'il fut seul, ses maux s'évanouirent, et son génie s'éveilla. Loin des hommes, il connut la vanité de leurs sciences, et cessa de craindre leur opinion. Les plantes, les bois, les prairies étaient ses livres, et les pensées les plus douces venaient à lui au milieu des plus douces con-templations. Il lui semblait entendre sortir de tous les objets de la nature, une voix ravissante qui lui disait : Pourquoi vous tourmenter de l'avenir ? voyez ce qu'est devenu le jour d'hier, dont vous vous in-quiétiez, et ne songez pas au jour de demain, qui doit passer comme celui d'hier. Aviez-vous des soucis dans le sein de votre mère ; et en venant à la vie, ne trouvâtes-vous pas le banquet préparé, et le lait que ma prévoyance faisait couler pour vous ? Lorsque vos passions vous entraînaient aux extrémités du monde, où vous arriviez inconnu et sans appui, qui est-ce qui plaça sur votre route des hôtes pour vous recevoir, et des amis pour vous aimer ? Vous m'avez toujours vu à l'heure de l'in-fortune, et maintenant je suis encore près de vous à l'heure du repos. Mais, dites-vous, je regrette des personnes que j'ai aimées, et l'inconstance d'une d'elles me remplit de tristesse ; eh bien, que vos affections se tournent vers le ciel ! Est-il un

r*

amour plus touchant et plus durable que le mien!
ceux qui se donnent à moi n'ont à craindre ni l'inconstance, ni la perte de l'objet aimé.

Ces méditations le conduisaient insensiblement à
l'étude de la nature, qui devint enfin l'unique oc-
cupation de sa vie. Il l'étudiait en amant passionné,
comme s'il n'avait jamais aimé qu'elle ; et bientôt
il eut rassemblé les matériaux de ce bel ouvrage
où il consolait son siècle en lui montrant par-tout
la main de la Providence. Pensée touchante, qui
fut l'origine de ses découvertes, de son éloquence,
de son génie, et qui lui épargna les erreurs de tant
de vains systèmes que les savants substituent à la
vérité, sans jamais pouvoir la remplacer !

Cette époque de la vie de M. de Saint-Pierre
est sur-tout remarquable par sa liaison avec Rousseau. Le dégoût du monde les réunit ; leur penchant
pour la nature fit le charme de leur amitié. Nous
avons parlé ailleurs de ces promenades solitaires,
dans lesquelles ils traitaient les plus hautes questions de la morale :

« Souvent ils se dirigeaient dans la campagne,
» dînant au pied d'un arbre, et ne reprenant que
» le soir le chemin de la ville. La nature, la religion,
» l'immortalité, étaient les objets habituels de leurs
» méditations. A ces idées d'une philosophie pro-
» fonde, ils mêlaient quelquefois les peintures vives
» et animées de leurs sentiments, les anecdotes de
» leur enfance, les souvenirs de leurs beaux jours,
» et des réflexions touchantes sur la recherche du

» bonheur, le mépris de la mort, et la constance
» dans l'adversité : questions qui ont si souvent oc-
» cupé les anciens, et qui donnent tant d'intérêt
» à leurs ouvrages. On aime à voir les deux amis
» s'adresser ces questions avec l'innocence de cœur
» d'un enfant, et y répondre avec la puissance de
» raisonnement du génie…. Il n'y avait entre eux ni
» prétention de bien parler, ni prétention de bien
» écrire, ni désir d'être applaudi ; le désir de s'é-
» clairer, l'amour de la vérité, restaient seuls. Leurs
» doutes, leurs espérances, leurs découvertes, ils ne
» dissimulaient rien ; et qui pourrait exprimer leur
» ravissement, lorsqu'ils arrivaient à la démonstra-
» tion d'une des vérités si consolantes de la religion ?
» car ils ne voulaient que la vérité ; mais ils la vou-
» laient sublime, parce que celle-là seule les péné-
» trait d'une joie ineffable, et que c'était ainsi qu'ils
» sentaient que c'était la vérité. * »

Ces entretiens n'ont besoin pour devenir célèbres, que de recevoir la sanction des siècles : alors
on en parlera comme de ceux de Platon et de Socrate.

Un malheur inattendu interrompit ces délicieuses
promenades, et rejeta dans le monde notre heureux
solitaire. Nous avons dit qu'il avait deux frères,
Dutailly et Dominique. Ce dernier, après un voyage

* Voyez la préface de l'Essai sur Jean-Jacques Rousseau,
tome X; on trouve aussi quelques détails sur la liaison de
Bernardin de Saint-Pierre et de Jean-Jacques, à la fin du
tome V des Études, et tome VII, dans le Préambule de l'Arcadie
et les Notes de ce Préambule.

de long cours, s'était retiré dans un petit village
au delà duquel son ambition ne voyait rien. Quant
à Dutailly, il était allé à la cour, où tout semblait
lui promettre une fortune brillante. M. de Saint-
Pierre n'avait point oublié qu'à diverses époques il
avait entendu blâmer Dominique comme un homme
inutile, acagnardé au coin de son feu, tandis qu'on
ne parlait du second qu'avec considération, en s'ex-
tasiant sur les emplois importants qu'il ne pouvait
manquer d'obtenir : les gens instruits citaient même
un passage où Molière tourne en ridicule la vie des
gens de campagne ; et leurs jugements avaient exercé
une assez triste influence sur l'esprit ambitieux de
M. de Saint-Pierre. Ne voulant pas ressembler à
un homme qu'on méprisait, il s'était mis à courir
les aventures avec assez peu de succès pour son
bonheur. Mais à une autre époque, il avait trouvé
les choses bien changées. Dominique venait de s'u-
nir à mademoiselle de Grainville, et il jouissait dans
sa retraite des biens véritables que la fortune ne
peut donner. Cependant le frère tant loué, tant admiré, après avoir épuisé son patrimoine, était revenu au Havre, où il gémissait de son malheur.
Alors on louait beaucoup le premier, il était fêté,
considéré, recherché ; et l'on ne parlait plus du second que comme d'un homme qui ne s'était jamais
appliqué à rien d'utile, et que de ridicules prétentions avaient jeté hors de sa sphère. Les gens instruits cette fois ne citaient plus Molière ; mais ils
rapportaient ce propos de Henri IV sur un seigneur

de la cour, qu'il s'était mis sur le corps ses terres,
ses moulins et ses futaies. Ainsi la multitude aime
ce qui réussit ; les gens heureux sont pour elle les
honnêtes gens.

C'est alors que Dutailly, ne pouvant supporter sa
mauvaise fortune, alla se jeter dans la guerre d'A-
mérique. L'espoir de conclure un riche mariage à
Saint-Domingue, s'il pouvait obtenir un grade élevé
dans le génie, lui fit accepter une mission en Géorgie, * où il se signala contre les Anglais. Devenu ingénieur en chef, il ne put résister à l'amour qui
le rappelait à Saint-Domingue, et il partit en laissant dans la caisse militaire une somme de 5,000 fr.,
qui composait toute sa fortune.

L'indifférence du congrès américain pour les officiers français qui venaient à tomber au pouvoir des
ennemis, inspira à celui-ci un stratagème dangereux pour échapper aux Anglais. Il fit une lettre au
gouverneur de la Jamaïque, dans laquelle il se plaignait des Américains, et proposait à la cour de
Londres des plans qui devaient favoriser l'attaque
de la Géorgie. Pour donner plus de vraisemblance
à ce projet, il le communiqua à un Tory nommé
Porteous, qui lui donna une lettre pour ses amis
de Saint-Augustin, dans le cas où il y serait conduit par la fortune. Ces deux sauvegardes ne tar-

* L'établissement de la Géorgie américaine date de l'an 1732 ;
cette province fait partie des États-Unis, elle est séparée de la
Louisiane par le Mississipi.

dèrent pas à lui être utiles. Parti de Charlestown sur
un bateau de transport le 28 avril 1778, il est pris
aux attérages de Saint-Domingue par un corsaire
de l'île de Tortola. Dans ce danger pressant, il
fait usage de sa recommandation. Le corsaire donne
dans le piége, et le descend à l'île de Porto-Rico,
d'où, par les colonies espagnoles, le voyageur se
rend au Cap-Français de Saint-Domingue. L'amour
qui l'y ramenait au milieu de tant de périls, ne
put toucher la famille de sa maîtresse : on exigea de
lui qu'il recueillît encore de nouvelles palmes, et,
pour avancer le bonheur qu'on lui promettait, il
se décida à retourner de suite sur le théâtre de la
guerre. Assuré de son passage sur un brick armé
pour Charlestown, il prévient de son départ le gouverneur de Saint-Domingue, M. le comte d'Argout,
et cherche à donner au stratagème qui déjà l'avait
sauvé, un nouveau degré de vraisemblance qui puisse
le sauver encore. Il y avait alors au Cap un Anglais
prisonnier de guerre appelé Stolt ; le voyageur lui
confie mystérieusement son projet contre la Géorgie, et se fait donner des lettres de recommandation pour la Jamaïque. Mais cet homme, qui avait à
craindre le jugement de l'amirauté pour s'être mal
battu, ne craignit pas d'ajouter une trahison à sa
première lâcheté, et dénonça Dutailly au gouvernement français.

Arrêté au spectacle, dans la loge même du gouverneur, on le jette dans un cachot ; il y est oublié
quatre mois, et n'en sort que pour être conduit en

France, et renfermé à la Bastille. Dans cette situation déplorable, il a recours à M. de Saint-Pierre. Celui-ci rédige aussitôt un mémoire, qu'il adresse au ministre, et qu'il fait appuyer par Franklin, alors ministre plénipotentiaire à la cour de France. Il prouve que la ruse est le premier des talents dans un homme de guerre, et que les héros de la Grèce, si bons juges du mérite militaire, lui ont donné, dans Ulysse et dans Thémistocle, deux fois le prix sur la valeur; enfin, il rappelle ses propres services, et demande que la liberté de son frère en soit la récompense. Ce mémoire eut tout le succès qu'il devait en attendre. L'innocence de Dutailly fut reconnue, mais on ne put lui rendre que la liberté. Représenté comme un traître, il s'était vu enlever son état, sa fortune, son honneur, et l'espérance d'obtenir la main de celle qu'il aimait. Sa raison ne put résister à tant de pertes, et il ne sortit du cachot que pour tomber dans les accès d'une noire mélancolie. Sa fureur n'enfantait que des projets sinistres : il voulait retourner à Saint-Domingue, se venger et mourir. Plein de cette idée, il résolut de se rendre auprès de Dominique pour en solliciter quelques secours, et il lui écrivit au moment même de son départ. Cette nouvelle jeta l'alarme dans la retraite paisible de ce dernier : il eût volontiers accueilli son frère ; mais sa femme, d'un caractère doux et timide, s'effrayait du caractère violent de Dutailly, et elle suppliait Dominique d'éloigner par toutes sortes de sacrifices, un hôte qui lui paraissait si redoutable. « Ton frère , lui disait-elle, aime le faste et la richesse, il méprisera ta femme et ta chaumière; en nous voyant pauvres, il ne pourra nous croire heureux, et il t'entraînera dans des entreprises périlleuses. » Dominique se rendit aux vœux de sa femme avec d'autant plus de facilité, que lui-même redoutait les emportements de Dutailly. Mais il ne put échapper à son sort, et toute sa prévoyance ne fit que hâter sa perte par la plus horrible des catastrophes. Averti du jour de l'arrivée de son frère, il veut prévenir sa visite, lui ouvrir sa bourse et le décider à rester au Havre. Dès le matin il se met en route. La distance n'est pas longue ; il doit revenir le soir même. Que de joie il se promet à son retour ! alors toutes les inquiétudes seront dissipées, tous les arrangements seront pris, rien ne pourra plus troubler la paix de leur solitude. L'infortuné ! il se faisait encore les plus riantes images de l'avenir, et déjà il n'avait plus d'avenir ! Vers le milieu du jour, sa femme croit le reconnaître à l'extrémité d'une petite avenue. Son premier mouvement est de voler au-devant de lui; mais, à mesure qu'elle s'approche, la ressemblance s'efface ; bientôt l'air égaré, la marche rapide, les habits en désordre de cet homme, la remplissent d'effroi ; elle saisit le bras de sa sœur, et veut reprendre le chemin de sa maison ; l'inconnu double de vitesse, et se jette brusquement à son cou : il la nomme sa sœur, elle reconnaît Dutailly, mais déjà la terreur avait glacé ses sens : elle était grosse, les douleurs la saisissent, une fausse couche se déclare, et pendant qu'on se hâte d'aller chercher du secours, l'infortunée expire en appelant son mari, qu'elle ne doit plus revoir.

Ce dernier choc acheva d'égarer la raison de Dutailly : il abandonne cette maison, qu'il vient de remplir de deuil, et s'enfonce dans un bois voisin. On présume qu'il erra long-temps dans la campagne sans prendre aucune nourriture ; car, trois jours après, des paysans le trouvèrent évanoui sur les bords de la mer, à plus de vingt lieues du Havre. On le porta chez un curé du voisinage, et il vécut encore plusieurs années dans un état de démence qui du moins servit à lui dérober les maux dont il avait accablé sa famille.

Cependant Dominique se hâte de regagner sa maison ; il s'attend à voir accourir, comme de coutume, sa femme et ses enfants ; mais il les cherche vainement au milieu de la campagne étincelante des derniers feux du jour. Plein d'inquiétude, il précipite ses pas, il arrive ; un bruit lugubre frappe son oreille, la porte s'ouvre : Dieu ! quelle horrible vision ! sa femme, couverte d'un linceul, les yeux fermés pour jamais ! ses enfants, agenouillés au pied du lit, et pressant les mains glacées de leur mère ! un vénérable ecclésiastique, qui prononce la prière des morts ! il voit tout, et ne sent rien. Frappé de stupeur, le front livide, les yeux fixes, il reste attaché au seuil de la porte, en attendant que la douleur le réveille.

1.   S

Plusieurs jours s'écoulèrent sans qu'il pût croire
à son malheur; ses espérances s'éteignaient et re-
naissaient sans cesse. Mais lorsque, de chute en
chute, il eut mesuré la profondeur de l'abîme, la
mort lui parut le seul remède à ses maux, et la
fortune ne servit que trop bien son désespoir. Depuis quelque temps le ministre cherchait un marin
assez hardi pour aller recueillir les restes d'une colonie qui périssait de la fièvre jaune sur les côtes
de la Floride. Dominique saisit avidement cette
occasion de sauver des malheureux ou de terminer
sa vie, et il obtint sans peine une mission que tout
le monde repoussait. Arrivé au lieu de sa destination, il y trouva onze personnes frappées du même
mal qui avait dévoré la colonie. Le seul moyen de
les sauver, était de les transporter dans un autre
climat; Dominique s'empressa de les recueillir, et
se dirigea vers des terres voisines, où il espérait
trouver du secours. Quelques semaines après, un
vaisseau, dont les voiles et le gouvernail semblaient
abandonnés, fut poussé par les flots vers les côtes
de l'Amérique. Des pêcheurs voulurent le reconnaître : ils montèrent sur le tillac; il était désert :
l'équipage, les passagers, le capitaine, tout était
mort, et cette funeste embarcation ne portait plus
que des cadavres. Tel fut le sort de Dominique.
Il perdit la vie dans cette honorable expédition,
et le ciel ne pouvait mieux récompenser ses vertus.
Ame courageuse! ne crains pas que je plaigne une
aussi belle destinée ! Ce n'est pas être malheureux

que de mériter en mourant l'estime et la reconnaissance des hommes.

M. de Saint - Pierre apprit cette dernière cata-
trophe au moment où il venait de perdre une gratification annuelle de 1,000 francs, son unique ressource. Cependant il ne se laissa point abattre, et
continua jusqu'à la fin de pourvoir au sort de l'infortuné Dutailly. Pour se consoler de tant de maux, il
recueillait les débris de l'Arcadie afin d'en former les
Études.* La plus grande partie de ce dernier ouvrage
fut composée dans un hôtel garni de la rue de la Ma-
delaine, et il y mit la dernière main dans un petit
donjon de la rue Neuve-Saint-Étienne-du-Mont, non
loin de la maison où le bon Rollin avait composé ses
principaux ouvrages. C'est là qu'il disait avoir éprouvé
les plus douces jouissances de sa vie, au milieu d'une
solitude profonde et d'un horizon enchanteur.** L'auteur a retracé lui-même les nombreuses difficultés
qu'on lui fit éprouver lors de la publication de son
ouvrage : le censeur lui disputa chaque page de son
manuscrit, et supprima deux articles très-importants :
l'un, où l'auteur proposait de rendre le clergé citoyen
en le faisant salarier par l'État; l'autre, où il conseil-
lait comme une étude également utile à l'humanité
et à la religion, de faire faire aux jeunes ecclésiasti-
ques, destinés à être ministres de charité, une partie
de leur séminaire dans les prisons et les hôpitaux,

* Voyez à ce sujet la préface des Fragments du II et du III°
livre de l'Arcadie, tome IX.
** Suite des Vœux d'un Solitaire, tome XV.

afin de leur apprendre à remédier aux maladies de l'ame, comme on apprend dans les mêmes lieux aux jeunes médecins à remédier à celles du corps. * Le retranchement de ces deux morceaux fut très-sensible à M. de Saint-Pierre, et cependant, lorsque plus tard la presse devint libre, il refusa de les rétablir, ne voulant pas faire la critique d'un gouvernement dont il avait reçu des bienfaits. « Les hommes dont j'avais à me plaindre, disait-il, étaient trop malheureux, et j'aimai mieux oublier quelques objets d'intérêt national, que de satisfaire mes ressentiments particuliers. » ** Ce trait d'une touchante modération mérite d'autant plus d'être remarqué, qu'il ne se présente pas deux fois dans le même siècle.

Le manuscrit des Études fut rejeté successivement par plusieurs libraires, et l'auteur se décida à le faire imprimer à ses frais. Ce n'était pas chose facile, car tous ses moyens se réduisaient à 600 francs qu'il avait empruntés, et les imprimeurs, aussi ignorants que les libraires, refusaient de faire les avances du reste. Heureusement le hasard fit tomber le manuscrit entre les mains du prote de M. Didot jeune. Il se nommait Bailly, et son nom doit être conservé, puisque, seul de tous ceux qui avaient eu l'ouvrage entre les mains, il sut en apprécier le mérite. Il osa même en prédire le succès, et son jugement eut l'heureux effet de décider M. Didot à faire les frais de l'impression. C'es

* Suite des Vœux d'un Solitaire, tome XVI.
** Idem, idem.

donc à l'intelligence d'un simple prote que l'Europe dut la publication d'un livre qui devait enrichir toutes les sciences, renouveler toutes les idées, et qui, cependant, semble n'avoir été inspiré que pour consoler les infortunés; livre des moralistes, des poëtes, des peintres, des amants et du malheur; livre du genre humain, si les méditations d'un mortel pouvaient mériter ce titre.

Les Études parurent en 1784, et leur succès dédommagea l'auteur de tout ce qu'il avait souffert. C'est une chose digne de remarque, que dans un siècle où des hommes d'une haute éloquence s'efforçaient de chercher des idées nouvelles sur la morale et les sciences, dans un siècle où l'on croyait avoir tout dit, un solitaire inconnu ait publié un livre où tout était nouveau. A cette époque, une fausse philosophie avait tellement usé l'erreur, que, pour être neuf, il ne restait plus à dire que la vérité; et c'est cette vérité, aussi vieille que le monde, qui donna tant de charmes aux méditations de M. de Saint-Pierre. Beaux-arts, politique, histoire, voyages, langues, éducation, botanique, géographie, harmonies du globe, l'auteur traite de tout, et toujours il est original. Il révèle des abus, indique des remèdes, attaque l'injustice, soutient la cause du faible; et, soit qu'il se place sur la route du malheur ou sur celle de la science, il y paraît environné des plus riants tableaux de la nature.

Il est rare que les ouvrages de génie ne renferment pas une idée dominante, qui est l'origine de toutes

s*

les autres. L'idée fondamentale de notre auteur est la Providence. Il reconnaît son pouvoir dans la cabane du pauvre comme dans l'ensemble du globe. Elle est par-tout, parce qu'elle est nécessaire : c'est une domination intelligente et bonne. Elle existe, car, sans domination, il n'y a ni peuple, ni ville, ni famille qui puisse subsister; et si une famille a besoin d'un maître, il faut bien que l'univers en ait un.

Plutarque dit * que lorsque les anciens géographes voulaient représenter la terre, ils laissaient sur leurs cartes de grands espaces vides où ils écrivaient au hasard : *Ici, des mers et des montagnes; là, des abîmes et des déserts.* Ce monde ou ce chaos des anciens géographes était à-peu-près celui des physiciens et des naturalistes modernes. Leur intelligence n'avait supposé aucune intelligence dans l'arrangement du globe; tout y était dispersé sans dessein, sans ordre, et les sublimes harmonies de l'univers échappaient à leur admiration. Éclairé par une profonde étude de la géographie, M. de Saint-Pierre resta confondu devant les merveilles que la raison humaine méconnaissait; sa pensée devina quelques-unes des pensées du Créateur; car la vérité est la pensée de Dieu même.

Osons contempler un moment ces soleils lointains, ces zones lumineuses que la nuit nous découvre, et dont aucune intelligence humaine ne peut concevoir ni l'ensemble ni les limites. Un réseau de feu paraît

* Vie de Thésée.

lier entre elles ces constellations innombrables. Dieu y répand les attractions, les consonnances, les contrastes, la grace, la beauté, et ces sentiments si doux et si variés des êtres sensibles, connus dans la langue des hommes sous le nom d'amour. Pour nous, jetés sur les rivages d'un de ces mondes, nous ne jouissons que d'une existence fugitive. Mais dès que le soleil, entouré d'une auréole de lumière, vient allumer l'atmosphère de notre planète, quel étonnant spectacle! quel harmonieux ensemble! Les montagnes s'élèvent pour diviser les vents et les eaux; les vents balayent les mers pour les reporter au sommet des montagnes; la rosée, les pluies, la fécondité, naissent de ces grandes harmonies, et la terre se couvre de moissons, en se balançant sur ses pôles autour de l'astre qui l'attire. Voyez quelle influence céleste la pénètre! Le grain de sable se minéralise, la plante fleurit, l'animal se meut, l'homme adore. Lui seul s'anime des sentiments de la gloire et de la Divinité; et tandis que les éléments, les végétaux, les animaux sont ordonnés à la terre, et la terre au soleil, il sent qu'un Dieu l'attire par tous les points de l'univers.

Tel est, d'après l'auteur des Études, le système général du monde. Non-seulement les sciences sont pour lui des avenues qui mènent toutes à Dieu, mais son livre nous ouvre une multitude de perspectives ravissantes où l'ame se repose des maux de la vie, en méditant ses espérances. On dit que le Tasse, voyageant avec un ami, gravissait un jour une montagne très-élevée. Parvenu à son sommet, il admire le riche tableau qui se déroule devant lui : « Vois-tu, dit-il, ces rochers escarpés, ces forêts sauvages, ce ruisseau bordé de fleurs qui serpente dans la vallée, ce fleuve majestueux qui court baigner les murs de cent villes? eh bien! ces rochers, ces monts, ces mers, ces cités, les dieux, les hommes, voilà mon poëme! » Ce que le génie du Tasse avait su reproduire, Bernardin de Saint-Pierre sut le peindre et l'expliquer, et il eût pu dire aussi en contemplant la nature : Voilà mon livre!

Les anciens qui, dans presque tous les genres, sont restés nos maîtres après avoir été nos modèles, n'ont dû ni inspirer l'auteur des Études, ni lui servir de guides. Aristote, Pline et Sénèque écrivirent de longs traités de physique et d'histoire naturelle; mais en expliquant les phénomènes, ils n'avaient d'autre but que d'étaler les prodiges de la science humaine, tandis que Bernardin de Saint-Pierre ne voulait que faire éclater la prévoyance d'un Dieu. Pline, le plus éloquent de tous, a une sécheresse qui flétrit l'ame; son éloquence ostentatrice accable notre misère. Il ne voit que le désordre apparent du monde, et son génie ne peut s'élever jusqu'à l'ordre éternel qui le gouverne. Le livre de Bernardin de Saint-Pierre est la réponse au sien. Il console celui que Pline désespère; il relève celui que Pline foule aux pieds. Il adore la Providence que le naturaliste romain a méconnue, mais il l'adore en nous la faisant aimer. Que Pline représente l'homme jeté nu sur la terre nue, créature infirme, pleurant, se lamentant, ne sachant ni marcher, ni parler, ni se nourrir, et qu'il s'écrie d'un ton de triomphe : Voilà le futur dominateur du monde ! Bernardin de Saint-Pierre montre ce roi naissant entre les bras de celle qui lui donna le jour ; et devant cette touchante image, les déclamations de Pline s'évanouissent. Non, l'homme n'est point abandonné ; la prévoyance et l'amour l'accueillent dans la vie. Quel asile plus sûr que le sein maternel ! et, s'il verse des pleurs, quelles mains sauront mieux les essuyer que celles d'une mère !

O puissance sublime des idées religieuses ! tout ce qui, aux yeux de Pline, accuse l'imprévoyance des dieux, devient, sous la plume de son rival, une preuve irrévocable de leur sagesse ! C'est la vérité qui dissipe le mensonge. L'un veut humilier notre orgueil par le spectacle de nos infirmités, l'autre élever notre ame en lui révélant sa grandeur. L'éloquence de Pline est propre à inspirer la haine du vice ; celle de Bernardin de Saint-Pierre à pénétrer d'amour pour la vertu. Ses observations sont si touchantes, les lois qu'il découvre si pleines de sagesse, qu'on se réjouit de ses victoires, et qu'on ne lui oppose qu'en tremblant les objections qui pourraient en arrêter le cours. Notre ame, au contraire, sent le besoin de résister aux raisonnements de Pline, et d'abattre cette raison si fière : il semble que le convaincre d'erreur, c'est restituer à l'homme tous ses droits, à la nature sa grace et sa beauté, à Dieu sa justice et son pouvoir. Enfin un dernier trait les distingue et les sépare. Pline a recueilli ce que savait son siècle ; rien n'est à lui dans

son livre que la parole. Au contraire, l'auteur des
Études, sans rien emprunter des sciences qu'il connaît, les enrichit toutes de ses observations; et tandis que son rival reste attaché à la terre, il vole chercher dans le ciel l'explication des phénomènes qui
l'environnent.

On lui a reproché de n'être point assez méthodi-
que; de peindre en amant de la nature, et de ne pas
décrire en naturaliste : c'était lui reprocher de créer
sa manière, et de rendre les voies de la science agréables et faciles. Il est douteux cependant qu'il eût obtenu ce succès en suivant la marche tracée, c'est-à-
dire en composant des genres nouveaux, et en se re-
tranchant dans les systèmes de classifications; toutes
choses faciles à la mémoire, qu'il ne faut pas ignorer
pour écrire, mais qu'il faut oublier quand on écrit.
Ses vues étaient plus vastes; aussi furent-elles plus
utiles. Le premier il observa le globe dans son ensemble, et les hommes dans leur généralité. Ce n'est
point un peuple, ce n'est point un site qu'il représente, ce sont les nations et le monde. S'il peint les
détails, c'est pour les rapporter au tout; s'il rapproche des faits isolés et stériles, c'est pour en faire ressortir des vérités générales et inattendues.

Le caractère de l'esprit est de faire descendre d'une
loi universelle à une multitude d'applications particulières; celui du génie, de remonter d'un fait particulier à la découverte des lois universelles. Jamais
ces deux moyens ne furent employés plus heureusement; tout est lié dans ce bel ouvrage, et les phéno-

mènes les plus éloignés s'y trouvent unis à l'homme par une chaîne de bienfaits. L'auteur excelle à nous en montrer les harmonies, et pour en citer un exemple, quelle lumière brillante une seule de ses observations n'a-t-elle pas jetée sur la botanique! Avant lui, cette science n'était pas sortie des bornes étroites d'un dictionnaire. Suivons-le un instant, et vous allez la voir devenir une science universelle. D'abord il considère la position des pétales des fleurs dans leur rapport avec le soleil, et cette étude lui dévoile une multitude de relations inconnues entre une petite plante et un astre de feu un million de fois plus grand que la terre. Étendant ensuite ses spéculations à l'ensemble du règne végétal, il montre toutes les plantes dispersées sur le globe, non au hasard, mais avec prévoyance et dans un ordre admirable. Ce sont, si l'on peut s'exprimer ainsi, des peuples de végétaux qui ont leur habitation, leurs mœurs, leurs habitudes. * Les uns, amis de la solitude, s'élèvent aux sommets des montagnes, et refusent d'en descendre, comme si leur vie était dans les tempêtes; les autres se plaisent dans les vallons et sur le bord des ruisseaux : c'est leur patrie ; ils ne pourraient la quitter sans mourir. Ceux-ci ont reçu des ailes, et voyagent dans les airs ; ceux-là, portés sur des coquilles comme sur de légères pirogues, traversent l'Océan, et vont

---

* Voyez Études, tome Ier, page 163 ; tome III, pages 267 et suivantes. Ces observations ont été développées par M. de Humboldt dans sa Géographie des Plantes, et dans son Tableau de la végétation des montagnes.

fonder au loin de petites colonies. Il y en a qui vivent seuls, sans vouloir souffrir de voisins; ils répandent des odeurs fétides et portent des poisons : on les croirait destinés à tenir parmi les plantes le rang que les tigres tiennent parmi les animaux. Un plus grand nombre croissent par touffes et se réunissent en société ; leurs fleurs sont parfumées, leurs fruits sont délicieux, leurs familles répandent l'abondance : ce sont les abeilles du règne végétal. Voilà sans doute des idées charmantes, des observations pleines de grace et de nouveauté ; mais lorsque l'auteur, les ramenant tout-à-coup aux besoins du genre humain, observe que parmi cette multitude de plantes, les plus nécessaires, comme le blé et les graminées, ne sont attachées à aucun site, à aucun climat, qu'elles suivent l'homme dans sa marche autour du monde, pénètrent par-tout où il pénètre, vivent par-tout où il vit, on reste frappé de ce grand dessein de la Providence, et l'on aime l'heureux génie qui lui servit d'interprète. Ainsi donc notre domination est assurée, parce qu'elle était prévue, et les propriétés de quelques plantes nous livrent le globe tout entier.

Pour rendre des observations aussi neuves, il fallait une méthode nouvelle. L'auteur créa la sienne, et sa manière fut si vive, si frappante, qu'elle changea les formes de la science, et donna, pour ainsi dire, d'autres yeux aux voyageurs, une autre ame aux naturalistes. S'il décrit un insecte, un quadrupède, un poisson, il sait, par un rapprochement ingénieux avec nos mœurs ou nos usages, en offrir une image agréa-

ble à notre mémoire. Par exemple, les plus longues
descriptions des entomologistes caractérisent moins
bien le monocéros (*oryctes nasicornis*) que cette
seule ligne : « Cet insecte se plaît dans le fumier de
» cheval, et il porte sur sa tête un soc dont il remue
» la terre comme un laboureur. » Souvent aussi ses
images tirent leur charme d'un sentiment qu'elles font
naître : c'est la manière de Virgile portée dans l'histoire naturelle. Ainsi, pendant que les botanistes disputent sur la question de savoir si dans les fleurs où
les organes sexuels ont une enveloppe unique, cette
partie doit porter le nom de calice ou de corolle,
M. de Saint-Pierre, se livrant aux plus aimables observations, remarque d'abord que plus les plantes
sont rameuses, plus le calice de leurs fleurs est épais;
qu'il est même quelquefois garni de coussinets et de
barbes pour préserver la fleur du choc que les vents
lui font éprouver; et, charmé de cette prévoyance de
la nature, il ajoute : « C'est ainsi qu'une mère met
» des bourrelets à la tête de ses enfants, lorsqu'ils sont
» petits, pour les garantir des accidents et des chutes. »
Qui ne préférera cette définition du calice, qui en
apprend les usages, aux divisions savantes établies
par Linné lui-même, de périanthe, involucre, cha-
ton, spathe, coiffe, volve et gloume? En vérité, l'on
ne se douterait guère que de pareils mots sont destinés à peindre les objets les plus délicats de la création.

Sans doute au milieu des spéculations de Bernardin
de Saint-Pierre il s'est glissé quelques erreurs; mais

1.

quel livre en est exempt? Les plus grands génies semblent destinés à donner l'exemple des plus grands
écarts; c'est la marque de l'humanité. Nous voyons
les systèmes des savants changer avec chaque géné-
ration; et, toujours refaits, ils se trouvent, au bout
de quelques siècles, toujours à refaire. Pourquoi donc
s'étonner de trouver dans Bernardin de Saint-Pierre
ce qui est par-tout? On lui a reproché de s'égarer dans
des idées systématiques; d'inventer des harmonies,
des rapprochements, des contrastes, qui cependant
ne sont pour lui que des effets visibles d'une Intelligence invisible. Que n'aurait-on pas dit si on l'avait
vu, étudiant les rapports qui existent entre les dents,
les mamelles ou les extrémités des animaux, y chercher un caractère général, et placer, comme le grand
Linné, dans le même ordre, sur la même ligne,
l'homme et la chauve-souris? Déplorable aveuglement du génie! triste résultat d'une science orgueilleuse! la création de cet ordre, qui porte le nom imposant de *Primates*, se trouve dans un livre intitulé :
Systema Naturæ, comme si la nature elle-même avait
établi ce bizarre rapprochement; comme si les lois
de Dieu étaient un système! Nous le répétons, il y a
des fautes dans l'ouvrage de Bernardin de Saint-
Pierre, mais il n'y en a point de ce genre. Tout ce
qu'on peut demander à un homme qui fait un livre,
ce n'est pas d'être exempt d'erreurs, c'est de n'en
point commettre de dangereuses. Or, nous osons le
demander, est-il beaucoup de savants qui puissent
dire comme lui : « Quelque hardies que soient mes

» spéculations, il n'y a rien pour les méchants ? » S'il ne rapporte pas les œuvres de la nature à une classe, il les rapporte à l'homme, et l'homme à Dieu. C'est un tableau des bienfaits et des merveilles, qui vaut bien un tableau des genres et des espèces. Qu'importe d'ailleurs qu'il n'ait pas toujours expliqué avec le même bonheur les vues de la nature, si l'ensemble de ses recherches nous fait bénir la Providence, et sur-tout s'il nous fait aimer la vertu? Ce qui nous semble le fruit d'une belle imagination, est toujours une vérité que son génie a su rendre plus vive et plus frappante. A chaque page, l'observateur nous étonne par la hardiesse de ses spéculations; l'écrivain, par la fraîcheur de ses pensées, la grace de son style; et le moraliste, par la profondeur de ses vues et la bonne foi de sa religion. Semblable à un pilote habile, il cesse de côtoyer le rivage pour se diriger vers des mondes inconnus; ses regards abandonnent la terre, mais il les lève vers le ciel, et c'est là qu'il découvre sa route.

Nous parlerons peu du style des Études; les éloges à ce sujet sont épuisés. Mais comment ne remarquerions-nous pas l'adresse singulière avec laquelle l'auteur sait fondre à propos dans son livre, des morceaux de Virgile et de Plutarque, de manière à ce qu'ils ne forment qu'une seule pièce avec sa pensée? D'abord il dispose ses tableaux, il en prépare les plans, puis tout-à-coup il les éclaire par une citation, avec un art semblable à celui des grands peintres qui jettent sur leur composition un rayon de lumière pour

en relever les effets. Mais le but de M. de Saint-
Pierre n'est pas seulement de s'enrichir de ces beautés antiques ; il veut encore nous faire entrevoir,
dans les auteurs cités, un sentiment exquis, une
pensée profonde, qui nous auraient échappé. Il nous
apprend à lire Plutarque et Virgile : ses citations sont
de véritables découvertes. Voilà, nous osons le dire,
les seules obligations qu'il ait aux anciens ; car ce
n'est pas dans les livres qu'il étudie la nature, mais
dans la nature elle-même : aussi se rapproche-t-il
souvent de ces génies créateurs, qui n'avaient pas
d'autre modèle. Voyez comme les plus petites circonstances sont pour lui l'origine des plus touchantes
observations. Il ne faut ni machine, ni creuset, ni
compas pour vérifier ses expériences ; il suffit de regarder autour de soi. Les vains systèmes de la science
lui apprennent à se méfier des savants ; mais il con-
verse avec les gens simples, s'arrête dans les champs
entre dans les cabanes, interroge les vieillards, s'instruit avec un enfant, et raconte naïvement ce qu'il
vient d'apprendre avec eux. On voit qu'il aime à surprendre le peuple au moment de son travail et de ses
jeux, à épier ses vertus et à les peindre ; et cette multitude de petites scènes donnent un charme inexprimable à son ouvrage. Ses personnages savent tout ce
que les savants ignorent : c'est une autre expérience,
une autre sagesse. Souvent, au milieu des incertitudes
de la science, les observations d'un simple villageois
nous éclairent, et des vérités inconnues aux académies s'échappent de la bouche d'un berger.

C'est ainsi qu'en écrivant sur les sciences naturelles comme Aristote, Pline et Sénèque, Bernardin de Saint-Pierre est resté original. Essayons de découvrir ce qu'il doit aux modernes. Cet examen nous servira peut-être à montrer le but et le résultat de ses ouvrages. C'est un point de vue qui nous semble avoir échappé à tous ses critiques.

Parmi les écrivains du siècle, Buffon et J.-J. Rousseau se présentent les premiers. Buffon ne peut offrir aucun point de comparaison. Trop souvent il suit les traces de Pline : sa force est en lui-même; il explique l'univers d'après les lois de sa physique, et les lois de la Providence lui restent inconnues. Son style plein de pompe et d'harmonie, manque de nuances, de sensibilité et de douceur, tandis que celui de Bernardin de Saint-Pierre, simple comme la nature, semble destiné à la peindre dans sa grace et dans sa sublimité. D'ailleurs toute la force de l'auteur des Études vient de conviction : c'est parce qu'il y a un Dieu qu'il est éloquent. Sa foi est dans tout ce qu'il écrit, et ce seul trait prouve, selon nous, que Buffon ne fut ni son maître ni son modèle. Reste donc J.-J. Rousseau, auquel on l'a souvent comparé, peut-être parce qu'il fut son ami et que leurs destinées furent presque semblables.

Tous deux nés dans une condition moyenne, et tous deux sans fortune, ils errèrent long-temps par le monde, et n'écrivirent que vers l'âge de quarante ans, lorsque l'expérience et le malheur eurent mûri leurs pensées. Mais le point de départ mit entre eux

t*

une grande différence. Jean-Jacques, n'ayant ni but, ni principe arrêté, promena long-temps son oisive jeunesse entre l'opprobre et la misère. Dénué de toute prévoyance, ne suivant que sa fantaisie, il s'éloigna, par une sorte d'instinct, de tout ce qui aurait pu élever sa condition en lui imposant quelque gêne. Si la lecture de Plutarque lui fit répandre des pleurs sur d'héroïques souvenirs, elle ne le sauva pas toujours du vice, et il commit des fautes que la charité peut seule pardonner au repentir. Il aurait voulu être un Romain, et n'eut pas même la force d'être toujours un honnête homme. D'abord perdu dans les plus basses classes de la société, puis jeté au milieu d'un monde corrompu, il apprit à mépriser les grands et les petits ; mais il ne put apprendre à se passer de leur estime. Il crut en Dieu sans y mettre sa confiance, il aima la vertu sans y croire, et la vérité en prêtant sa voix au mensonge. Malheureux de ne pouvoir accorder ses opinions et sa conduite, il éprouva, jusqu'à sa dernière heure, qu'il vaudrait mieux n'être pas né que de ne rien attendre de Dieu, et de ne pas oser se fier aux hommes. Combien le sort de M. de Saint-Pierre fut différent ! Une éducation ambitieuse égara, il est vrai, sa jeunesse ; mais ce fut en lui proposant un but sublime et d'honorables travaux. On sent que le désir de s'élever donnait des vertus à son ame, et de l'énergie à son caractère. Jeté seul dans le monde, il y commit des étourderies, mais point de fautes que l'honneur pût lui reprocher. Un sentiment vif d'indépendance et de dignité rendit sa probité si sûre, qu'un jour il vendit tout ce qu'il possédait, ses meubles, ses habits, son linge, pour acquitter une dette contractée en Pologne. * Toujours ferme dans ses principes, il fut éprouvé et non avili par ses passions. On s'étonne de la folie qui le conduit aux extrémités de l'Europe pour y fonder une république; mais on l'admire lorsqu'il refuse de se prêter à des projets ambitieux qui pouvaient le placer près du trône, et lorsqu'à la suite de ses refus où le voit rentrer en France, n'emportant de ses courses aventureuses que des regrets et des souvenirs. Sa confiance en Dieu s'accrut par le malheur, et l'abandon des hommes lui apprit à bénir la Providence qui ne l'abandonnait pas. Enfin, quoique dévoré d'ambition, il ignora toute sa vie l'art de composer avec sa conscience pour arriver à la fortune, et celui de s'avilir pour arriver au pouvoir. Telles furent les destinées de ces deux grands écrivains.

Lorsqu'ils se rencontrèrent, Jean-Jacques vivait seul, et gémissait d'être devenu célèbre : Bernardin de Saint-Pierre ne l'était point encore, mais il brûlait de le devenir. L'amour de la solitude et de la nature les réunit, et dans les douces relations qui s'établirent entre eux, ils furent toujours d'accord sur les grands principes de la morale, et toujours divisés sur les opinions purement humaines. Bernardin de Saint-Pierre admirait l'éclat et la force entraînante des écrits de Jean-Jacques, mais il condamnait ses

* Les 2,000 francs que M. Hennin lui avait prêtés à Varsovie.

paradoxes, et l'on peut dire qu'il ne cessa de les combattre. L'un débuta dans la carrière par attaquer les sciences qui *dépravent* l'homme, et par médire des lettres dont il faisait souvent un si sublime usage. L'autre, applaudissant aux découvertes du génie, montre que tous les maux viennent de notre orgueil, et que la véritable science ne peut être dangereuse, puisqu'elle est l'histoire des bienfaits de la nature. Jean-Jacques Rousseau ne veut pas qu'on parle de Dieu à son élève avant l'âge de quatorze ans; Bernardin de Saint-Pierre dit que rien n'est plus agréable à la Divinité que les prémices d'un cœur que les passions n'ont point encore flétri. L'un ramène fièrement l'homme à l'état sauvage, et pour lui rendre son innocence le dépouille de son génie; l'autre cherche les moyens d'assurer notre repos dans l'état de société, et ne veut nous dépouiller que de nos erreurs. Selon Rousseau, tout dégénère entre les mains de l'homme : la nature n'a songé qu'au bonheur des individus, elle n'a rien fait pour les nations. Bernardin de Saint-Pierre nous montre au contraire les plantes et les animaux se perfectionnant sous la main des peuples. L'expérience lui apprend que l'homme, réduit à lui-même, est comme un flambeau sans lumière; son génie s'éteint et tout périt autour de lui. Plus de moissons, plus de fruits savoureux : l'olive reprend son amertume, la pêche devient acide, le grain du blé disparaît dans son épi, il ne nous reste que des glands et des racines; car la nature n'a rien fait pour l'homme seul;

elle a attaché notre existence à celle de la société. Enfin Rousseau s'indigne des vices de la civilisation, et la rejette ; tandis que toutes les pensées de Bernardin de Saint-Pierre tendent à perfectionner les vertus sociales. Tous deux veulent, il est vrai, vivre au sein de la nature ; mais le premier dans un désert, et le second dans un village et au milieu de sa famille.

Quant à la raison, à la vérité, à la sagesse, j'en vois bien les noms dans les écrits de Rousseau, mais j'en cherche en vain les effets. Malheur à ceux qui lui donnent leur ame ! car c'est notre ame qu'il nous demande, et pour la précipiter dans un abîme d'illusions et de contradictions. Ennemi de tout ce qui est, il faut le mettre d'accord avec lui-même avant de s'accorder avec lui ; il le faut écouter, non le croire. Si vous êtes sage, songez donc en le lisant aujourd'hui à ce qu'il vous disait hier. Tant de propositions opposées, de paradoxes bizarres, doivent éveiller vos doutes, et vous avertir du danger. L'écrivain qui vous enflamme pour le mensonge, peut vous faire admirer la supériorité de son éloquence ; mais il vous prouve en même temps la faiblesse de ses arguments et la nullité de votre raison.

Il est des inspirations presque divines qui ne nous séparent jamais de la vertu, et qui sont entendues de tous les hommes. Si Jean-Jacques Rousseau subjugue la raison et la trompe, Bernardin de Saint-Pierre touche le cœur et cherche à l'éclairer. Chaque émotion lui fait découvrir une vérité, chaque objet de la nature un bienfait. Ce n'est pas la parole d'un maître qui vous reproche vos erreurs ; c'est celle d'un ami qui craint lui-même de se tromper ; qui vous prévient de son ignorance, qui doute, il est vrai, de la sagesse des philosophes, mais qui doute encore plus de la sienne. Son éloquence est une partie de son ame, elle en a la douceur, elle ne sert qu'à en exprimer les sentiments. Dans la guerre qu'il déclare aux incrédules, son unique but est de les conduire au bonheur : il ne veut pas écraser ses ennemis, il veut les émouvoir et les convaincre. On sent que ce n'est pas pour l'honneur de la victoire qu'il combat, mais qu'il éprouverait une joie infinie s'il ramenait un seul de ses adversaires à la vérité. Il dit : Étudiez la nature ! aimez les infortunés ! adorez la Providence ! soyez heureux !

Jean-Jacques, au contraire, méprise les hommes, que Bernardin de Saint-Pierre veut éclairer : ce qu'il soutient le mieux c'est l'erreur, ce qu'il redoute le plus c'est la vérité. La résistance blesse son orgueil ; il ne sait rien apprendre d'elle. Il veut étonner, subjuguer, éblouir ; l'ironie amère, l'invective éloquente, la véhémence, le mépris, voilà ses armes. Il faut que son adversaire tombe à ses pieds, qu'il reste muet d'admiration, ou qu'il meure de honte. Dans cette lutte, il vous repousse, il vous outrage, il vous écrase. Sa parole est un ordre, il faut lui céder ou être haï. Il dit : Aimez-moi, honorez-moi, croyez en moi, je suis la vérité !

Le trait caractéristique de leur génie, c'est que Jean-

Jacques s'isole, et rapporte toutes ses spéculations à un seul homme, qui est souvent lui-même, tandis que Bernardin de Saint-Pierre étend les siennes à la nature et au genre humain. S'il écrit de l'éducation, ce n'est pas de celle d'un enfant, c'est de celle des peuples; s'il parle de la science, c'est en généralisant ses bienfaits pour le bonheur de tous. Ses vues politiques embrassent le globe entier, qu'il réunit par le commerce, par l'intérêt et par l'amour. Il lui est démontré que les nations sont solidaires, que la sagesse d'une seule pourrait se répandre sur toutes les autres, et que sa patrie doit avoir un jour cette heureuse influence, parcequ'elle règne sur l'Europe, et l'Europe sur le monde. Son livre serait encore utile aux habitants des Indes et de la Chine, à ceux qui errent sur les bords de la Gambie et de l'Amazone. Il n'en est pas de même des ouvrages de Jean-Jacques Rousseau. Comment généraliserez-vous ses idées? fonderez-vous des peuplades de sauvages et d'ignorants? Un homme peut renoncer aux sciences, et se croire sage; mais une nation ne renoncerait pas à ses lumières sans renoncer à sa prospérité. Osez proposer le Contrat social à une ville plus grande que Genève, et ces lois si savamment méditées ne produiront que d'effroyables révolutions. Donnez à un peuple le plan d'éducation de l'Émile, et ce beau traité devient illusoire. Jean-Jacques n'a voulu élever qu'un homme, et ce sont les nations que Bernardin de Saint-Pierre voulait former.

Ce n'est pas qu'il n'y ait dans les ouvrages de Rousseau quelques idées fondamentales qui peuvent

servir au bonheur de tous, mais il les trouve en
développant des systèmes qui ne peuvent servir
qu'au bonheur d'un seul ; au contraire, c'est toujours en partant d'une idée utile au genre humain
que Bernardin de Saint-Pierre nous enrichit d'une
multitude d'observations qui peuvent assurer le bonheur de chacun.

Mais un dernier point de comparaison se présente.
Tous deux ont beaucoup parlé des femmes, et tous
deux, par des moyens opposés, ont captivé leurs
suffrages. Rousseau attaque sans cesse leur frivolité,
leur inconstance, leur coquetterie ; personne n'en
a dit plus de mal et n'en a été plus aimé : il les traite
de grands enfants, il se plaît à les montrer faibles ;
les plus parfaites succombent dans ses écrits. Vainement il emploie des volumes pour former l'épouse
d'Émile : à quoi bon tant d'apprêts, tant de soins,
tant de sollicitudes? le fruit de ce chef-d'œuvre d'é-
ducation est l'infidélité de Sophie. Cependant toutes
ses accusations ne peuvent éteindre l'enthousiasme
qu'il inspire ; les femmes lisent, malgré lui, au
fond de son ame : ce sont les reproches de l'amour
et non de la haine ; il les décrie et les adore, il
les blâme et les rend aimables, il les accable et les
déifie, et, dans ses emportements les plus terribles,
on reconnaît le langage d'un amant qui veut, mais
en vain, rompre ses chaînes. Il est comme ce Sauvage, qui voyant du feu pour la première fois, ré-
joui de sa chaleur et de sa lumière, s'en approcha
pour le baiser; mais en ayant été brûlé, il le mau-

dissait, le priait, l'adorait, ne sachant si c'était un démon ou un dieu.

Bernardin de Saint-Pierre a plus de douceur sans avoir moins de passion. Les femmes apparaissent dans ses écrits telles que nous les voyons dans les rêves de notre adolescence, parées de leur beauté virginale, et ne tenant à la terre que par l'amour. C'est sous leur douce influence qu'il voudrait replacer l'homme pour le ramener à la vertu : il ne voit que leur pureté, il ne peint que leurs graces, il n'aime que leur innocence. Rousseau consume notre ame par l'exemple de Julie oubliant tout dans les bras de son amant ; Bernardin de Saint-Pierre nous pénètre d'un sentiment divin, en nous offrant la douce image de Virginie. Aucun souffle ne ternit cette fleur délicate, qui répand les parfums du ciel. Elle aime de l'amour des anges, et sa dernière action est sublime, car au moment où elle peut espérer d'être heureuse, elle donne sa vie pour ne pas manquer à la pudeur. Ainsi, les tableaux de Bernardin de Saint-Pierre ont toujours quelque chose d'idéal, sans cependant jamais sortir de la nature ; il est comme ces statuaires des temps antiques, qui reproduisaient la figure humaine avec des proportions si parfaites, que sous une forme mortelle on reconnaissait une divinité. Rousseau fut donc l'ami et non le maître de l'auteur des Études ; et s'il eut plus de talent et d'éloquence, il eut aussi moins de naturel et moins de graces.

Un de ces génies privilégiés que Dieu envoie de

1. u

temps à autre pour faire entendre sa pensée aux
hommes, une de ces intelligences supérieures destinées à offrir à la terre le spectacle des vertus antiques sous l'image touchante de la piété et de l'humilité chrétienne, Fénelon, tel fut, selon nous, le
divin modèle que choisit Bernardin de Saint-Pierre ;
c'était aussi celui de Jean-Jacques, et l'amour du
maître ne fut pas le lien le moins fort de l'affection mutuelle des disciples. Tous deux reconnais-
saient la supériorité de Fénelon, et l'on voit assez
qu'en parlant de ses écrits, ils sont prêts à dire
de lui ce que Stace disait de Virgile : « Ne cher-
» chons point à l'égaler, contentons-nous de le suivre
» de loin, en baisant ses traces. »

La lecture de Télémaque inspira le premier ouvrage de Bernardin de Saint-Pierre, et il ne lui manqua que d'achever l'Arcadie pour mériter une gloire
peut-être égale à celle de Fénelon. Il avait à peindre
la même époque et les mêmes malheurs, ceux qui
suivirent la chute de Troie; mais il pénétrait chez
des peuples à qui ces grands événements étaient
restés inconnus, les uns à cause de leur barbarie,
les autres à cause de leur innocence, ce qui devait
donner une grande nouveauté à son poëme. Les
images champêtres de l'Arcadie, le tableau de la
Gaule sauvage et de l'Égypte corrompue, lui offraient
aussi le moyen de mettre en action toutes les théo-
ries qu'on trouve éparses dans le Télémaque, sur l'é-
ducation des enfants et le gouvernement des peuples;
théorie qu'il développa plus tard dans les Études,

comme on peut le voir en rapprochant l'Étude xiv qui traite de l'éducation nationale, d'un passage du Télémaque sur le même sujet. *Forcé par la mauvaise fortune de renoncer à l'Arcadie, et de cueillir, suivant son expression, le fruit encore vert, il réunit les débris de son poëme pour en composer les Études; mais en changeant de dessein, il resta disciple fidèle, car ce dernier ouvrage n'est, pour ainsi dire, que le développement du beau traité de Fénelon sur l'existence de Dieu. L'ame religieuse de Fénelon avait dirigé l'étude de la nature vers son premier principe. Le génie éminemment observateur de Bernardin de Saint-Pierre fut frappé de cette pensée, et il ne tarda pas à reconnaître qu'il y avait plus de véritable savoir dans cet axiome populaire : *Dieu n'a rien fait en vain,* que dans tous les livres des savants. Voyez en effet combien ce principe s'étend et fructifie sous sa main ; comment il conduit l'auteur de découverte en découverte ; comment il lui fait en même temps saisir la beauté éternelle des choses les plus communes, et l'heureux rapport de toutes ces choses avec Dieu et les hommes. Non-seulement il puise dans cette source de vérité, mais encore il en enseigne la route à qui sait y puiser : c'est ainsi que son livre nous ouvre un horizon enchanteur qui n'a d'autres bornes pour le génie que celles de la nature.

Mais ce qui rapproche sur-tout Bernardin de Saint-

* Livre XIV.

Pierre de Fénelon, c'est la douceur de son langage
et celle de sa morale. Il avait appris de son maître
que la religion vient de la bonté de Dieu, qu'elle
est dans le cœur humain, qu'elle naît de la reconnaissance; et le plus bel éloge qu'on puisse faire de
ses écrits, celui-là même qu'on donne à ceux de
Fénelon, c'est qu'il est impossible de les lire sans
éprouver un goût plus vif pour la vertu, et un re-
doublement de confiance en Dieu. Ah! sans doute,
en traçant l'apologie du christianisme dans un siècle
où l'on n'applaudissait qu'aux blasphèmes de l'a-
théisme, il sentit toute la dignité de sa mission;
aussi fut-il sublime, et c'est ainsi qu'il échappa à
la condamnation que le siècle menaçait de porter
contre lui. Il faut l'entendre parler de cette religion
qui, «seule a connu que nos passions infinies étaient
» d'institution divine. Elle n'a pas, dit-il, borné dans
» le cœur humain, l'amour à une femme et à des en-
» fants, mais elle l'étend à tous les hommes; elle n'y
» a pas circonscrit l'ambition à la gloire d'un parti ou
» d'une nation, mais elle l'a dirigée vers le ciel et l'im-
» mortalité; elle a voulu que nos passions servissent
» d'ailes à nos vertus. Bien loin qu'elle nous lie sur
» la terre pour nous rendre malheureux, c'est elle qui
» y rompt les chaînes qui nous y tiennent captifs. Que
» de maux elle y a adoucis! que de larmes elle y a
» essuyées! que d'espérances elle a fait naître quand
» il n'y avait plus rien à espérer! que de repentirs
» ouverts au crime! que d'appuis donnés à l'inno-
» cence! Ah! lorsque ses autels s'élevèrent au milieu

» de nos forêts ensanglantées par les couteaux des
» druides, que les opprimés vinrent en foule y cher-
» cher des asiles, que des ennemis irréconciliables
» s'y embrassèrent en pleurant, les tyrans émus sen-
» tirent, du haut des tours, les armes tomber de leurs
» mains : ils n'avaient connu que l'empire de la ter-
» reur, et ils voyaient naître celui de la charité. Les
» amants y accoururent pour y jurer de s'aimer, et
» de s'aimer encore au delà du tombeau : elle ne
» donnait pas un jour à la haine, et elle promettait
» l'éternité aux amours. Ah ! si cette religion ne fut
» faite que pour le bonheur des misérables, elle fut
» donc faite pour celui du genre humain ! » *

Ne semble-t-il pas que l'ame du maître ait passé
dans celle du disciple ? et comment se refuserait-
on à reconnaître l'influence de Fénelon dans un livre
qui renferme une multitude de morceaux semblables ? Aussi les philosophes ne pardonnèrent à l'auteur ni sa vertu, ni son éloquence, ni sa gloire. Ne
pouvant réfuter ses principes, ils essayèrent d'en
affaiblir l'effet en publiant que le clergé lui faisait
une pension, voulant montrer une ame vénale où
l'on voyait une ame religieuse. Il y avait bien quelque chose de vrai dans cette accusation. L'auteur aurait pu obtenir cette pension s'il avait voulu la demander à l'assemblée générale du clergé. On le lui fit
même proposer, et pour lui offrir cette honorable récompense on ne demandait que son aveu. Mais loin

* Études de la Nature, tome 2, page 133.

u*

de le donner cet aveu, il s'opposa aux démarches de l'archevêque d'Aix qui jouissait alors d'une puissante influence. « Je ne veux, disait-il, ni qu'on puisse soupçonner ma plume d'être vénale, ni la mettre à la solde d'aucun corps. » Ainsi, chaque calomnie dont on a tenté de flétrir ce grand écrivain, nous fera découvrir une action honorable. Que les méchants n'espèrent rien de ce qui nous reste à dire ! Caton, le plus sage des hommes, fut accusé quarante-quatre fois; et ces accusations n'eurent d'autre résultat que de forcer ses ennemis à reconnaître quarante-quatre fois sa vertu.

Si donc il suffisait de toucher et de convaincre pour faire aimer la vérité, il n'y aurait plus d'incrédules : le livre de Bernardin de Saint-Pierre eût anéanti l'erreur. Mais la vérité ne fait plus de prodiges : tout ce qu'on peut en attendre, elle le fit alors. On peut dire que ce livre attira à M. de Saint-Pierre les hommages de l'Europe entière. Les hommes les plus savants de France et d'Angleterre lui écrivirent pour le féliciter de ses découvertes, et l'engagèrent à continuer ses sublimes spéculations. Les grands, dans l'espoir de tourner au profit de leur plaisir son goût pour la campagne, le pressaient de venir habiter leurs châteaux. Plusieurs mères, touchées de ses idées sur le mariage, lui offrirent la main de leurs filles. Les malheureux, attirés par son épigraphe, venaient à lui avec des passages de son livre, et lui demandaient des secours qu'il était hors d'état de leur donner. D'autres, lui croyant du crédit, le suppliaient de solliciter pour eux, ou de leur enseigner les moyens d'acquérir sans peine des honneurs et des richesses ; mais voyant qu'il ne voulait leur apprendre qu'à se passer de ces faux biens, ils se retiraient en murmurant, et l'accusaient d'égoïsme et d'insensibilité. Enfin, on lui écrivait de tous côtés : son temps eût à peine suffi à répondre aux lettres de sollicitations ou de compliments, et, dans l'espace d'un an, il paya pour plus de 2000 fr. de ports de lettres. Chacun avait la prétention d'établir avec lui une correspondance réglée, et lorsqu'il tardait à répondre, on ne manquait pas de lui récrire pour se plaindre de son impolitesse. Obligé de fermer sa porte, et de laisser à la poste la plupart de ces lettres, il ne tarda pas à éprouver les atteintes de la calomnie. Ce consolateur, ce bienfaiteur des hommes ne fut plus qu'un être injuste et bizarre, un hypocrite qui ne se disait l'ami de la nature que pour être, plus à son aise, l'ennemi de la société. Ses plus zélés partisans se changèrent en cruels détracteurs ; les philosophes aidaient à la médisance, et, n'ayant pu en faire un esclave ou un flatteur, ils essayaient d'en faire un Paria.

Ces tristes efforts de l'envie et de la sottise ne purent cependant détruire sa tranquillité. « Il me semble, disait quelquefois M. de Saint-Pierre, qu'il y ait en moi plusieurs étages où mon ame habite successivement. J'aime naturellement le fond de la vallée, je m'y repose des maux de la vie ; mais, lorsqu'on vient m'y troubler, mon ame s'élève par degré au-dessus de tout ce qui voudrait l'atteindre. Si le malheur augmente, je m'élance au sommet de la montagne, et, loin de la vue des hommes, je m'y réfugie dans un monde où je ne suis plus en leur pouvoir. »

Parmi les lettres qu'on lui adressait de toutes parts, il y en avait de si romanesques, qu'on les croirait l'œuvre de l'imagination. Telle est sur-tout celle d'une demoiselle de Lausanne, qui, se laissant charmer à la lecture des Études, écrivit aussitôt à l'auteur pour lui proposer sa main. Ce qu'il y a de plus singulier, c'est que sa mère autorisait sa démarche, et joignait sa prière à la sienne. Cette demoiselle était jeune, belle et riche : elle le disait naïvement ; mais elle était protestante et ne voulait point épouser un catholique, ce qu'elle disait avec la même naïveté. *Je veux, écrivait-elle, avoir un mari qui n'aime que moi, et qui m'aime toujours. Il faut qu'il croie en Dieu, et qu'il le serve à ma manière.... Je ne voudrais pas être votre femme, si ce n'était pour faire ensemble notre salut.*

Ce dernier sentiment avait quelque chose de délicat, que M. de Saint-Pierre ne manqua pas de remarquer dans sa réponse, mais sans s'expliquer sur l'objet principal. Il terminait sa lettre par ces mots : *Je pense comme vous ; et pour aimer, l'éternité ne me paraît pas trop longue. Mais avant tout, il faut se connaître et se voir dans ce monde.*

L'article de la religion n'étant pas réglé, la jeune

personne recommença ses sollicitations , en char-
geant une de ses amies , qui habitait Paris , de faire
expliquer M. de Saint-Pierre. Celle-ci traita la difficulté légèrement, comme si rien ne lui eût paru
plus naturel. « Vous avez écrit, lui dit-elle, qu'il y
avait douze portes au ciel. — Cela est vrai. — Vous
avez dit que les oiseaux chantaient leurs hymnes ,
chacun dans son langage , et que tous ces hymnes
étaient agréables au Créateur : ainsi, vous vous ferez
protestant, et vous épouserez mon amie. — Ah! madame , reprit Bernardin de Saint-Pierre , vous avez
beau vouloir me prendre par mes propres paroles,
je n'ai jamais dit qu'un rossignol dût chanter comme
un merle ; je ne changerai donc ni de religion ni
de ramage. » La négociation en demeura là.

Ce ne fut que plus de quatre ans après , en
1788, que M. de Saint-Pierre donna Paul et Virginie. Ce petit ouvrage était depuis long - temps
dans son portefeuille, et le mauvais succès d'une
lecture de société avait même failli le lui faire jeter
au feu avec tous ses papiers. Nous nous arrêterons
un instant sur cette circonstance qui nous force de
revenir sur nos pas.

Au moment de son départ de Prusse, le prince
Dolgorouki, ambassadeur de Russie à Berlin , lui
remit une lettre pour le banquier Germany, beau-
frère de M. Necker. Cette lettre contenait un si bel
éloge du porteur, qu'elle le fit accueillir avec empressement. Dans la suite , malgré les voyages qui
l'éloignèrent , et son amour pour la solitude, il con-

tinua toujours de voir, de loin à loin, madame
Germany, qui l'attirait par les charmes de sa conversation, et par une extrême ressemblance avec
la princesse qu'il avait aimée en Pologne. On disait de madame Germany, qui était étrangement
bossue, que la nature lui avait donné, avec la tête
d'un ange, la langue et la queue d'un serpent :
triple allusion qui exprimait fort bien la beauté de
ses traits, la difformité de sa taille, et la malice
de son esprit. Il est vrai que ses railleries, toujours
piquantes, auraient pu passer pour des méchan-
cetés; mais M. de Saint-Pierre, en écoutant madame Germany, était si préoccupé du souvenir de
la princesse, qu'incapable de voir ses défauts, il
louait quelquefois jusqu'à sa bonté. Madame Germany se moquait de son aveuglement, dont elle
ne laissait pas d'être charmée. Elle disait de M. de
Saint-Pierre : « Si je le laissais faire, il me persua-
derait que ma bosse rend ma beauté plus touchante.
Mais il faut lui pardonner : il croit ce qu'il dit, et
ne flatte que ceux qu'il aime. » Ce dernier trait
peint admirablement M. de Saint-Pierre : il n'y a
que les femmes qui sachent saisir ainsi les nuances
délicates de notre cœur.

Un jour qu'après une assez longue absence il rendait visite à madame Germany, une dame, dont la
tournure était plus roide qu'imposante, entra sans
se faire annoncer. Elle avait une robe de soie nacarat, les bras et le sein découverts, costume qui
n'était d'usage qu'à la cour. « Ma sœur, lui dit ma-

dame Germany dès qu'elle fut assise, voilà un philosophe que je vous présente. Il ne ressemble en rien à ceux que vous connaissez; tâchez seulement de l'apprivoiser. Il est plein de mérite, et je me hâte de vous le dire, car il se donne autant de peine à cacher l'esprit qu'il a, que d'autres s'en donnent à montrer celui qu'ils n'ont pas. » Pendant ce discours, la figure de la dame nacarat n'avait rien perdu de sa dignité. M. de Saint-Pierre, un peu piqué de son air froid et protecteur, fit un profond salut et se disposait à se retirer, lorsque madame Germany lui rappela qu'il devait dîner avec elle. Bientôt on servit, et sa place fut désignée à côté de l'inconnue, à laquelle il trouvait plus de beauté que de physionomie, plus d'apprêt que de grace, plus de prétentions que d'esprit. Elle ne conversait pas, elle discourait, et ses discours ressemblaient à une composition dont les effets sont prévus. Point de finesse dans les aperçus, point de netteté dans l'expression; dans tout ce qu'elle disait, il y avait quelque chose de personnel, et sa conversation était l'expression de sa vanité plutôt que celle de son esprit. En l'écoutant, on sentait qu'elle voulait être admirée, et l'on cherchait pourquoi. A l'autre bout de la table, il y avait un homme dont les manières étaient lourdes, les traits durs, le regard fixe, et l'air préoccupé. Il parlait peu, n'écoutait pas, mangeait beaucoup, et on le servait avec une attention qui ressemblait à du respect. Vers le milieu du dîner, ce personnage demanda du café, en prit une

tasse, et, sans autre façon, il sortit de table avec
la dame nacarat, qui pria sa sœur de lui amener
M. de Saint-Pierre. Il apprit alors qu'il venait de
dîner avec monsieur et madame Necker. A ce nom,
il comprit les manières moitié protectrices, moitié
dédaigneuses, de ce couple singulier, qui s'enor-
gueillissait déjà du crédit qu'il n'avait pas encore.
On sait que M. de Maurepas, séduit par les vues
d'économie du financier de Genève, fut la première
cause de son élévation. M. Necker arriva au ministère en écrasant son protecteur, et l'on peut dater
de cette époque funeste les malheurs de la France.
Cet homme, qui osa prendre sa présomption pour
du génie, éveilla toutes les passions, excita tous les
vices, accumula tous les maux; sans prévoyance
pour le jour, sans sagesse pour le lendemain, ses
intentions n'eurent rien de perfide, mais il sembla
ne chercher dans le pouvoir que des moyens de s'é-
lever jusqu'à la noblesse, ou d'abaisser la noblesse
jusqu'à lui. Jamais il ne put comprendre que la vertu
est au-dessus des titres. Sa roture fut la plus grande
de nos calamités; elle lui apprit à flatter le peuple
pour se rendre nécessaire à la cour, et à tromper
la cour pour captiver la faveur du peuple. Parvenu
au plus haut degré du pouvoir, il n'y sentait que
le regret amer de n'y être pas né. Comme ministre, il publia des écrits administratifs qui, par leur
ton sentimental et leur charlatanisme, révélaient
son incapacité; comme financier, ses hautes concep-
tions se bornèrent à implorer du peuple des dons

patriotiques pour combler le déficit du trésor : c'était montrer la plaie, et non la guérir. Incertain dans sa marche, changeant chaque jour de prétention, il voulut être l'idole de la France, le protecteur du prince, l'ami du peuple ; mais, trahissant lui-même tous ses projets, et tombant, par orgueil, jusqu'au dernier degré de l'abjection, il finit, suivant l'expression énergique de Mirabeau, par se faire quelques instants le roi de la canaille.

Son élévation fut cependant regardée comme l'aurore du bonheur. M. de Saint-Pierre aussi se laissa éblouir par cette fausse lumière, et fut entraîné de nouveau dans le tourbillon du monde. Il retrouva, chez M. Necker, une partie de la société qu'il avait laissée pesant les réputations et dirigeant les économistes chez mademoiselle de Lespinasse. Marmontel, Saint-Lambert, Laharpe, Delille, y parlaient encore littérature ; mais déjà Suard, Morellet, et mille autres qui consacraient leur plume aux disputes du jour, ne s'occupaient que des intérêts d'une prochaine révolution. Mme Necker, en habit de cour, bien que la cour fût pour elle un pays inconnu, régentait, avec Thomas, ce cercle de beaux esprits, et croyait le diriger. Seulement si M. de Buffon venait à paraître, il éclipsait tout par la puissance de son beau génie et de sa haute réputation. Mme Necker fière, avec juste raison, de l'amitié de ce grand homme, qu'elle appelait son père, et qui était encore pour elle un grand seigneur, lui cédait le privilége de son fauteuil, et tant qu'il daignait occuper

I.   V

cette place d'honneur, on la voyait, humble disciple, tout empressée à recueillir ses moindres paroles,
et à commander le silence et l'admiration. Mais
M. de Buffon laissait reposer son éloquence avec sa
plume. Sa conversation était simple et pleine de lo-
cutions communes, quelquefois même triviales. Il
se croyait quitte envers les oisifs du monde dès qu'il
leur avait montré sa belle figure et ses habits magnifiques. M. de Saint-Pierre, qui n'avait point encore
publié les Études, serait resté ignoré au milieu de
tant d'hommes célèbres, si l'abbé Arnaud, qui se
ressouvenait de sa noble conduite chez mademoiselle
de Lespinasse, ne s'était mis dans la tête de le faire
valoir. Cet abbé aimait à se mettre en scène ; c'était,
si l'on peut s'exprimer ainsi, un homme à l'effet : il
loua donc tout haut M. de Saint-Pierre, parla de ses
talents, de sa fermeté, de ses principes, et comme
s'il n'eût pas cru lui-même à ses éloges, il alla, dès
le lendemain, lui proposer d'écrire pour *la sainte
ligue*, c'est-à-dire, de composer des pamphlets en
faveur de l'administration de M. Necker, contre l'administration de M. de Maurepas. Notre philosophe
lui répondit simplement que « ses principes n'ayant
point varié, il ne pouvait ni vendre ni prêter sa
plume à aucun parti. » L'abbé Arnaud loua ce nouveau trait de sagesse, mais ni lui ni ses amis ne purent le pardonner. Ce n'étaient point des hommes
aussi sages qu'il fallait à Mme Necker, qui cessa
aussitôt de faire accueil à M. de Saint-Pierre. Celui-
ci ne sachant à quoi attribuer un pareil changement,

et se croyant encore victime de quelque calomnie, eut la bonne foi de composer un mémoire justificatif, qui dut bien faire rire cette femme ambitieuse, car on y reconnaît par-tout la sensibilité la plus vraie, et la confiance d'une ame tendre qui ne demande qu'à s'épancher.

Cependant, peu de jours après, Mme Necker écrivit à l'auteur pour lui demander une lecture de ses ouvrages. Elle lui promettait pour auditeurs et pour juges les hommes qu'elle estimait le plus. M. Necker devait, par une faveur insigne, se trouver chez lui ce jour-là. Enfin, Thomas, Buffon, l'abbé Galiani, M. et Mme Germany, et quelques autres encore, furent admis à ce tribunal, où M. de Saint-Pierre comparut le manuscrit de Paul et Virginie à la main. D'abord on l'écoute en silence, peu-à-peu l'attention se fatigue, on se parle à l'oreille, on bâille, on n'écoute plus; M. de Buffon regarde sa montre et demande ses chevaux; le plus près de la porte s'esquive; Thomas s'endort; M. Necker sourit en voyant pleurer les dames; et les dames, honteuses de leurs larmes, n'osent avouer qu'elles ont été intéressées. La lecture achevée, on ne loua rien; Mme Necker critiqua seulement la conversation de Paul et du vieillard. Cette morale lui avait paru ennuyeuse et commune; elle suspendait l'action, et refroidissait le lecteur, c'était *un verre d'eau à la glace*. M. de Saint-Pierre se retira dans un état de découragement impossible à dépeindre. Il crut son arrêt porté. L'effet de son ouvrage sur un pareil auditoire ne lui laissait aucune espérance pour l'avenir. Il ignorait qu'un écrivain inconnu ne peut attendre son succès que du public. Dans la société, les hommes qui ont de la réputation, louent peu, de crainte de se compromettre; les autres ne jugent un livre que sur le nom de son auteur. Il resta donc persuadé que Paul et Virginie, que les Études de la Nature, que tous ses travaux, fruit de quatorze ans de patience et d'observations, n'étaient pas dignes de voir le jour. Dans le premier moment, et c'est ici un trait admirable de caractère, l'idée lui vint de brûler tous ses papiers de renoncer aux sciences, à la littérature, et de s'appuyer du crédit de M. Necker pour obtenir une portion inculte des domaines du roi, afin de s'y établir avec quelques familles choisies dans la classe du peuple la plus pauvre. C'étaient ses projets de législation qui se reproduisaient sous une forme plus modeste. Son ambition se bornait alors à rendre une terre féconde et des hommes contents de leur sort. Heureusement cette demande n'eut aucun succès, et il fut réduit à faire un roman * de sa colonie, comme il en fit un de sa république.

Il était encore accablé de ce double échec, lorsqu'un homme de génie, le peintre Vernet, vint ranimer son courage, et le rendre à ses études chéries. Cet artiste célèbre montait souvent dans le petit donjon que M. de Saint-Pierre occupait alors, rue Saint-Étienne-du-Mont. Le hasard l'y ayant conduit quel-

* Voyez la Pierre d'Abraham, tome XVII.

ques jours après la funeste lecture de Paul et Virginie,
il trouva son ami dans un abattement extrême ; et le
pauvre solitaire, le cœur plein de sa mésaventure, ne
se fit pas prier pour la raconter. Elle surprit Vernet,
qui avait entendu plusieurs fragments des Études,
et qui voulut juger un ouvrage sorti de la même plume.
M. de Saint-Pierre ne cède qu'avec peine à ses ins-
tances, mais enfin il prend son manuscrit qui, depuis
le jour fatal, était resté roulé sur le coin de sa table,
et il commence sa lecture. Vernet l'écoute d'abord
avec méfiance, mais le charme ne tarde pas à agir
sur lui : à chaque page il se récrie. Jamais il n'entendit rien de si neuf, de si pur, de si touchant ! La description de ces climats lointains développe à ses yeux
une nature nouvelle ! Les jardins d'Éden ont moins
de fraîcheur ; les amours d'Adam et d'Ève ont moins
de grace et d'innocence ! C'est le pinceau de Virgile !
c'est la morale de Platon ! Bientôt il ne loue plus, il
pleure. Il partage les transports de Paul au départ de
Virginie ; il ne trouve plus d'expressions assez fortes
pour rendre ce qu'il éprouve. On arrive au dialogue
du vieillard ; M. de Saint-Pierre propose de passer
outre, et raconte l'effet qu'il a produit sur Mme
Necker. Vernet ne veut rien perdre ; il prête toute
son attention, et bientôt son silence devient plus éloquent que ses larmes et ses éloges. Enfin la lecture
s'achève ; Vernet transporté, se lève, embrasse son
ami, le presse sur son sein : « Heureux génie ! charmante créature ! s'écriait-il ; la beauté de votre ame a
passé dans votre ouvrage. Ah ! vous avez fait un chef

v*

d'œuvre ! Gardez-vous bien de retrancher le dialogue
du vieillard : il jette dans le poëme de la distance et
du temps ; il sépare les détails de l'enfance du récit
de la catastrophe, et donne de l'air et de la perspective au tableau : c'est une inspiration de l'avoir placé
là ! Mais combien ce site étranger a de charmes par sa
beauté naturelle ! et avec quel art l'action se trouve
liée au fond du paysage ! Non-seulement on croit avoir
vécu avec ces aimables enfants, mais on croit avoir
entendu le ramage de leurs oiseaux, cultivé leur jardin, joui de la beauté de leur horizon, parcouru leur
univers ! Mon ami, vous êtes un grand peintre, et
j'ose vous prédire la plus brillante renommée ! » Ces
éloges, qui faisaient entendre d'avance à M. de Saint-
Pierre le jugement de la postérité, le pénétrèrent de
joie, et lui rendirent cette confiance qu'un excès de
modestie fait perdre quelquefois au talent, et qu'une
conscience secrète lui rend toujours presque malgré
lui. Il disait du fond de son cœur : « Mon Dieu, par-
donnez-moi de ne m'être point fié à vous. » Ce jour
fut pour lui un jour de bonheur. Après s'être long-
temps promené avec Vernet, il le quitta sur les bou-
levards, à l'entrée de la rue Saint-Victor. Il revenait
seul dans cette rue, lorsqu'il fut surpris par une averse ;
comme il hâtait sa marche pour chercher un abri, de
longs éclats de rire attirèrent son attention. Il ne voyait
cependant qu'une petite fille qui accourait à lui, la
tête couverte de son jupon, qu'elle avait relevé par
derrière. Mais bientôt il s'aperçut que ce jupon servait d'abri à deux têtes charmantes animées par la

course et par la joie. On voyait briller sous ce parapluie de leur invention, des regards contents et des joues de roses. En rentrant chez lui, il ajouta cette jolie scène à sa pastorale, et ceci est un trait caractéristique de ce génie observateur. Il ne savait décrire que ce qu'il avait vu ; mais quelle riante imagination ne fallait-il pas pour voir dans les jeux de deux enfants du faubourg Saint-Marceau un tableau digne du pinceau de l'Albane !

Le succès de Paul et Virginie surpassa l'attente même de Vernet. Dans l'espace d'un an, on en fit plus de cinquante contrefaçons. Les éditions avouées par l'auteur furent moins nombreuses ; mais elles suffirent pour le mettre en état d'acheter une petite maison avec un jardin, située rue de la Reine-Blanche, à l'extrémité du faubourg Saint-Marceau : véritable chartreuse, dont aucun bruit, aucun voisin ne troublait la solitude. C'est du fond de cette retraite que l'auteur assista, pour ainsi dire, aux premiers mouvements de cette révolution qui devait faire tant de mal à sa patrie et au genre humain. Il l'avait vue de loin sortir de l'antre de l'athéisme, s'élever autour du trône et des autels, et de là se répandre sur les chaumières, qu'elle remplit de ses ténèbres. Mais vainement il avait cherché à ramener sur la France quelques rayons de la lumière céleste; leurs clartés brillaient aux yeux innocents, et laissaient la multitude dans l'obscurité. Au moment où le royaume se divisait en deux partis, dont l'un voulait faire une république, et l'autre conserver la monarchie, il se hâta

de rappeler au peuple les anciennes obligations qu'il
avait à son roi. Ces observations furent publiées dans
les journaux ; * mais comment auraient-elles été entendues au milieu de tant de volontés coupables !
Dans les jours de désordre, on ne vous demande pas
de suivre votre conscience, mais de suivre un parti.
Il faut penser comme les autres, sous peine d'être
déshonoré. « Que me parlez-vous de modération !
s'écrie le soldat en marchant au combat ; ma vertu,
en ce moment, est de tuer mon ennemi. » Telle fut
la réponse des factions à l'écrit de Bernardin de Saint-
Pierre. Aussi disait-il que ce qui l'avait le plus étonné
dans la révolution, c'était qu'on eût fait un crime de la
modération. Cependant il persistait dans ses principes. Le duc d'Orléans, qui lui avait accordé une petite pension, voulant mettre sa reconnaissance à l'é-
preuve, le fit solliciter d'écrire en sa faveur ; Bernardin de Saint-Pierre lui répondit en publiant les Vœux
d'un Solitaire, qu'il adressait à Louis xvi. La pension
fut supprimée.

Cet ouvrage n'est point un traité de politique ; ce
sont des méditations morales dans le genre de Platon ;
ce sont les vœux d'une ame pieuse qui fait entendre
le langage de la vertu, à une époque où l'on ne voulait plus écouter que celui des passions. Il y avait
même alors tant de trouble dans toutes les ames, que
le but du livre ne fut saisi que par un très-petit nom-

---

* Il les recueillit ensuite dans le Préambule des Vœux d'un
Solitaire. Voyez tome XVI.

bre de lecteurs. Ce but était de concilier les idées
nouvelles avec les anciennes, afin d'empêcher la
destruction totale de tout ce qui avait été. On peut
reprocher à l'auteur une grande inexpérience des
choses ; mais quelle expérience humaine eût pu faire
deviner, en 89, ce qui devait arriver en 93? et ne
fallait-il pas traverser cette époque pour pouvoir dire
des hommes de la révolution : « Ils ne connaissent
» ni l'amitié, ni l'égalité, quoiqu'ils en parlent sans
» cesse : quand on marche à côté d'eux, on devient
» leur ennemi; derrière eux, leur esclave? » * Ajou-
tons : et par-tout, leur victime. La forme de cet ouvrage est d'autant plus frappante, que les tableaux
de la nature s'y trouvent toujours mêlés aux spéculations de la politique. On voit que les discordes civiles
ne peuvent arracher l'auteur à ses douces méditations:
tout l'y ramène comme malgré lui. C'est au bout de
son jardin, sur un petit banc de gazon et de trèfle, à
l'ombre d'un pommier en fleur, vis-à-vis une ruche
dont les abeilles voltigent de tous côtés, que, venant
à songer aux maux de la France, il s'écrie : « O heu-
reuses les sociétés des hommes, si elles avaient autant de sagesse que celles des abeilles ! » et il se met
à faire des vœux pour sa patrie. Le doux repos de la
nature lui inspire des pensées pour le repos du peuple;
et les agitations de ce peuple, que tant de maux n'a-
vaient pu encore assagir, le rappellent à la tranquillité de la nature.

* Suite des Vœux d'un Solitaire, tome XVI.

Nous n'entrerons dans aucun détail sur cet ouvrage. Le temps n'est pas venu de lui marquer sa place. Quel que fût notre jugement, il trouverait des contradicteurs; les passions, qui vivent encore, se hâteraient de prononcer à leur tour, et il ne faut pas leur donner cette occasion de juger un livre qui les condamne. Mais en renonçant à parler des Vœux d'un Solitaire, nous ne pouvons nous empêcher d'en détacher une pensée qui devrait, selon nous, être gravée en lettres d'or sur toutes les places publiques : « Si » dans un temps de trouble, dit l'auteur, chaque ci-» toyen rétablissait l'ordre seulement dans sa maison, » l'ordre général résulterait bientôt de chaque ordre » domestique. » Il nous semble qu'il y a plus de raison et de bon sens dans cette seule pensée, que dans les dix millions de brochures que la révolution a fait éclore.

Deux ans après la publication des Vœux d'un Solitaire, en 1791, Bernardin de Saint-Pierre donna la Chaumière indienne. On a dit que ce petit conte était une satire des académies, du clergé et de la religion. Quant à moi, je ne puis y voir que des pages consolantes. Comment l'auteur aurait-il attaqué la religion, lorsqu'il voulait ouvrir un refuge au malheur? Voyez ce pauvre Paria, vil rebut de la nature, errant parmi les tombeaux, sans patrie, sans famille; il n'est pas seulement rejeté de la société, c'est un être abject dont la présence déshonore, dont le souffle est une souillure. Il n'ose approcher de ses semblables, il n'ose se montrer au jour; on peut le tuer comme une bête féroce : c'est l'homme tel que les hommes le font. Courbé sous le poids du mépris, de l'abandon, de l'infamie, il relève son front, et semble dire aux infortunés : Malgré tant de misères, il est encore possible d'être heureux!

Il y avait une chose qu'il désirait passionnément; c'était de voir quelques villes. Il admirait de loin leurs remparts et leurs tours, les concours prodigieux de barques sur leurs rivières, et de caravanes sur leurs chemins. Il se disait : « Une réunion d'hommes de tant d'états différents, qui mettent en commun leur industrie, leurs richesses et leur joie, doit faire d'une ville un séjour de délices. » Une nuit il pénètre furtivement dans les murs de Delhi; en quelques heures le hasard le rend témoin des événements les plus tragiques, des crimes les plus inouïs. Il voit le supplice des traîtres, les soucis des grands, les misères du peuple; et, s'échappant avec peine de cet affreux chaos, il s'écrie douloureusement: « J'ai donc vu une ville! » puis, les yeux pleins de larmes, il tombe à genoux, et remercie le ciel qui, « pour lui apprendre à supporter ses maux, lui en a montré de plus intolérables que les siens. »

Telle est la grande leçon de ce livre. Il nous invite à vivre avec le malheur comme avec un ami qui doit nous rendre sages. Dans Paul et Virginie, l'auteur cherchait à nous rappeler aux lois de la nature, au bonheur de la famille, par le tableau de l'innocence et de la vertu. Dans la Chaumière indienne, il veut arriver au même but, en nous offrant le spectacle des calamités de toute espèce qui affligent les sociétés. L'un nous enseigne ce que nous devons fuir, et l'autre ce que nous devons rechercher. Paul et Virginie nous fait descendre vers les choses simples et vulgaires, pour y trouver le repos ; la Chaumière nous élève vers les choses du ciel, pour nous y placer au-dessus de tous les maux de la vie. C'est le livre qui console, comme Paul et Virginie est le livre qui fait aimer. Ah ! sans doute il a bien mérité des hommes celui qui est venu leur dire : « Il ne faut, pour être sage, qu'un cœur pur ; et, pour être heureux, qu'une simple cabane. »

Ceux qui ne voient dans cet ouvrage qu'une satire ingénieuse, où l'on retrouve la légèreté et la malice de Voltaire, auront sans doute quelque peine à le considérer sous ce nouveau point de vue. Qu'ils lisent donc l'anecdote suivante, et qu'ils apprennent d'un infortuné si l'auteur a bien rempli son épigraphe : *Miseris succurrere disco.*

En 1795, au moment de la plus affreuse disette, un jeune homme, qui ne trouvait point à vivre dans son pays, vint à Paris pour y chercher un emploi. Il fut quelque temps instituteur dans une école publique ; mais bientôt privé de sa place, il tomba dans la plus profonde misère. Perdu dans cette ville immense, où il n'avait pas un ami ; sans argent, sans espérance, il avait conçu le projet criminel de terminer ses jours, lorsque le hasard fit tomber la Chaumière entre ses mains. Il lut ce livre, et en le lisant il se sentit consolé. Étonné de pouvoir encore être heureux, il prit la résolution d'abandonner la ville, et d'aller, à l'exemple du Paria, demander aux champs un peu de nourriture. Le pain était alors d'une si grande rareté, que depuis long-temps il n'avait pu s'en procurer un morceau. L'infortuné erra quelques jours aux environs de Paris, vivant de racines, et se reposant à l'abri des arbres qui n'avaient point alors de fruits. Un jour, exténué de besoin, il entre dans Rambouillet, et s'assied sur le seuil d'une porte où il reste évanoui. On le transporte à l'hospice, et tous les secours lui sont prodigués ; mais les sources de la vie étaient épuisées, et vingt-quatre heures après il n'était plus. Au moment d'expirer, il fit appeler le juge de paix ; et lui ayant confié ses malheurs, il déposa entre ses mains le petit volume de la Chaumière, en le priant de vouloir bien le renvoyer à son auteur. « Cet ouvrage m'a épargné un crime, dit-il ; il m'a donné la force de supporter bien des maux. Je désire que son auteur sache que je lui dois de mourir repentant et consolé. » Ainsi ce grand tableau du sage de Rome s'encourageant à mourir par la lecture de Platon, s'efface devant le tableau si touchant d'un malheureux en proie à toutes les détresses humaines, et qui se décide à vivre en lisant la Chaumière indienne. Il est plus difficile de vivre comme le Paria, que de mourir comme Caton.

Cette anecdote nous a fait anticiper de quelques années sur le récit des événements. Il faut donc revenir sur nos pas, jusque vers le milieu de l'an-

1.   X

née 1792. L'auteur commençait à recueillir quelques fragments des *Harmonies*, lorsque la sagacité de Louis XVI et la faveur publique le tirèrent de sa solitude, pour ainsi dire, malgré lui. Il fut nommé intendant du Jardin des Plantes et du Cabinet d'Histoire naturelle. On sait que l'infortuné monarque lui dit en le voyant : « J'ai lu vos ouvrages; ils sont d'un honnête homme, et j'ai cru nommer en vous un digne successeur de Buffon. » Éloge qui ne pouvait être ni plus grand, ni mieux mérité, suivant ces belles paroles de Pope, qu'*un honnête homme est le plus noble ouvrage de Dieu.*

Son premier soin fut de faciliter l'étude des richesses qui lui étaient confiées, en ouvrant tous les jours aux naturalistes le Cabinet d'Histoire naturelle, qui, jusqu'alors, n'avait été ouvert que deux fois la semaine. Il proposa d'y joindre une bibliothèque pour les étudiants, et un journal pour les professeurs : ces divers projets furent réalisés plus tard, ainsi que celui de l'établissement d'une ménagerie, dont Bernardin de Saint-Pierre avait le premier conçu l'idée. * Dans l'espace d'un an, il fit construire deux serres et deux bassins d'arrosage, sur les économies de son administration ; et lorsqu'il abandonna l'intendance, il était pauvre et avait fait le bien.

Au milieu de ses travaux, il éprouvait chaque jour davantage le besoin d'avoir une compagne de ses

---

* Voyez Mémoire sur la nécessité de joindre une ménagerie au Jardin des Plantes, tome XVIII.

peines et de sa joie. Sa fortune, jusqu'alors, avait été trop mauvaise pour qu'il pût songer à se marier, et son âge commençait à lui faire craindre de trouver difficilement une femme telle que son cœur la souhaitait. Cependant une jeune personne dont, sans le savoir, il avait troublé le repos, devait bientôt fixer son choix. Mademoiselle Didot n'avait pu voir l'auteur de tant d'ouvrages qu'elle admirait, sans être profondément touchée; elle aima cette simplicité unie à un mérite si supérieur, ces vertus domestiques qui naissaient tout naturellement des méditations les plus sublimes. L'amour est un feu qui rayonne de toutes parts : celui de mademoiselle Didot fut bientôt aperçu et partagé. Les parents de cette charmante personne virent ses dispositions avec joie, et accueillirent la demande de Bernardin de Saint-Pierre avec transport. Mais la crainte de n'être pas assez aimé venait souvent troubler le bonheur de ce dernier. Il désirait une femme qui parta-

x*

geât son goût pour l'étude et pour la campagne ; car
dès lors il songeait à quitter l'intendance. Voici le
fragment d'une lettre dans laquelle il exprimait ses
craintes et ses espérances à celle même qui les faisait naître : c'est dans les choses les plus simples
qu'on doit aimer à lire le secret des grandes ames.

« Plus je vous connais, plus je trouve de raisons
» de vous estimer et de vous aimer. Mais dois-je es-
» pérer que vous serez heureuse avec un homme qui a
» presque deux fois votre âge ; qui, dans peu d'années
» entrera dans la carrière des infirmités, et qui re-
» garde comme la plus douce perspective de sa vie de
» la passer à la campagne, loin des hommes ? Verrez-
» vous, sans regrets, vos plus beaux jours s'écouler
» dans la solitude ? J'ai besoin d'un ami ; le trouverai-
» je en vous ? Serez-vous cette moitié de moi-même,
» ce cœur que j'ai tant de fois demandé à Dieu, et
» sur lequel il faut que je puisse reposer mon cœur :

» Consultez-vous vous-même sur tous ces devoirs;

» car, à votre âge, ce ne sont pas des plaisirs. Vous

» êtes jeune; vous pouvez trouver aisément un jeune

» homme aimable. Pesez toutes ces considérations,

» et si vous vous décidez, non d'après l'aveu de vos

» parents, trop faciles à se faire illusion sur moi, mais

» d'après votre propre cœur, à m'aimer pour moi-

» même, à épouser tous mes goûts, et à partager

» toutes mes peines, vous serez ma consolation, ma

» joie et le centre de tout mon bonheur. »

La réponse fut telle que M. de Saint-Pierre pouvait la désirer. Il épousa mademoiselle Didot. . .
. . . . Depuis on
osa accuser M. de Saint-Pierre de faire le malheur
de la mère de ses enfants! L'envie croit tout, et,
ce qu'il y a de pire, elle fait tout croire. Plus ses
inventions sont absurdes, plus elles ont de succès.
Celles-ci furent accueillies avec une espèce de fureur,

et la mort même de celui qui en fut l'objet n'a pu en effacer les traces. Il est encore aujourd'hui des personnes qui vous disent sérieusement que l'auteur de Paul et Virginie, le peintre des Harmonies de la Nature, fit le malheur de sa femme. Si le mépris le plus profond ne devait pas être notre seule réponse, il nous suffirait, pour fermer la bouche aux calomniateurs, de publier les lettres si tendres, si touchantes, que ces deux époux s'adressaient pendant les plus petites absences; mais il faut craindre de faire un grand mal en voulant produire un petit bien, et ce serait un mal que de révéler des secrets intimes de famille, qui, d'ailleurs, ont peu d'intérêt pour le public. Les lettres de ces heureux époux resteront la propriété de leurs enfants; et si, dans la famille de leur mère, il se trouve un seul calomniateur, ce sera à eux de répondre.

Qu'on nous permette cependant, à l'occasion de ce procès, de rapporter une anecdote qui nous semble peindre d'une manière piquante le caractère de notre auteur. Son beau-frère Henri Didot, * qui se trouvait, comme nous l'avons dit, dans la même position que lui, vint, quelques jours avant le jugement du procès, l'avertir qu'il était d'usage de faire une visite aux juges. Cette formalité n'était guère du goût de M. de Saint-Pierre ; cependant il y consentit, et le voilà cheminant avec Henri, l'un devisant des sciences, l'autre des beaux-arts, et tous deux oubliant leur procès. Arrivés à la porte du juge, M. de Saint-Pierre dit à son beau-frère : « Vous m'avez amené ici, mais c'est vous qui parlerez. » Henri Didot se récrie ; le juge arrive pendant la discussion, et M. de Saint-Pierre tâche de faire bonne contenance, et d'expliquer les motifs de leur visite. Dès les premiers mots, il s'embrouille ; Henri Didot, qui s'en aperçoit, vient à son secours, et ne parle pas plus clairement ; bref, tous deux sortent de chez leur juge, assez peu satisfaits de leur éloquence, mais fort contents d'en être quittes. On voit par ce trait que M. de Saint-Pierre était l'homme du monde le moins propre aux affaires. Il ne les considérait jamais que sous deux points de vue, le juste et l'injuste : toutes les nuances intermédiaires lui échappaient ; et le plus souvent ce sont celles-là qui font triompher au barreau. Mais Dieu lui envoya un ami généreux qui défendit ses intérêts, et le délivra du soin de lire et de composer des mémoires. M. Bellart fut son dé-

---

* Artiste distingué, à qui l'on doit l'invention de la fonderie polyamatype.

fenseur. Il nous est bien doux de consacrer ici la reconnaissance de M. de Saint-Pierre, qui voulait en éterniser le souvenir, en plaçant le nom de cet ami auprès de ceux de Taubenheim et de Duval, dans son roman de l'Amazone, comme Homère, au rapport de Plutarque, plaça le nom de ses hôtes dans les pages de son Odyssée.

Au moment du mariage de M. de Saint-Pierre, la tempête révolutionnaire éclatait de toutes parts, le règne des factieux venait de commencer. Ils s'avançaient en poussant des cris de liberté, ne s'apercevant pas de l'horrible destinée qui les pressait de frayer le chemin à leurs propres bourreaux. Dès que M. de Saint-Pierre vit leur marche ambitieuse, il rompit avec eux, et ils devinrent ses ennemis. Le plus dangereux de tous fut le marquis de Condorcet : ce philosophe était en même temps géomètre, académicien, journaliste, représentant du peuple, et président du comité d'instruction publique, le tout par amour pour l'égalité. Il fit à M. de Saint-Pierre le plus grand mal qu'un homme puisse faire à un autre homme, en l'empêchant de faire le bien. A cette époque on parlait de détruire la ménagerie de Versailles ; M. de Saint-Pierre demanda qu'elle fût transportée à Paris ; il prouva qu'il n'y avait qu'un semblable établissement à portée des naturalistes qui pût offrir à la fois des moyens d'étudier les mœurs des animaux et les plantes qui leur conviennent ; car on ne peut trouver aucune instruction sur leur instinct et leur sociabilité dans les relations des voyageurs, qui ne les observent qu'en les couchant en joue. Condorcet répondit à ces projets d'utilité publique par la destruction de la ménagerie de Versailles : tous les animaux rares furent tués : cet établissement eut aussi ses septembriseurs. Mais le savant géomètre ne s'en tint pas là, et il est curieux de rappeler de pareils faits pour l'instruction de la postérité. L'Europe l'entendit avec surprise demander à la tribune nationale de faire reconnaître comme incontestables les opinions scientifiques adoptées par l'académie. Un des motifs de cette singulière proposition était d'obliger M. de Saint-Pierre d'approuver, au nom de la loi, les systèmes combattus dans les Études. Le philosophe voulait appuyer l'autorité de Newton par celle de la république, mais il n'eut pas le bonheur de réussir, et la France put penser, sans demander l'avis de l'académie. Ce n'est pas un des traits les moins piquants de notre histoire que le même siècle qui se vantait de vouloir affranchir les hommes des préjugés de la société, ait voulu couvrir de chaînes ceux qui étudiaient les lois de la nature. Un décret de plus, et la philosophie n'avait rien à envier à ces jours si souvent rappelés où le parlement défendait, sous peine des galères, de s'écarter de la doctrine d'Aristote !

Si l'esprit de philosophie avait perverti les philosophes, il n'avait pas agi avec moins de succès sur la multitude. Les lettres de M. de Saint-Pierre en offrent des exemples que la postérité aura peine

à croire. Dans le nombre de ces lettres il en est une
adressée au ministre de l'intérieur pour implorer
sa protection en faveur des plantes et des arbres
du Jardin *national.* On y voit que le peuple, jaloux de jouir de ce qu'on appelait sa souveraineté,
rompait les arbres, arrachait les fleurs, enlevait les
clôtures, en disant qu'il reprenait son bien, le Jardin appartenant à la nation. En vain les gardes di-
saient que si chaque citoyen enlevait une plante,
la nation n'y aurait bientôt plus rien ; le peuple,
qui avait aussi sa manière d'entendre les droits de
l'homme, n'en était que plus ardent au pillage.
Enfin ce bel établissement était menacé de sa ruine,
lorsque le ministre invita les citoyens du faubourg
Saint-Marceau à faire dans le Jardin une *garde fra-*
ternelle la baïonnette au bout du fusil : ce moyen
rétablit un peu l'ordre, et dans cet intervalle l'intendance fut supprimée. Heureux d'abandonner une
place qui, dans un meilleur temps, aurait comblé
tous ses vœux, M. de Saint-Pierre ne songea plus
qu'à fuir une ville où le devoir seul avait pu le retenir si long-temps ; il se hâta donc de se retirer à Essone, dans une île délicieuse où, de ses économies,
il avait fait construire une jolie maison, simple,
petite, et cependant assez grande, comme celle de
Socrate, pour contenir ses vrais amis.

Il sortit du Jardin des Plantes dans un état si
voisin de la pauvreté, qu'il fut obligé de solliciter
une légère gratification pour achever de payer les
deux arpents de terre qu'il possédait. « Je ne sou-

» haite, disait-il au ministre, au sortir d'une inten-
» dance, que de pouvoir vivre dans une chaumière.
» Que les murs de la mienne ne s'élèvent pas sur
» un sol que je n'ai point encore payé ! peut-être
» seront-ils un jour utiles à mon infortunée patrie ;
» c'est dans leur humble et paisible enceinte que,
» préservé des ambitions qui la déchirent, je recom-
» mencerai des études que je n'aurais jamais dû quit-
» ter. »

C'était au mois de septembre 1793 que M. de
Saint-Pierre s'exprimait avec tant de simplicité et
de noblesse. Qu'on se reporte à cette époque, et
l'on jugera s'il y avait quelque courage à parler devant un ministre du malheur de la patrie, et des
ambitieux qui la déchiraient. Mais ce n'était point
assez de vouloir fuir les hommes, il fallait encore
le pouvoir, et dans ces temps de liberté, il n'était
pas permis de faire un pas sans l'autorisation du
gouvernement. Arrivé à Essone, M. de Saint-Pierre
fut accueilli par des hommes armés de piques, qui
lui demandèrent un *certificat de civisme*. Il fallut
écrire, solliciter, pour obtenir la permission de coucher dans sa propre maison. On vit alors l'auteur
des Etudes, suivi de sa femme, grosse de plusieurs
mois, demander l'hospitalité à de pauvres villageois
qui n'osaient l'accueillir. Conduit dans le lieu des
assemblées populaires, il leur dit avec cette bon-
homie du vieux temps : « Je suis sans fortune, ma
» santé est altérée, je ne puis vous servir comme
» capitaliste, laboureur, commerçant, fonctionnaire

» public ; mais je tâcherai de vous être utile comme
» homme de lettres : lorsque vous aurez quelques
» pétitions à rédiger pour le bien de votre canton ,
» j'y emploierai l'affection que j'ai vouée à des hom-
» mes avec lesquels j'ai désiré de vivre et de mourir. » *

Il est impossible de n'être pas ému en voyant l'un
des premiers écrivains du siècle proposer humble-
ment de rédiger les pétitions de ceux dont il im-
plorait un asile. Les anciens, qui semblaient avoir
épuisé tous les genres d'infortune, n'offrent point
de scène plus touchante. Aristide, il est vrai, fut
exilé de sa patrie ; mais on ne le vit pas, au sein
même de sa patrie , réduit à demander un abri
dans une pauvre chaumière !

Enfin, après plus d'un mois de sollicitations, il
obtint la permission de vivre chez lui ; et comme
dans ce siècle tout devait être atroce ou ridicule ,
le chef de bureau qui fut chargé de lui envoyer
son certificat, lui écrivit avec un ton de triomphe,
en le tutoyant, suivant l'usage de cette époque : « Tu
» trouveras ci-joint ton certificat. Te voilà donc avec
» un motif de plus pour reconnaître la Providence
» et pour la bénir. » Ainsi parlaient les bourreaux :
Tu béniras la Providence, parce que je ne fais pas
tomber ta tête ! Sans doute il dut la bénir lorsque,
du fond de sa solitude , il vit disparaître l'un après
l'autre, ces ennemis du genre humain. Dieu était

---

* Ce passage terminait son Discours, que nous avons sous les
yeux.

devenu visible, et les factieux qui bouleversaient les peuples, le lui montraient dans sa justice, comme les ouvrages de la nature le lui avaient montré dans ses bienfaits.

Jour heureux où il apprit enfin qu'il était libre de se retirer loin du monde! Qui peindra son ravissement en abordant cette île où il allait reprendre ses douces études? Après avoir éprouvé toutes les douleurs, échappé à tous les dangers, il s'écriait, comme les Dix-Mille à la vue de la mer éclairée des feux du soleil couchant : « La patrie! la patrie! » car depuis le règne du crime, il n'avait plus d'autre patrie que la nature. On dit que Newton, retiré à la campagne dans le temps d'une peste qui désolait Londres, trouva les lois harmoniques des mondes en voyant tomber une pomme; ainsi Bernardin de Saint-Pierre, loin des tempêtes révolutionnaires, cherchait dans son cœur les harmonies qui devraient rapprocher les hommes. Il se reposait au sein de la nature, comme un fruit abattu par les vents se repose sur la terre qui l'a nourri. Ce ne sont plus cependant ces douces émotions qu'il reproduisait dans ses Études; au contraire, il lui semblait toujours qu'un bruit sourd et lointain troublait sa retraite et ses méditations. Assis sous les peupliers de son île solitaire, il voudrait goûter le repos, jouir de la paix qui l'environne; mais encore tout ému de tant de malheurs, il croit reconnaître nos passions dans chaque objet qui le frappe. Les végétaux mêmes lui rappellent le monde qu'il vient

1.   y

de quitter. « Il contemple le sapin qui balance sa
» haute pyramide, le peuplier qui agite en murmu-
» rant son feuillage, et le bouleau qui laisse flotter
» le sien comme une longue chevelure. L'un s'in-
» cline profondément auprès de son voisin comme
» devant un supérieur, l'autre semble vouloir l'em-
» brasser comme un ami; un autre s'agite en tout
» sens comme auprès d'un ennemi. Le respect, l'a-
» mitié, la colère, semblent passer tour-à-tour de
» l'un à l'autre, comme dans le cœur des hommes;
» et ces passions versatiles ne sont au fond que les
» jeux des vents. Quelquefois un vieux chêne élevé
» au milieu d'eux ses longs bras dépouillés de feuil-
» les, et immobiles. Comme un vieillard, il ne prend
» plus de part aux agitations qui l'environnent : il
» a vécu dans un autre siècle. » *

Ces essais servirent dans la suite à la composition
des Harmonies, livre qui se ressent des douleurs de
son siècle. La composition des Études avait consolé
M. de Saint-Pierre de ses propres malheurs : mais
aujourd'hui comment se consolerait-il des maux de
sa patrie ? Il ne peut jeter les regards autour de lui
sans être saisi de terreur. Son cœur se serre en présence même de la nature; il semble se reprocher
de la trouver si belle, lorsque tant de victimes
sont condamnées à ne la plus revoir; et cette impression pénible nuit à ses plus charmants tableaux.
Un autre effet des inquiétudes qui le troublent, c'est

---

* Harmonies de la Nature, tome II, page 173.

d'absorber son ame au point que les émotions douces lui échappent. Pour écrire il a besoin de s'exalter, de s'inspirer ; autrefois il lui suffisait d'être
touché. On peut donc reprocher aux Harmonies un
style souvent trop poétique : les invocations qui commencent la plupart des livres, ont ce défaut. Dans
son premier ouvrage il était plus simple, il peignait
la nature et ne la louait pas ; dans ses Harmonies
il est panégyriste, il s'élève au ton de l'ode, il songe
plus à louer qu'à peindre. On sent le poids qui l'op-
presse, et qu'au milieu des scènes de la campagne
il entrevoit dans le lointain les plus tristes ravages.
Il ne faut point cependant étendre cette critique
à l'ouvrage entier : on y trouve une multitude de
passages qu'on croirait dérobés à Virgile ou à Fénelon. Il semble alors qu'il ait le talent de faire
aimer tout ce que Dieu a le pouvoir de créer. C'est
toujours le peintre de la nature, l'interprète de la
Providence, le consolateur de l'infortune.

Occupé de ces douces études, Bernardin de Saint-
Pierre traversa la révolution en conservant la pureté de son cœur, comme les poëtes disent que la
fontaine Aréthuse traverse la mer de Sicile sans con-
tracter l'amertume de ses eaux. S'il échappa aux
horreurs de la proscription, s'il échappa aux dangers plus grands des places dont il fut menacé plusieurs fois, c'est qu'il sut, pour ainsi dire, se faire
oublier. Comme le Paria de la Chaumière, il se comparait à l'oiseau-mouche qui, dans les jours d'orage,
n'a besoin que d'une feuille pour se mettre à l'abri.

On lui annonce que la forêt est inondée, que la tempête le menace : « Qu'importe? répond le petit oiseau ; quelque grande que soit la pluie ; je ne puis en recevoir qu'une goutte à-la-fois. »

Pendant qu'il jouissait de cette espèce de sécurité, il apprit la création de l'École Normale, et sa nomination à la place de professeur de morale. Vainement il voulut se soustraire à ce décret qui l'arrachait à son obscurité ; des gendarmes lui apportèrent l'ordre d'obéir, et il fallut se résigner. Mais quel allait être son langage devant un auditoire animé de toutes les haines du siècle ? quelle serait la morale permise en 1794? Le simple exposé des principes devenait une satire violente des hommes, des choses, et du gouvernement ; ne point mentir à sa conscience, c'était troubler presque toutes les autres : il fallait donc s'attendre au sort de Socrate, ou plutôt il fallait mériter sa gloire. « Je dirai la vérité, écrivait M. de Saint-Pierre au ministre, et l'on ne voudra pas l'entendre. » Il se trompait : l'impiété avait fatigué les ames, et pour se reposer de tant de maux, on sentait le besoin de revenir à ce qu'on avait tenté d'oublier. Ce moment de la vie de Bernardin de Saint-Pierre fut remarquable par une circonstance inattendue ; c'est l'enthousiasme que fit éclater tout l'auditoire, lorsque, dans une phrase très-simple, cet homme vénérable prononça le nom de Dieu. On le vit alors passer tout-à-coup d'une extrême surprise à une émotion qui fit couler ses larmes. Que de réflexions à faire sur cet instant !

Quelle révolution inopinée venait de s'opérer dans l'ame de tant d'auditeurs de tout âge et de toutes conditions ! Ce n'était pas là le triomphe d'une artificieuse éloquence ; c'était celui de la foi d'un simple solitaire, resté pur au milieu des iniquités du siècle. *

M. de Saint-Pierre ne fit qu'un très-petit nombre de leçons ; il lui fallait du temps pour les préparer, et dans cet intervalle on supprima l'École. Les institutions de cette époque ne duraient pas plus que les hommes, et les hommes ne duraient qu'un moment. Chaque jour avait son héros, son souverain, son tyran ; et tous, éblouis des grandeurs de ce siècle d'égalité, couraient en aveugles dans une route qui se terminait à l'échafaud. Nous ne donnerons aucun détail sur les leçons du nouveau professeur ; comme elles n'étaient que des fragments des Harmonies, elles ont retrouvé leur place dans cet ouvrage.

L'année suivante fut remarquable par la création de l'Institut. Bernardin de Saint-Pierre fut appelé à la classe de morale, avec des hommes dont la plupart professaient des opinions qu'il n'avait cessé de combattre. Devait-il accepter ? le pouvait-il sans manquer à ses principes ? En entrant dans une académie, allait-il en adopter les passions, les systèmes et les injustices ? Partagerait-il cet esprit de corps,

---

* Nous devons ces détails à M. Stievenard, élève distingué de l'École Normale.

y*

cette intolérance fanatique qu'il avait signalée dans
tous ses ouvrages? Faible une fois, ne devait-il pas
craindre de l'être toujours, et de se voir arracher
des concessions qui détruiraient le repos de sa conscience? Telle était alors la situation de M. de Saint-
Pierre, telles devaient être ses réflexions; mais soit
qu'il ne pût apprécier la grandeur du péril, soit qu'il
se berçât de l'espérance de mêler un peu de bien
à tant de mal, son consentement fut donné. Faute
heureuse, qui le jeta au milieu des méchants et
servit à donner plus d'éclat à sa vertu! Que ceux qui
seraient tentés de le blâmer lisent les pages suivantes, et qu'ils jugent après.

Dès sa première apparition à l'Institut, une partie
de ses collègues se liguèrent contre lui : ses principes semblaient peser sur leur conscience, et ils
commencèrent l'attaque en lui reprochant de croire
à Dieu. Encore s'ils eussent été sûrs qu'il n'y a
point de Dieu, ils eussent joui d'une horrible tranquillité! mais ceux qui avaient des crimes à se reprocher,
doutaient, malgré eux, de leur néant, et leur opposition était d'autant plus vive, qu'ils sentaient plus
de doute dans leur esprit. Ils avaient fait une passion
de l'athéisme pour se sauver du remords; et comme
toutes les passions sont mêlées de craintes, elles
croient se rassurer par l'exagération. M. de Saint-
Pierre résista long-temps avec douceur, n'opposant
que la constance à ses adversaires, sans les combattre, mais non sans les plaindre. « L'athéisme, disait-
il, est la punition de l'athée; c'est le seul de tous

les crimes qui nous ôte en même temps l'espérance et le repentir. » Dans les commencements il croyait à leur bonne foi ; mais bientôt il fallut perdre cette dernière illusion, et leur haine s'en accrut : les hommes pardonnent tout, excepté les vertus qu'ils n'ont pas, et le mépris qu'ils ont mérité. Bientôt les persécutions prirent un caractère de violence qui ne lui permit plus de se taire ; il opposa la défense à l'attaque, la raison aux insultes ; et cette honorable fermeté ne fit que rendre sa situation plus déplorable. Nous avons sous les yeux un fragment manuscrit dans lequel il exprimait sa douleur, et dont nous citerons un passage : « Que je me trouvai » à plaindre ! disait-il ; mon sort était d'autant plus » triste, que c'était des collègues dont je devais es- » pérer le plus de support, que j'éprouvais le plus » de traverses. Comme les plus accrédités d'entre eux » n'avaient pas rougi de se déclarer publiquement » athées, je me suis trouvé dans la nécessité de » combattre leur système destructeur de toute mo- » rale et de toute société. De leur côté, ils ont tou- » jours empêché qu'on n'insérât aucun de mes rap- » ports dans les Mémoires de l'Institut. Le nom de » Dieu, dans tout ouvrage qui concourait à ses prix, » était pour eux un signe de réprobation. Enfin l'a- » théisme, accroissant son audace par ses succès, » faisait des prosélytes jusque parmi les gens de bien » effrayés de leur ruine future, et bannissait de tou- » tes les grandes places de l'état ceux des académi- ciens qui osaient croire publiquement en Dieu. »

Ici commence une des scènes les plus scanda-
leuses de la révolution. Que ne nous est-il permis
de nous arrêter ? pourquoi sommes-nous entrés dans
cette fatale carrière, et ne devions-nous pas prévoir
tout ce qu'il pouvait nous en coûter pour achever
de la parcourir ? Mais le choix du silence ne nous
est pas laissé ; et lors même qu'il nous serait permis d'arracher cette page de notre livre, nous ne
pourrions l'effacer de notre histoire.

On était alors en 1798. Bernardin de Saint-Pierre
avait été chargé par la classe de morale de faire un
rapport sur les mémoires qui avaient concouru pour
le prix. Il s'agissait de résoudre cette question :
*Quelles sont les institutions les plus propres à fon-
der la morale d'un peuple?* Tous les concurrents l'a-
vaient traitée dans l'esprit de leurs juges. Effrayé
d'une perversité qu'il ne pouvait croire sincère, l'auteur des Études voulut ramener le siècle à des idées
plus justes et plus consolantes, et il termina son rapport par un de ces morceaux d'inspiration * où son
âme répandait les douces lumières de l'Évangile.
Au jour désigné, il se rend à l'Institut pour y faire
approuver son travail. La plupart de ses collègues
étaient assemblés autour d'un ministre qui avait à
sa solde des écrivains mercenaires chargés de retrancher des poëtes latins tout ce qui concernait
la Divinité, afin de les rendre classiques pour les
écoles républicaines. C'est en présence de cet au-

---

* Voyez ce morceau curieux, tome x des Œuvres.

ditoire que Bernardin de Saint-Pierre commença la lecture de son rapport. L'analyse des mémoires fut écoutée assez tranquillement ; mais, aux premières lignes de la déclaration solennelle de ses principes religieux, un cri de fureur s'éleva de toutes les parties de la salle. Les uns le persiflaient, en lui demandant où il avait vu Dieu, et quelle figure il avait ; les autres s'indignaient de sa crédulité ; les plus calmes lui adressaient des paroles méprisantes. Des plaisanteries on en vint aux insultes : on outrageait sa vieillesse ; on le traitait d'homme faible et superstitieux ; on menaçait de le chasser d'une assemblée dont il se rendait indigne, et l'on poussa la démence jusqu'à l'appeler en duel, afin de lui prouver, l'épée à la main, qu'il n'y avait pas de Dieu. Vainement, au milieu du tumulte, il cherchait à placer un mot : on refusait de l'entendre, et l'idéologue Cabanis (c'est le seul que nous nommerons), emporté par la colère, s'écria : « Je jure qu'il n'y a pas de Dieu! et je demande que son nom ne soit jamais prononcé dans cette enceinte ! » Bernardin de Saint-Pierre n'en veut pas entendre davantage ; il cesse de défendre son rapport, et se tournant vers ce nouvel adversaire, il lui dit froidement : «Votre maître Mirabeau eût rougi des paroles que vous venez de prononcer.» A ces mots il se retire sans attendre de réponse, et l'assemblée continue de délibérer, non s'il y a un Dieu, mais si elle permettra de prononcer son nom.

Cependant M. de Saint-Pierre était entré dans la

bibliothèque. Épouvanté d'une scène sans exemple dans l'histoire des sociétés humaines, il se persuade qu'il doit tenter un dernier effort, et se hâte d'écrire quelques pensées qui porteront sans doute la conviction dans l'ame de ses auditeurs. Cette espèce de mémoire fut fait d'inspiration ; il n'y a que peu de mots d'effacés dans le brouillon, qui est sous nos yeux, et que l'auteur ne recopia jamais. C'est un mélange touchant de douceur et d'énergie, et un modèle de la plus haute éloquence. Il prie, il console, il cherche à ramener à lui ; voilà toute sa réponse aux insultes dont on l'accable. Il ne veut pas se faire à lui-même l'injure de prouver un Dieu ; il dédaigne d'en appeler au spectacle de la nature : ce spectacle ne serait pas aperçu de ses adversaires, flétris par l'aspect de la société ; mais il espère les faire rougir de leur égarement, en les ramenant aux lois fugitives de cette époque. Il oppose à l'athéisme réfléchi de ses collègues, l'assentiment involontaire des *représentants du peuple*, de ces hommes couverts de crimes, qui n'osèrent pas nier le Dieu vengeur qui les attendait. Il pousse enfin ce terrible argument jusqu'à invoquer ce nom que nul être ne prononce sans effroi, Robespierre ; au-dessous duquel la classe de morale aspirait à descendre. Ainsi parlait le juste ; et Dieu permit que ces lignes, inspirées par l'amour du genre humain, fussent au-dessus de tout ce que l'auteur de tant d'ouvrages éloquents avait écrit jusqu'alors, afin que, dans sa plus belle page, la postérité pût lire sa plus belle action.

M. de Saint-Pierre rentre alors dans la salle des séances. Ses collègues, encore assis autour de la table verte, s'étonnent de le revoir; mais il reprend sa place malgré leurs clameurs, et demande à être entendu. Heureux d'obtenir un moment de silence, il rappelle tout son courage, et dit :

« Après avoir porté votre jugement sur les mé-
» moires qui ont concouru pour le prix de morale,
» vous examinerez sans doute la fin de mon rapport,
» qui a excité de si étranges réclamations. On vous a
» proposé de ne jamais prononcer le nom de Dieu à
» l'Institut. Je ne vous rappellerai point ce qu'on vous
» a dit personnellement d'injurieux à cette occasion ;
» je ne désire ici que de rapprocher tous les esprits de
» leur intérêt commun ; mais, en qualité de rappor-
» teur de votre commission, de membre de votre sec-
» tion de morale, et de citoyen, je suis obligé de vous
» dire que dans un rapport public sur les institutions
» qui peuvent fonder la morale d'un peuple, il y va
» de votre devoir de manifester le principe d'où dé-
» rive toute morale privée ou publique. Je ne vous
» citerai point à ce sujet le consentement universel
» des nations, l'autorité des hommes de génie dans
» tous les temps, et notamment celle des législa-
» teurs. Je ne vous dirai point qu'il faut nécessaire-
» ment une cause ordonnatrice et intelligente à tant
» de créatures organisées et intelligentes qui ne se
» sont rien donné. Si je voulais vous prouver l'exis-
» tence de l'Auteur de la nature, je croirais manquer
» à vous et à moi-même ; je me croirais aussi insensé

»que si je voulais vous démontrer en plein midi
»l'existence du soleil. Il s'agit seulement de décider
»si, pour quelques ménagements particuliers, vous
»rejetterez de mon rapport sur la morale, dans une
»séance publique, l'idée d'un Être suprême rému-
»nérateur et vengeur. Pour moi, je rougirais de
»voiler cette vérité, pour complaire à une faction
»qui flatte les puissants, en tâchant de leur per-
»suader qu'ils n'ont point d'autres juges de leur con-
»science que les hommes, c'est-à-dire qu'ils n'en
»ont point. Je n'ai point été coupable d'une si cri-
»minelle complaisance sous le régime même de la
»terreur. Robespierre, qui cherchait à couvrir le
»sang qu'il versait du manteau de la philosophie,
»sachant que je demandais à son comité la restitu-
»tion d'une pension, mon unique revenu, me fit dire
»qu'il n'y avait point de fortune où je ne pusse pré-
»tendre, si je voulais représenter sa conduite comme
»le résultat d'une mesure philosophique. Je répon-
»dis à son agent, que j'avais étudié les lois de la
»nature, mais que j'ignorais celles de la politique.
»Mon refus d'écrire en sa faveur pouvait être suivi
»de ma mort; mais j'étais résolu de perdre la tête
»plutôt que ma conscience; et si le pouvoir et les
»bienfaits de ce despote, qui voyait à ses pieds la
»république consternée le combler d'adulations, et
»qui avait entre ses mains ma fortune et ma vie,
»n'ont pu me faire parler pour manquer à l'huma-
»nité, il n'est aucune puissance qui pût me faire
»taire pour manquer à la Divinité, qui m'a donné

» le courage de ne pas fléchir le genou devant un
» tyran. »

» Si je lis donc à la tribune de l'Institut mon rap=
» port sur les mémoires du concours, j'y serai sans
» doute l'interprète de vos jugements ; mais je ne
» changerai rien à sa péroraison. C'est ma profession
» de foi en morale, et ce doit être la vôtre. Elle
» est celle du genre humain ; elle est celle des hom-
» mes que vous avez honorés par des fêtes publiques ;
» de Jean-Jacques, qu'une faction vindicative a per-
» sécuté pendant sa vie, et poursuit encore aujour-
» d'hui , après sa mort, jusque dans ses amis. Si
» vous redoutez son crédit, chargez quelque autre
» que moi de faire un discours qui lui convienne :
» je ne puis dissimuler sur de si grands intérêts.
» Ma morale est toute d'une pièce ; je ne saurais ni
» contrefaire l'athée à l'Institut, ni le bigot dans un
» village. Rendez-moi à mes propres travaux, à ma
» solitude, à mon bonheur, à la nature; en rejetant
» le travail dont vous m'avez chargé, il y va non de
» mon honneur, mais du vôtre. Vous devez être cer-
» tains que si vous flattez cette secte insensée, elle
» vous subjuguera, elle vous ôtera jusqu'à la liberté
» de vos élections, de vos choix, de vos opinions ,
» comme elle a déjà tenté de le faire. Elle forcera
» chacun de vous de professer l'erreur sur laquelle
» elle fonde son ambition. Mais pourquoi la crain-
» driez-vous ? la république vous donne à tous la li-
» berté de parler : l'accorderait-elle aux uns pour
» nier publiquement la Divinité ? et la refuserait-elle

1   Z

» aux autres pour en faire l'aveu ? Nos gouvernants
» ne propagent-ils pas eux-mêmes la théophilanthro-
» pie ? La déclaration de l'existence d'un Être su-
» prême n'est-elle pas inscrite sur tous les anciens
» monuments religieux de la France ? On vous a dit
» qu'elle était l'ouvrage du régime de Robespierre, et
» qu'elle avait été abrogée avec lui. Voyez comme l'es-
» prit de parti aveugle les hommes, et leur fait méconn-
» naître jusqu'aux faits qui sont sous leurs yeux : non-
» seulement cet hommage rendu à la Divinité, existe
» au frontispice des anciennes églises qui servent au-
» jourd'hui à rassembler les citoyens ; mais il est à la
» tête même de notre constitution ; il en est le dé-
» but, le témoignage, la sanction sacrée, c'est sous
» ses auspices qu'elle est faite. « Le peuple français, y
» est-il dit, proclame *en présence de l'Être suprême,*
» la déclaration des droits et des devoirs de l'homme
» et du citoyen. » La classe des sciences morales et
» politiques rougirait - elle de terminer un rapport
» sur ces mêmes droits et ces mêmes devoirs, par un
» hommage dont l'assemblée nationale s'est honorée
» à la tête de la constitution ?

     » Mais j'ai honte moi-même de vous exciter à votre
» devoir, chers confrères, vous dont les lumières m'é-
» clairent et dont les vertus m'animent : décidez-vous
» donc à l'exemple des représentants du peuple ,
» vous qui êtes les représentants permanents des
» lois et des mœurs. Il y va de la vérité fonda-
» mentale de toute société humaine, du frein à im-
» poser aux méchants qui se feraient une autorité

» de votre silence, et du repos des gens de bien qui
» en frémiraient. Vous rappellerez par vos aveux des
» frères égarés, mais estimables même dans leur mi-
» santhropie, au centre commun de toutes les lu-
» mières et de tous les sentiments. C'est la méchan-
» ceté des hommes qui leur fait méconnaître une
» Providence dans la nature : ils sont comme les en-
» fants qui repoussent leur mère parce qu'ils ont été
» blessés par leurs compagnons ; mais ils ne se dé-
» battent qu'entre ses bras. Votre confiance rani-
» mera leur confiance. Déclarez donc à l'Institut
» que vous regardez l'existence de Dieu comme la
» base de toute morale ; si quelques intrigants en'
» murmurent, le genre humain vous applaudira. »

Ame sublime, reçois-les donc ces hommages du
genre humain ! que ton courage soit admiré ! que
ton dévouement soit béni ! par toi se sont conser-
vés, dans ce siècle de destruction, nos titres à la
véritable grandeur. Tu es le juste dont l'intégrité
doit faire pardonner à tant de coupables. En t'écoutant, j'oublie les criminels, et ne vois plus que ta
vertu. Ah ! je rends grace au ciel, qui m'a permis
de presser la main qui traça ces lignes courageuses !
de contempler ces cheveux blancs, honorés des insultes de l'impiété ! d'entendre enfin celui que les
promesses ne purent séduire, que la pauvreté ne
put corrompre, et que les menaces trouvèrent insensible !

Cependant, qui le croirait ? une si éloquente ré-
clamation ne put triompher de l'endurcissement

des cœurs : le nom de Dieu ne fut pas prononcé !
Condamné au silence dans le sein de l'Institut,
M. de Saint-Pierre fit imprimer la fin de son rapport ; elle fut distribuée à la porte de la salle des
séances ; mais l'auteur conservant cette modération, marque certaine de la force, ne voulut point
faire connaître les motifs de sa publication. Il lui
suffisait d'apprendre à sa patrie que ses opinions
ne changeaient point avec les circonstances, et qu'il
était resté immuable au milieu des bouleversements
du siècle. Peu de temps après, la classe de morale
fut supprimée, et l'Institut put aspirer à la gloire
de redevenir le premier corps littéraire de l'Europe.

La Providence, qui venait de soumettre la vertu de
M. de Saint-Pierre à de si tristes épreuves, allait bientôt lui faire connaître de plus vives douleurs. Cette
épouse chérie, qui deux fois l'avait rendu père, fut
attaquée d'une maladie de poitrine. Effrayé de l'é-
tat où il la voyait, M. de Saint-Pierre revint avec
elle à Paris, pour consulter les médecins. Le mal
était sans remède. Après quelques mois de souffrances, elle expira à la fleur de son âge, regrettant
la vie, et ne pouvant se consoler de laisser celui
dont elle avait voulu faire le bonheur, seul avec
deux enfants, l'un âgé de quatre ans, et l'autre
de huit mois.

Cependant la retraite d'Essone, où il avait passé
avec elle de si heureux jours, lui était devenue insupportable. Il s'était flatté, mais en vain, d'y trou-

ver quelque soulagement à sa peine : ces vergers qu'il avait plantés, cette petite rivière qui les environnait de ses eaux limpides, ces îles collatérales couvertes de grands saules et d'aunes touffus, et la colline qui abrite au nord ce fortuné séjour, et ce vallon paisible qui ouvre au loin les plus charmantes perspectives, tout ce qu'il avait aimé autrefois, faisait alors couler ses larmes, en lui rappelant celle qu'il avait perdue. Il croyait la voir encore à l'ombre d'un arbre, assise à ses côtés, sa fille Virginie à ses pieds, son petit Paul sur son sein, le contentement dans les yeux, et faisant retentir de ses chants ces rives solitaires. Mais plus souvent il se la représentait sur un lit de douleur, se reprochant, malgré les plus douces consolations, d'être là cause de toutes ses peines, et, dans sa longue agonie, se livrant à de tendres sollicitudes sur le sort à venir de son mari et de ses chers nourrissons.

Il revint donc à Paris, où, depuis plusieurs années, il jouissait d'un logement au Louvre ; et c'est là qu'il voulut commencer l'éducation de ses enfants. Mais il sentit bientôt les embarras de cette tâche : âgé de soixante-trois ans, il ne pouvait se livrer à ces soins minutieux, qui sont réservés à la patience maternelle. A cette époque, il allait souvent chez Mme la comtesse Le G..... femme aussi distinguée par son esprit que par les rares qualités de son ame, et que les circonstances avaient placée à la tête d'un pensionnat de demoiselles. Environné de ces jeunes personnes, M. de Saint-Pierre se plai-

7.*

sait à les suivre dans leurs promenades champêtres, et quelquefois il leur dictait de petits sujets de composition, qu'il revoyait ensuite avec intérêt. Parmi ces compositions, il ne put s'empêcher de remarquer celles de mademoiselle de Pelleporc. Déjà charmé de ses graces et de son esprit, il étudia ses goûts, et désira la donner pour mère à ses enfants. « J'ai »trouvé, disait-il dans une de ses lettres, une jeune »personne également propre à prendre soin du bas »âge de mes enfants et des vieux jours de leur père, »à supporter avec moi la bonne et la mauvaise for- »tune; à faire par son éducation et par ses graces »les honneurs d'un palais, et par ses sentiments et »sa vertu le bonheur d'une cabane.»

Mademoiselle de Pelleporc, captivée par l'admiration que lui inspirait l'auteur de Paul et Virginie, devint sa compagne, et, comme il le disait, la mère de ses enfants. Ce sacrifice ne fut pas seulement celui de l'enthousiasme, il fut encore celui de la réflexion : en épousant un vieillard, mademoiselle de Pelleporc savait tous les devoirs qu'elle allait s'imposer : mais elle mit son bonheur à les remplir, et ils eurent encore pour elle tous les charmes de la vertu.

Vers ce temps, M. de Saint-Pierre était parvenu à recueillir toutes ses économies, et pour les soustraire aux créanciers du père de sa première femme, dont les biens étaient grevés d'hypothèques, il les plaça secrètement chez un banquier, qui, trois mois après, fit banqueroute.

Cette perte dut lui être sensible ; c'était sa fortune entière, et à son âge, l'avenir sans fortune ne présente qu'une bien triste perspective. Mais il s'était promis en publiant ses Études, de n'avoir jamais recours qu'à la Providence ; il fut fidèle à cet engagement, et la Providence ne l'abandonna pas. Sa jeune femme, dont il craignait le chagrin, lui donna l'exemple de la résignation, et il en fut si touché, qu'il ne put s'empêcher d'en témoigner sa joie dans une lettre que nous avons sous les yeux: « Je sentis , dit-il, que mes forces morales étaient » doublées par les siennes, et que j'avais une véri- » table amie. Son extrême jeunesse m'avait empê- » ché de lui révéler ce dépôt; mais résolu de le ré- » clamer par la voie des tribunaux, je ne pouvais » lui en dissimuler la perte. Elle ne fut sensible » qu'au mystère que je lui avais fait , et me dit avec » une fermeté touchante : Nous avons vécu sans cet » argent; nous nous en passerons bien encore ; quoi » qu'il arrive , je me sens assez de courage pour te » soutenir, toi, ma mère, et mes enfants, du tra- » vail de mes mains. Je rendis donc grace au ciel de » mon malheur ; en perdant mon trésor , j'en dé- » couvrais un autre plus précieux que tous ceux que la » fortune peut donner : quelles dignités , quels hon- » neurs égaleront jamais pour un père de famille les » vertus d'une épouse ! » Tels sont les jeux de la vie, que la perte de sa fortune, qui lui avait d'abord paru si pénible , fut l'origine de la plus grande joie qu'ait goûtée sa vieillesse.

Cependant comme il avait refusé de signer les conditions faites aux autres créanciers, son débiteur lui fit offrir une maison de campagne située sur les bords de l'Oise, dans le petit village d'Éragny. Cette offre le remplit de joie ; il se hâta de l'accepter, et c'est dans cet asile qu'il passa les dernières années de sa vie.

Dès les premiers temps de son second mariage, il sentit qu'il allait être heureux. Le cœur plein des plus tendres sentiments, riche d'ordre et de modération, sa vie s'écoulait dans un agréable repos. Que de fois , en voyant son petit Paul endormi dans les bras de sa nouvelle mère, Virginie assise devant elle et lisant sa leçon dans un volume de Télémaque, que de fois il quittait sa plume , environnait sa jeune famille de ses bras paternels, et bénissait la Providence de se voir revivre dans ses enfants ! puis il leur donnait un baiser, et plein d'émotion, retournait à son travail. Déjà soixante-sept hivers avaient rendu son aspect vénérable, mais son ame n'éprouvait point les atteintes de l'âge. A voir comment il aimait sa femme, ses enfants , on eût dit que le temps l'avait épargné à son passage.

Ducis était son ami, et jamais sentiment plus vif ne donna plus de bonheur. Une amitié formée si tard entre deux hommes ordinaires, n'aurait présenté que le triste spectacle de deux victimes déjà assises sur le bord d'un tombeau ; mais il y avait dans ces deux illustres vieillards quelque chose d'auguste, qui écartait toute idée d'une vie passagère, pour ne laisser penser qu'à leur immortalité. Leurs demeures, situées vis-à-vis l'une de l'autre, n'étaient séparées que par la cour du Louvre. Chaque matin, en s'éveillant, Bernardin de Saint-Pierre courait à sa fenêtre, et il était presque sûr de voir Ducis accourir à la sienne. Des signes d'affection les rassuraient d'abord sur leur santé, et un instant après ils étaient réunis. Ces deux amis se prêtaient un charme mutuel par l'opposition même de leur caractère. La physionomie de Bernardin de Saint-Pierre était naturellement calme. Une sensibilité profonde et les graces d'un esprit délicat se peignaient tour-à-tour dans le mouvement de ses lèvres et dans la finesse de ses regards. Sa voix était douce, son élocution lente, sa pensée naturelle. Quelquefois aussi on découvrait avec surprise un peu de malice dans son sourire, car, comme Socrate, il avait l'humeur railleuse. Ducis, au contraire, se perdait sans cesse dans les hautes régions de la poésie : il ne parlait de rien tranquillement, et son enthousiasme lui inspirait de grandes pensées. Sa voix était forte, son regard franc et plein de feu, sa beauté mâle et même un peu sauvage. Il parlait bien de Corneille ; mais par un contraste charmant, il aimait La Fontaine avec passion, et pour le louer il semblait adoucir sa voix. Ainsi le Polyphème de Théocrite amollissait son langage en célébrant les graces légères de Galatée. Tels étaient ces deux vieillards. Cependant, malgré nos souve-

nirs, il serait difficile de donner une idée juste de
leurs belles physionomies, si les pinceaux de Gé-
rard et le génie de Girodet ne les avaient heureusement conservées à la postérité.

Parfois de légères discussions donnaient plus de
vie à leur amitié, sans jamais en troubler le charme.
Ducis, comme tous ceux qui ont une imagination
vive et mobile, s'engouait facilement. On était sûr
de lui voir prêter à son héros du jour, les nobles
pensées qui élevaient son ame. A cette époque
Buonaparte, parvenu au consulat, recherchait la
société des poëtes, dont la voix, comme l'a si bien
dit un ancien, peut entraîner les nations. Ducis,
sur-tout, lui plaisait par ses idées gigantesques,
par sa fougue et par son débit poétique. Il le recevait familièrement, et s'étudiait à montrer avec
lui des goûts simples et une ame désintéressée. Il
parlait comme Cincinnatus, afin de commander un
jour comme César. Aussi le vainqueur de l'Italie
n'était pas seulement l'ami du poëte, il était son
idole. Bernardin de Saint-Pierre, moins facile à
tromper, avait découvert les germes d'une vaste
ambition, sous cette simplicité affectée : il le disait
à son ami, en l'engageant à diriger vers les choses
nobles et utiles cette ambition, qui s'était, pour
ainsi dire, livrée à lui. « C'est le seul moyen qui
vous reste, ajoutait-il ; inspirez-lui quelque pitié
des hommes, afin qu'il soit notre maître, et non
notre tyran. La société touche à sa dissolution, et
vous la verrez, épouvantée de ses propres fureurs,

se jeter dans les bras du premier qui aura la force
de la protéger. Buonaparte le sait, et il se fera à
Paris l'homme de la Providence, comme il s'est
fait en Égypte l'envoyé du Prophète. » Dominés par
ces idées différentes, les deux amis discutaient, se
disputaient, et, comme cela arrive toujours, chacun
gardait son opinion. Un matin Ducis accourt chez
M. de Saint-Pierre, et sans se donner le temps de
prendre haleine, il s'écrie de la porte : « Eh bien!
j'espère que vous voilà convaincu ? — Qu'est-il donc
arrivé ? — Quoi! vous ne le savez pas? Buonaparte
rappelle les Bourbons et quitte les affaires ; il ne
veut plus être qu'un simple citoyen ! Oui, mon
ami, continuait Ducis avec l'accent de l'enthousiasme, il viendra chez vous, il viendra chez moi,
il nous racontera ses victoires et nous les chante-
rons!—Voilà qui est admirable! reprit M. de Saint-
Pierre, en riant ; mais ne vous semble-t-il pas que
notre premier consul fait comme les matelots qui
tournent le dos au rivage où ils veulent aborder?
— Quoi ! serez-vous toujours incrédule? — Oh non !
reprit doucement M. de Saint-Pierre, mais seulement pas crédule. » Cette saillie les fit rire, et sans
plus disputer, ils convinrent que les destinées des
nations reposent entre les mains de Dieu, et que,
seul, il sait s'il doit envoyer un sage pour les gouverner, ou choisir, dans sa colère, un tyran pour
les punir.

Le caractère de Ducis était un composé des plus
bizarres contradictions. Chrétien et républicain, il

allait à la messe, adorait Brutus, et voulait impérieusement qu'on rendît la France à ses rois légitimes. On le voyait s'enfermer le matin avec son confesseur, le même jour dîner avec Buonaparte, et le soir au spectacle prendre amicalement la main de ceux qu'il avait vus naguère renier Dieu, chanter Robespierre, et condamner Louis XVI. C'était moins par faiblesse que par un sentiment de pitié : il regardait les crimes politiques comme des actes de démence, plaignait les criminels, et ne pouvait croire à leur perversité. Bernardin de Saint-Pierre admirait la vertu de son ami, sans y atteindre, sans y prétendre. Doué d'une sensibilité exquise, il ne connaissait point les affections légères qui rendent si aimable et si facile. Jamais on ne le vit presser la main de celui qu'il méprisait, ni supporter de sang-froid la vue d'un lâche ou d'un perfide. L'aspect des méchants l'effarouchait ; il était obligé de les fuir pour ne pas leur rompre en visière, et cette disposition le faisait souvent accuser d'injustice et de bizarrerie, car il n'était pas exempt de préventions. Ducis lui disait quelquefois : « C'est une trop rude tâche que de réformer les hommes ; j'aime mieux les supporter tels qu'ils sont. Vous avez raison, lui répondait Bernardin de Saint-Pierre, mais il m'est plus facile de vous croire que de vous imiter. — Ils diront que vous êtes un ours. — A la bonne heure, je consens à tout plutôt que d'être leur ami. » D'après ces maximes, Ducis accueillait sans distinction les hommes de tous les partis. La

société lui était nécessaire, il en aimait le bruit et
le mouvement, et cependant tout chez lui annonçait une ame mélancolique. La gravure anglaise d'U-
golin, le buste de Shakespeare et celui de Corneille,
étaient les seuls ornements de son cabinet. On y
voyait encore un crucifix, et un tableau mystérieux
retourné contre le mur. Ce tableau lui rappelait la
plus grande affliction de sa vie ; et ses amis, qui
savaient son secret, ne portaient jamais leurs regards de ce côté. C'est dans ce lieu qu'il se livrait
tour-à-tour à des exercices de piété et à ses méditations poétiques. Souvent le soir un cercle nombreux se rassemblait auprès de lui. Le peintre David
venait y chercher des inspirations ; le poëte Le Brun
y récitait ses vers fougueux d'une voix déjà mourante. Legouvé, Lemercier, Arnault, Chénier, Col-
lin-d'Harleville, Andrieux, y lisaient leurs ouvrages ; jeunes encore, ils étaient les amis de Ducis et
le nommaient leur père. Quelquefois aussi Bitaubé
charmait cette réunion. Traducteur d'Homère, il
savait mieux apprécier ses beautés que les rendre.
C'était un petit homme doux, modeste, accueillant,
dont le ménage rappelait celui de Philémon et
Baucis. Il parlait toujours de sa femme, qui ne
pouvait plus sortir de son fauteuil, et qu'il quittait
rarement. Modèle de l'amour conjugal, elle avait
été la compagne de ses beaux jours et celle de ses
jours d'infortune. Il racontait comment, malgré les
souffrances d'une maladie aiguë, elle l'avait suivi
dans les cachots infects de la terreur ; comment elle

1.   aa

avait voulu mourir avec lui, * et comment enfin il n'aurait pu vivre sans elle. Quelquefois ces deux victimes échappées à la hache révolutionnaire, étaient environnées des mêmes hommes qui naguère avaient failli d'être leurs bourreaux; mais ce couple vertueux ne voyait dans le mal passé qu'un motif de s'aimer davantage, et jamais on ne lui eût fait comprendre cette maxime des poissons de La Fontaine:

Que l'on ne doit jamais avoir de confiance
En ceux qui sont mangeurs de gens.

Ce ménage charmant offrait un contraste parfait avec celui de Ducis, qui ressemblait, comme il le disait lui-même, au camp des Grecs. Mme Ducis, semblable à la Discorde, ne cessait, par son avidité et ses idées vulgaires, d'irriter le caractère le plus irritable. Cette pauvre femme n'entendait rien ni aux vers, ni à la tendre dévotion, ni au désintéressement de son mari. Elle n'aimait de ses ouvrages que l'argent qu'ils rapportaient, et recommençait chaque jour ses lamentations sur la place de sénateur que Ducis venait de refuser. Ne sachant à qui s'en prendre de ce refus, elle en accusait tous les amis de son mari, et particulière-

* Bitaubé allait être envoyé à l'échafaud; sa femme s'était procuré du charbon, résolut de s'asphyxier avec lui. Le réchaud était allumé, lorsque la nouvelle de la chute de Robespierre vint leur sauver la vie.

-ment M. de Saint-Pierre. Mais Ducis n'avait pas
eu besoin des conseils de l'amitié pour s'honorer
par une action généreuse. Buonaparte, ne voyant
autour de lui que des hommes qui, en parlant de
liberté, cherchaient à se vendre et s'affligeaient de
ne pas trouver un maître, avait résolu de leur en
donner un. Cette fois Ducis entrevit ses projets, et
voici quelques lignes de la lettre qu'il écrivit à
Bernardin de Saint-Pierre :

« Mon ami, on m'a dit que vous veniez d'être
» nommé membre du sénat conservateur, j'en suis
» bien aise pour ma patrie, et si cela vous con-
» vient, recevez-en mon compliment. Quant à moi,
» si on me fait l'honneur de me nommer, ma lettre
» de remercîment est déjà prête. Je puis dire comme
» Corneille, en reconnaissant la distance infinie qui
» me sépare de lui comme poëte :

Mon génie au théâtre a voulu m'attacher ;
Il en a fait mon fort, je dois m'y retrancher :
Par-tout ailleurs, je rampe, et ne suis plus moi-même.

» Il m'est impossible de m'occuper d'affaires ; elles
» me répugnent, j'en ai l'horreur. Le mot de de-
» voir me fait frémir. Enfin il y a dans mon ame,
» naturellement douce, quelque chose d'indompté
» qui brise avec fureur les chaînes misérables de
» nos institutions humaines. Je sais bien que ma
» femme ne peut concevoir mon refus ; mais elle
» est femme : la richesse, les titres, les honneurs,
» son intérêt personnel, tout cela agit sur elle, et

292 ESSAI SUR LA VIE ET LES OUVRAGES

» cela ne m'étonne point.... Vous voyez bien , mon
» cher ami , que c'est dans moi-même, au fond de
» moi-même , et par moi-même , que je dois cher-
» cher mon bonheur. »

La noble simplicité de ces paroles est remarquable. Point de violence , point de protestation :
il semble que le caractère du poëte et du républicain se soit adouci pour donner à son action
tout le calme de la vertu. Deux jours après cette
lettre , Ducis refusa la place de sénateur. Buonaparte en fut plus fâché que surpris, et il répondit
à quelques courtisans qui en murmuraient : « Je
sais bien que vous auriez tous accepté. » Cépen-
dant voulant tenter une dernière épreuve, il fit
venir Ducis et s'enferma avec lui. Mais Ducis, au
lieu d'entrer dans les idées du maître, lui con-
seilla de tout quitter , et de redescendre dans la
vie commune. Il parla pendant plus d'une heure
avant que Buonaparte songeât à l'interrompre, après
quoi le futur empereur fit avancer sa voiture , et,
sans prononcer un mot, le renvoya, et l'oublia. Peu
de jours après, un grand personnage vint proposer
à Bernardin de Saint-Pierre d'écrire les campagnes
d'Italie. L'auteur des Études répondit, comme il
avait fait dans une autre occasion , qu'il avait
étudié les lois de la nature, et qu'il ignorait celles
de la politique et de la guerre. Aussitôt son
nom fut effacé de la liste des sénateurs, et il s'en
réjouit, car il n'avait pas moins que Ducis l'horreur des affaires. Quelques années après ces événe-

ments, les artistes et les gens de lettres furent ren-
voyés du Louvre ; leur société se trouva brisée, mais
Ducis et Bernardin de Saint-Pierre restèrent toujours unis. Souvent, après les séances de l'Institut,
les deux amis dînaient en famille. Ducis récitait
ses vers, qui faisaient le charme de ces petites fêtes ; il aimait aussi à entendre répéter à Virginie
et à Paul les fables de La Fontaine, et parmi ces
fables, celle des deux Pigeons ou celle de Philomèle
et Progné. Pleins de ravissement, les deux vieillards
interrompaient à chaque vers ces aimables enfants ;
Ducis, par des cris d'admiration, Bernardin de
Saint-Pierre, par des remarques pleines de goût et
de finesse. Tout ce qu'avait senti La Fontaine, il
le sentait ; l'ame de ce poëte lui était familière, il
y lisait en lisant ses fables, et jamais peintre plus
naïf n'eut un plus naïf commentateur. Quelquefois
aussi il prenait Virgile, et à la manière dont il en
analysait certains passages, on croyait ne les avoir
point encore entendus, tant il excellait à en faire
ressortir les pensées et sur-tout les sentiments !

Dans ces entretiens les heures s'écoulaient avec
rapidité, et le bon Ducis en se retirant disait à son
ami: « La fortune ne donne pas des moments comme
ceux-ci. C'est nous, c'est nous, croyez-moi, qui
sommes les riches du siècle ; » puis il ajoutait par
réflexion : « Je sais bien que vous avez deux enfants
et une jeune femme, et qu'il faut pourvoir et prévoir ; mais il vous arrivera quelque chose d'heureux :
la Providence se rend visible sur les berceaux. »

aa*

Cette prédiction ne tarda pas à se vérifier. Joseph Buonaparte fit, de son propre mouvement, offrir auprès de sa personne une place à l'auteur des Études, qui la refusa, et qui reçut aussitôt le brevet d'une pension de six mille francs, avec une lettre pleine des plus touchants témoignages d'affection. Ces six mille francs joints aux six mille que Bernardin de Saint-Pierre possédait déjà, le rendirent riche, et il ne formait plus de désirs, lorsqu'il reçut encore du chef du gouvernement une pension de deux mille francs et la Croix de la légion d'honneur.

Jusqu'alors ses charges particulières l'avaient forcé de concentrer ses bienfaits autour de lui : il avait ouvert sa maison à la mère de sa femme, madame la marquise de Pelleporc, dont tous les biens avaient été perdus pendant l'émigration ; il faisait une pension à madame Didot, grand'mère de ses enfants ; et il pourvoyait aux besoins de sa sœur, qui ne mourut que trois ans avant lui. Mais dès qu'il se vit à son aise, il voulut, pour ainsi dire, que tout le monde eût part à son bonheur, et il semblait n'avoir que pour donner. Il était heureux, il faisait des heureux, et rien n'eût été plus doux que sa vie, s'il n'avait senti chaque jour diminuer ses forces. Déjà ses promenades devenaient plus rares, et il aurait pu dire comme le bon La Fontaine parvenu au même âge : « Je ne sors point » si ce n'est pour aller un peu à l'académie, afin » que cela m'amuse. » Dès lors ses pensées se dirigèrent vers la campagne, et il se retira avec sa famille dans sa petite maison d'Éragny, qu'il se

plaisait à embellir du fruit de ses économies. Si
l'agriculture charmait les heures de sa vieillesse,
les muses n'étaient pas oubliées. Suivant cette maxime d'Apelles : *nulla dies sine lineâ,* il se faisait une
loi de ne pas laisser écouler un seul jour sans écrire
quelques observations sur la nature, ne fût-ce qu'une
simple ligne. Il en était résulté à la longue une multitude de brouillons, à peine lisibles, écrits sur des
chiffons de papier qu'il comparait aux feuilles de
la Sibylle bouleversées par le vent, et dont, suivant les intentions de l'auteur, nous avons réuni
les plus beaux morceaux dans ses *Harmonies.* Telles
étaient ses occupations à la campagne. Si des affaires obligeaient sa femme de s'éloigner pour quelques jours, il prenait sur lui seul tous les soins du
ménage ; ses enfants travaillaient à ses côtés, et
souvent il était témoin de petites scènes de famille
qui remplissaient de joie son cœur paternel. Voici
comment il faisait à sa femme le récit d'une de ces
journées passées loin d'elle :

« Virginie et Paul sont entrés à neuf heures dans
» ma chambre ; ils m'ont récité leur leçon, qu'ils
» n'ont pas mal dite. Virginie a servi le déjeuner,
» et en sortant de table j'ai vu avec surprise Paul
» sauter au col de sa sœur, et tous deux s'embrasser
» avec tendresse, bras dessus, bras dessous, s'appe-
» lant mon cher petit frère, ma bonne petite sœur ;
» ils m'ont dit que tu leur avais bien recommandé
» de s'aimer, et qu'ils n'auraient plus de querelles
» à l'avenir. J'ai été ému de ce mouvement d'amitié

» produit dans l'intention de te plaire. Ils m'ont dé-
» mandé des plumes, et ils sont occupés à présent
» à écrire. J'ai recommandé à ma fille de se res-
» souvenir que pendant ton absence, elle représen-
» tait la mère de famille ; qu'elle en devait servir
» sur-tout à son frère, et en revêtir la douceur, la
» bonté et la dignité, dont tu es un si parfait
» modèle. Vraiment elle cherche à t'imiter, etc. »
— Ainsi le seul souvenir de la vertu d'une mère
donne des vertus à sa famille, et quoique absente,
on reconnaît par-tout sa pensée, comme ces divi-
nités d'Homère dont on devinait le passage au parfum qu'elles laissaient sur leurs traces.

Cependant la santé de M. de Saint-Pierre s'affai-
blissait chaque jour, et bientôt il sentit l'impossi-
bilité de continuer lui-même l'éducation de ses enfants. C'est alors qu'on lui accorda une place à
Écouen pour sa fille, et que les portes d'un lycée
s'ouvrirent pour son fils. Il accepta la première
de ces faveurs, et il sollicita l'autre, voulant autant qu'il était en lui rendre égal le sort de ses
enfants. Mais il ne céda à la nécessité de cette
séparation qu'avec une extrême répugnance, et ce
fut un des plus grands chagrins de sa vieillesse ;
car il se voyait obligé de livrer lui-même ses enfants aux influences de cette éducation publique contre laquelle il n'avait pas cessé de s'élever dans tous
ses ouvrages.

Demeuré seul avec sa femme, il consacrait chaque
jour une heure ou deux à rédiger l'Amazone, ou à

mettre en ordre sa Théorie de l'univers. Le système des marées était devenu son idée habituelle, et le point où il ramenait toujours la conversation ; semblable au bon La Fontaine, qui, au rapport de Louis Racine, ne parlait jamais en société, ou voulait toujours parler de Platon.

Ses goûts ne varièrent jamais : à soixante-dix-sept ans comme à dix la présence du soleil le ravissait. Une belle soirée, un clair de lune, l'aspect des eaux et des bois, étaient ses plus doux spectacles. Jusqu'au déclin de ses jours les beautés naturelles le trouvèrent sensible ; elles touchaient, elles saisissaient son ame, et c'était par elles sur-tout qu'il aimait à se rappeler les époques de sa vie et les pays qu'il avait parcourus.

Les livres qu'il aimait le mieux, et les passages qui dans ces livres le touchaient le plus, étaient ceux où il découvrait des aperçus nouveaux des harmonies de la nature. Homère, Racine, Virgile et La Fontaine étaient ses poëtes ; Plutarque était son philosophe, l'Évangile son livre de morale, et les Voyageurs ses naturalistes.

Il préférait la campagne à la ville, une maison retirée à une maison située au village, et dans cette maison une chambre éloignée du bruit. Sous ses fenêtres croissaient des arbres étrangers, dont il mariait les ombrages avec les arbres de nos climats. On y voyait le vernis du Japon environné des pampres de la vigne, et le pommier de Normandie tout couvert des grandes fleurs rouges du Bignonia. Donner une plante nouvelle à la patrie lui paraissait la plus belle gloire où d'homme pût aspirer.

Après les temps heureux de sa première enfance, dont il n'avait rien oublié, les jours les plus agréables de sa vie furent ceux qui s'écoulèrent depuis son second mariage auprès de son épouse et de ses enfants. Il connut avant de mourir ce doux repos de l'ame qu'il avait tant désiré, et qu'on ne trouve que dans la famille.

En songeant aux désirs ambitieux de sa jeunesse, il aimait à répéter cette pensée des Sages de l'Inde L'homme a toujours soif ; mais soit que nous soyons sur les bords d'une fontaine, ou sur les bords du Gange, nous ne pouvons emporter qu'un vase de leur eau.

Il ne dissimulait pas le sentiment que lui inspiraient ses ennemis : « Il m'a toujours fallu du courage, disait - il, pour pardonner une injure. J'ai beau faire, la cicatrice reste, à moins que je n'aie trouvé l'occasion de rendre le bien pour le mal, car un obligé m'est aussi sacré qu'un bienfaiteur. »

Il disait encore : « Je me communique à tout le monde et je ne me livre à personne. » Aussi son cabinet était ouvert à chacun, et sa maison ne l'était qu'à ses amis.

Nous avons trouvé dans ses papiers plusieurs lettres adressées à de grands personnages ; elles prouvent son embarras et sa stérilité lorsque son cœur n'avait rien à dire. De simples billets sont refaits jusqu'à dix fois sur la même page sans que l'au-

teur ait réussi à exprimer sa pensée. A ce sujet,
on peut dire de Bernardin de Saint-Pierre ce que
Montaigne disait de lui-même : « A bienvenner, *
» à remercier, à saluer, à présenter mon service,
» je ne connois personne si sottement stérile de lan-
» gage que moi... je n'en crois pas tant, et me déplaist
» d'en dire guère outre ce que j'en crois. » Mais
lorsqu'il écrivait à ses amis, lorsqu'il pouvait montrer toute son ame, il redevenait un écrivain pur,
facile et harmonieux.

On lui demandait comment il pouvait passer sa
vie à la campagne, loin de la société, et presque
sans livres. « Je ne saurais vous répondre, dit-il,
mais écoutez ce que dit le bon ermite saint An-
toine à un philosophe qui lui faisait la même question : « Mon livre c'est le monde, ma contemplation celle de la nature ; j'y lis sans cesse la gloire
de Dieu, et je n'en puis trouver la fin. »

Il disait de lui : « Ma réputation n'est qu'une
petite flamme agitée par tous les vents ; si elle attire quelques regards de mes contemporains, si
elle éclaire les infortunés, c'est que je l'ai allumée
au pied de l'image sainte de la Providence. »

Un jeune homme qui se destinait aux lettres,
se plaignait un jour d'être né sans fortune ; Bernardin de Saint-Pierre lui dit : « J'ai souvent adressé

---

* *Bienvenner*, féliciter quelqu'un sur son heureuse arrivée.
Mot excellent, indispensable à la langue, qu'on ne peut remplacer que par une longue phrase, et qu'on a laissé perdre
comme beaucoup d'autres.

la même plainte au ciel, et cependant le peu de gloire que j'ai recueillie, je la dois à l'adversité. Mais si j'avais été véritablement sage, l'obscurité m'aurait donné l'indépendance et la liberté qu'elle ne refuse à personne. »

Il disait encore : « Le malheur inspire la confiance en Dieu, qui surpasse tous les biens. »

Ami des véritables savants, il ne pouvait souffrir ces hommes qui sont toujours prêts à adopter les erreurs de physique qui obscurcissent les vérités morales.

A ce propos, il appliquait aux sciences ce mot de Montaigne sur la religion : *Ce n'est pas l'étude de tout le monde, les méchants et les ignorants s'y empirent.* Pensée empruntée au bon Philippe de Comines qui avait si bien dit : *Les mauvais empirent de beaucoup savoir, et les bons en amendent.*

Il connaissait la nature par expérience, et les hommes par théorie. Aussi dans le commerce habituel de la vie, se laissait-il tromper comme un enfant. « Il n'y a rien à faire dans le monde pour l'homme sage, disait-il. Les grands veulent des complaisants, les médiocres des admirateurs, les petits des maîtres ; on n'est libre que dans la solitude. »

Vers les derniers temps de sa vieillesse, il disait de la mort « que toutes les terreurs qu'elle nous inspire, viennent de ce que sa pensée n'entre pas assez familièrement dans notre éducation. On nous en parle toujours comme d'une chose étrangère, comme d'un malheur arrivé à autrui; on s'en étonne

même, en sorte qu'il semble qu'il n'y ait rien de
naturel dans un acte qui s'accomplit sans cesse.
Écoutez l'histoire d'une maladie : je ne crois pas en
avoir ouï une seule où la mort ne soit venue par
la faute du malade ou du médecin. Jamais rien
dans l'ordre de la nature; jamais rien dans l'ordre
de Dieu. De manière qu'en nous promettant bien
de ne pas faire la même faute, il semble qu'il ne
tiendrait qu'à nous d'être immortels. »

Tels furent les pensées, les opinions et les goûts
de toute sa vie.

Frappé successivement de plusieurs attaques d'a-
poplexie, il sentit dans les premiers jours de novembre de 1813 qu'il allait abandonner la vie, et il se
hâta de quitter Paris, où ses affaires l'avaient amené, pour jouir à la campagne des derniers beaux
jours de l'automne. Quelques promenades dans la
forêt de Saint-Germain et sur les bords de l'Oise,
furent ses derniers plaisirs. Tranquille sur lui-même, il comparait la vieillesse à un fruit mûr qui
repose sur l'herbe, et qui renferme la semence
qui doit le faire revivre. Cependant sa douce philosophie ne le rendait point insensible à l'idée de
se séparer d'une femme qu'il aimait, et dont il
disait avec attendrissement : « Je la vois sans cesse
occupée à retenir mon ame prête à s'échapper. »
Elle l'avait décidé à recevoir les conseils d'un de
ses amis, le docteur Alibert; mais en les recevant,
il lui disait : « Je sens que vos soins sont inutiles,
et vous allez me faire boire la ciguë comme à So-

1.   bb

crate ; aussi bien dans peu je visiterai comme lui *Phthia la fertile.*

La dernière fois qu'il se fit porter dans son jardin, il remarqua un rosier du Bengale tout chargé de fleurs, mais dont une partie des feuilles étaient jaunies par le vent. Il le regarda un instant, et le montrant à sa femme, il lui dit : « Demain les feuilles jaunes n'y seront plus ; » et comme il vit que ces paroles lui faisaient répandre un torrent de larmes, il ajouta doucement : « Pourquoi te livrer à d'inutiles regrets ? ce qui t'aime en moi, vivra toujours. Souviens-toi des diverses périodes de nôtre vie, et tu verras qu'il doit encore me revenir quelque chose. N'ai-je pas été petit enfant entre les bras de ma nourrice ? N'ai-je pas ensuite balbutié des mots et répondu par mes caresses aux caresses de mes parents ? Jeune, j'ai parcouru le globe avec des plans de république ; j'étais alors plein d'ambition et malheureux. Ensuite ma raison s'est éclairée ; je me suis approché de la nature et de Dieu, et voilà que mon ame est prête à se rejoindre à lui. Tu le vois, la fin d'une période a toujours été le commencement d'une autre, comme la fin du jour est l'annonce d'une nouvelle aurore. Ainsi la mort est suivie d'une existence immortelle. Mais toi, chère amie, toi qui n'as pas été ici-bas la compagne de mes beaux jours, mais qui as supporté les infirmités de ma vieillesse, ne te laisse point abattre ; ta tâche ne finit pas avec moi : je te confie en mourant ma gloire, mes ouvrages, et le sort de mes enfants. »

Ces paroles restèrent profondément gravées dans la mémoire de sa femme et de sa chère Virginie. Combien de fois je les ai vues fondre en larmes en les répétant, avec les circonstances les plus touchantes des derniers moments de cet illustre vieillard !

Quelques heures avant sa mort, en sortant d'une longue faiblesse, comme il les vit tout en pleurs autour de son lit, il leur tendit la main ; sa voix n'était plus qu'un souffle ; à peine il put leur dire : « Ce n'est qu'une séparation de quelques jours ; ne me la rendez pas si douloureuse ! Je sens que je quitte la terre et non la vie ! » Et, comme s'il eût cédé à la plus tendre conviction, il ajouta : « *Que ferait une ame isolée dans le ciel même ?* » Ces mots touchants furent presque les derniers qu'il prononça : peu d'heures après, il n'était plus !

Il mourut dans sa maison d'Éragny, entre les bras de sa femme et de sa fille, le 21 janvier 1814. La terre était couverte de neige ; un vent froid agitait quelques arbrisseaux placés sous sa fenêtre ; tout était triste dans la nature. A midi, le soleil parut à travers les brouillards ; un de ses rayons tomba sur le visage décoloré du mourant, qui prononça le nom de Dieu, et rendit le dernier soupir !

Ainsi s'accomplissent les destinées humaines ! La mort termine tout ; elle effacerait jusqu'au souvenir du passé, et le genre humain serait comme né d'hier, si des génies supérieurs n'apparaissaient de loin à loin pour former la chaîne immortelle qui

unit ceux qui ont été à ceux qui sont, et les temps
présents aux temps à venir. Heureux celui qui dans
le passage de la vie peut attacher un anneau à cette
chaîne brillante ! Ses pensées lui survivent : c'est un
héritage qu'il lègue à la terre. Il fait le bien long-temps
après avoir cessé d'être, et son nom, béni d'âge
en âge, est souvent invoqué par les malheureux.
O gloire ! que tu es belle ! ta seule espérance fait
tressaillir mon ame ! Combien de fois, dans les
rêves de ma jeunesse, ne me suis-je pas tracé un
chemin auprès de ceux dont tu éternises la mémoire ! J'apprenais d'eux à dédaigner les ambitions vulgaires qui ne mènent qu'à la fortune ; mais
c'était pour m'élever plus haut ! Leur génie, trom-
pant le mien, me faisait oublier ma faiblesse : j'aurais voulu être Socrate, Virgile, Fénelon, Bernardin de Saint - Pierre ! j'aurais donné ma vie pour
une de ces inspirations qui les rapprochaient du
ciel ; et mes nuits s'écoulaient dans la méditation
de leurs chefs-d'œuvre et dans la contemplation
de leur gloire. Mais tant d'espérances n'auront point
été vaines ! si mes propres ouvrages ne doivent
point un jour consacrer mon souvenir, le monument que j'élève suffit pour me faire bien mériter
des hommes. Je puis aussi prononcer le *non omnis
moriar* d'Horace, car je viens de graver mon nom
à côté d'un nom qui ne doit pas mourir !

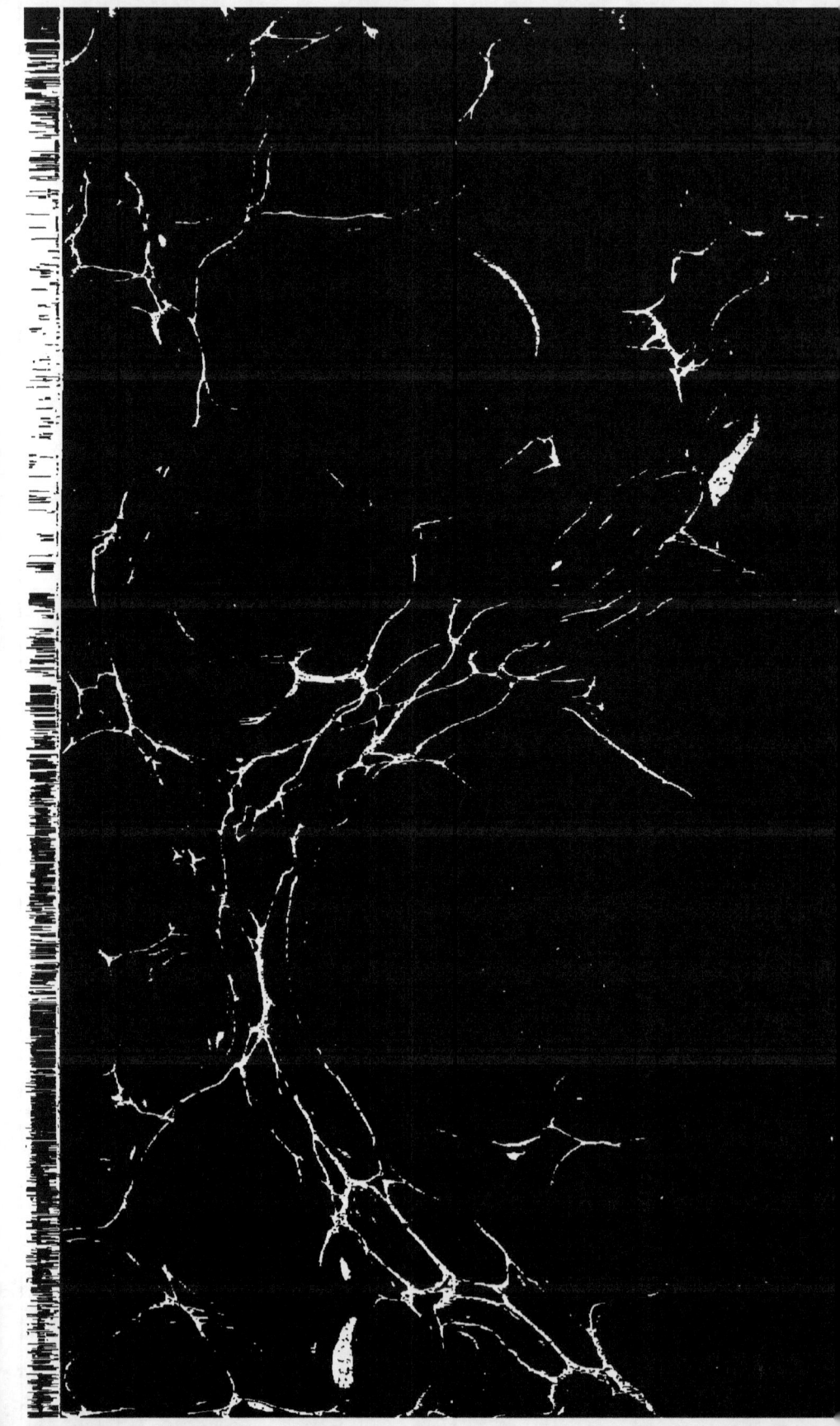

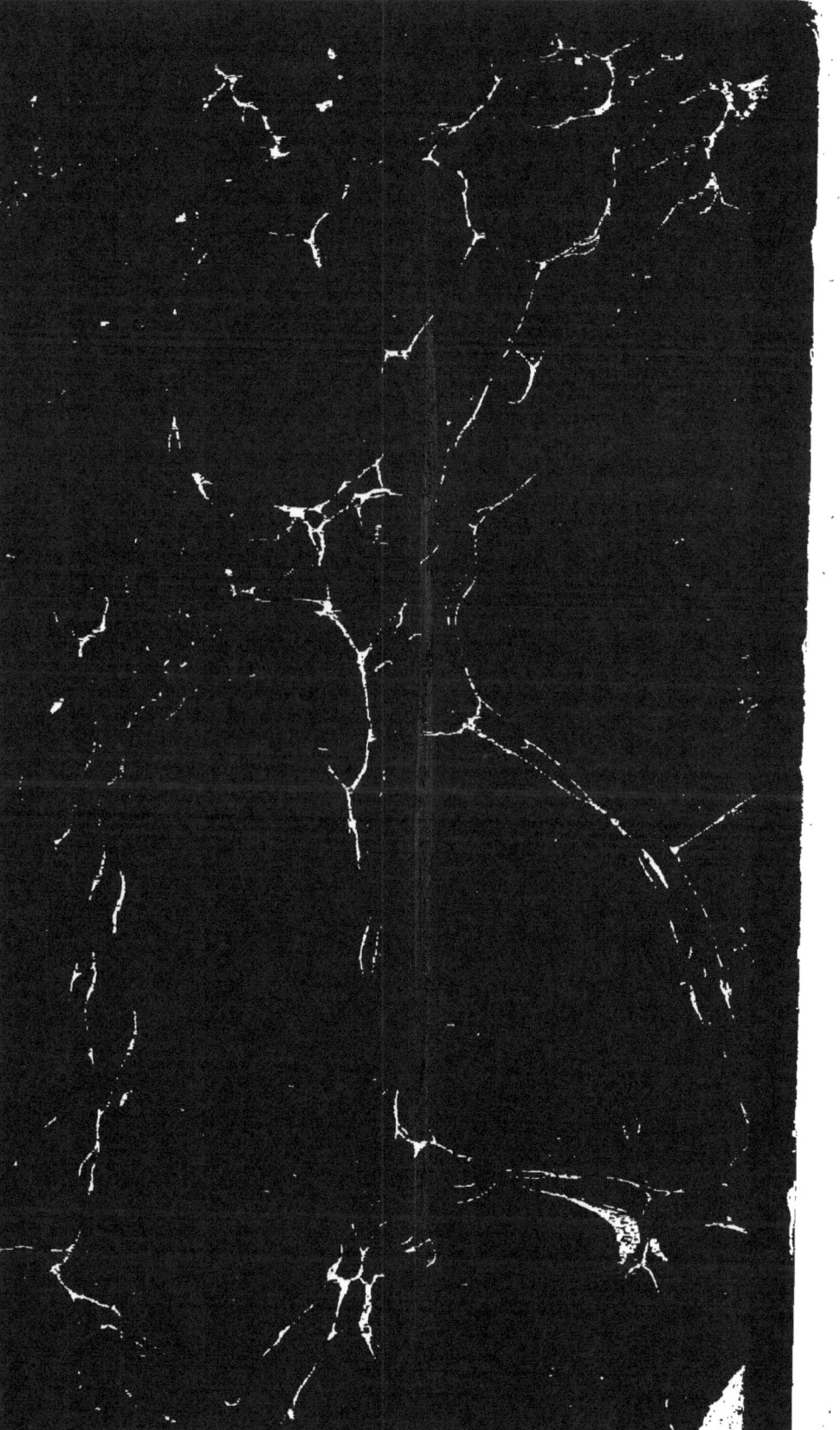